SCIENCE FICTION

Herausgegeben
von Wolfgang Jeschke

Andreas Eschbach

DIE HAARTEPPICH-KNÜPFER

Roman

WILHELM HEYNE VERLAG
MÜNCHEN

HEYNE SCIENCE FICTION & FANTASY
Band 06/5927

Umwelthinweis:
Dieses Buch wurde auf
chlor- und säurefreiem Papier gedruckt.

4. Auflage

Redaktion: Wolfgang Jeschke

Printed in Germany 2002
Umschlagbild: Attila Boros (nach einer Skizze des Autors)
Umschlaggestaltung: Atelier Ingrid Schütz, München
Technische Betreuung: M. Spinola
Satz: Schaber Datentechnik, Wels
Druck und Bindung: Elsnerdruck, Berlin

ISBN 3-453-13318-8

INHALT

Die Haarteppichknüpfer

Knoten um Knoten, tagein, tagaus, ein Leben lang, immer die gleichen Handbewegungen, immer die gleichen Knoten in das feine Haar schlingend, so fein und winzig, daß die Finger zittrig wurden mit der Zeit und die Augen schwach von der Anstrengung des Sehens – und die Fortschritte waren kaum zu merken; wenn er gut vorankam, entstand in einem Tag ein neues Stück seines Teppichs, das vielleicht so groß war wie sein Fingernagel. So hockte er an dem knarrenden Knüpfrahmen, an dem schon sein Vater gesessen war und vor ihm dessen Vater, in der gleichen gebeugten Haltung, die alte, halbblinde Vergrößerungslinse vor den Augen, die Arme auf das abgewetzte Brustbrett gestützt und nur mit den Fingerspitzen die Knotennadel führend. So knüpfte er Knoten um Knoten in der seit Generationen überlieferten Weise, bis er in einen Trancezustand geriet, in dem ihm wohl war; sein Rücken hörte auf zu schmerzen, und er spürte das Alter nicht mehr, das ihm in den Knochen saß. Er lauschte auf die vielfältigen Geräusche des Hauses, das der Großvater seines Urgroßvaters erbaut hatte – den Wind, der ewig gleich über das Dach strich und sich in offenen Fenstern fing, das Klappern von Geschirr und die Gespräche seiner Frauen und Töchter unten in der Küche. Jedes Geräusch war ihm vertraut. Er hörte die

Stimme der Weisen Frau heraus, die seit einigen Tagen im Haus lebte, weil Garliad, seine Nebenfrau, ihre Niederkunft erwartete. Er hörte die halbstumme Türglocke scheppern, dann ging die Haustür, und Aufregung kam in das Gemurmel der Gespräche. Das war wahrscheinlich die Händlerin, die heute kommen sollte mit Lebensmitteln, Stoffen und anderen Dingen.

Dann knarzten schwerfällige Schritte die Treppe zum Knüpfzimmer empor. Das mußte eine der Frauen sein, die ihm das Mittagessen brachte. Unten würden sie jetzt die Händlerin an den Tisch einladen, um den neuesten Klatsch zu erfahren und sich irgendwelchen Tand aufschwatzen zu lassen. Er seufzte, zog den Knoten fest, an dem er gerade war, setzte die Vergrößerungslinse ab und drehte sich um.

Es war Garliad, die da stand mit ihrem enormen Bauch und einem dampfenden Teller in der Hand und wartete, bis er ihr mit einer ungeduldigen Handbewegung erlaubte, näherzutreten.

»Was fällt den anderen Frauen ein, dich arbeiten zu lassen in deinem Zustand?« knurrte er. »Willst du meine Tochter auf der Treppe gebären?«

»Ich fühle mich heute sehr gut, Ostvan«, erwiderte Garliad.

»Wo ist mein Sohn?«

Sie zögerte. »Ich weiß es nicht.«

»Dann kann ich es mir schon denken!« schnaubte Ostvan. »In der Stadt! In dieser Schule! Bücher lesen, bis ihm die Augen wehtun, und sich Flausen in den Kopf setzen lassen!«

»Er hat versucht, die Heizung zu reparieren, und ging dann fort, um irgendein Teil zu besorgen, wie er sagte.«

Ostvan stemmte sich von seinem Schemel hoch und

nahm ihr den Teller aus den Händen. »Ich verfluche den Tag, an dem ich zuließ, daß er in diese Schule in der Stadt geht. Hat Gott es bis dahin nicht gut mit mir gemeint? Hat er mir nicht fünf Töchter geschenkt und dann erst einen Sohn, so daß ich kein Kind töten mußte? Und haben meine Töchter und Frauen nicht Haare in allen Farben, so daß ich überhaupt nicht färben muß und einen Teppich knüpfen kann, der einst des Kaisers würdig sein wird? Warum will es mir nicht gelingen, aus meinem Sohn einen guten Teppichknüpfer zu machen, damit ich einmal meinen Platz finde neben Gott und ihm helfen darf, am großen Teppich des Lebens zu knüpfen?«

»Du haderst mit deinem Schicksal, Ostvan.«

»Soll man nicht hadern mit so einem Sohn? Ich weiß schon, warum nicht seine Mutter mir das Essen bringt.«

»Ich soll dich um Geld bitten für die Händlerin«, sagte Garliad.

»Geld! Immer nur Geld!« Ostvan stellte den Teller auf das Fensterbrett und schlurfte zu einer stahlbeschlagenen Truhe, die geschmückt war mit einer Photographie des Teppichs, den sein Vater geknüpft hatte. Darin lag das Geld, das vom Verkauf des Teppichs noch übrig war, verpackt in einzelne Schachteln, auf denen Jahreszahlen standen. Er nahm eine Münze heraus. »Nimm. Aber denk daran, daß das hier noch den Rest unseres Lebens reichen muß.«

»Ja, Ostvan.«

»Und wenn Abron zurückkommt, schickt ihn sofort zu mir.«

»Ja, Ostvan.« Sie ging.

Was war das nur für ein Leben, nichts als Sorgen und Ärger! Ostvan zog einen Stuhl ans Fenster und ließ sich darauf nieder, um zu essen. Sein Blick verlor sich in der felsigen, unfruchtbaren Einöde. Früher war er noch ab und zu hinausgezogen, um gewisse Mineralien zu suchen, die für die geheimen Rezepturen erforderlich waren. Einige Male war er auch in der Stadt gewesen, um Chemikalien oder Werkzeuge zu kaufen. Aber inzwischen hatte er alles beisammen, was er noch brauchen würde für seinen Teppich. Er würde wohl nicht mehr hinausgehen. Er war auch nicht mehr jung; sein Teppich würde bald fertig sein, und dann war es Zeit, ans Sterben zu denken.

Später, am Nachmittag, unterbrachen schnelle Schritte auf der Treppe seine Arbeit. Es war Abron.

»Du wolltest mich sprechen, Vater?«

»Du warst in der Stadt?«

»Ich habe Rußsteine gekauft für die Heizung.«

»Wir haben noch Rußsteine im Keller, genug für Generationen.«

»Das wußte ich nicht.«

»Du hättest mich ja fragen können. Aber dir ist jeder Vorwand recht, um in die Stadt gehen zu können.«

Abron kam näher, unaufgefordert. »Ich weiß, daß es dir nicht gefällt, daß ich so oft in der Stadt bin und Bücher lese. Aber ich kann nicht anders, Vater, es ist so interessant...diese anderen Welten...es gibt so viel zu lernen – so viele Arten, wie Menschen leben...«

»Ich will davon nichts hören. Für dich gibt es nur eine Art zu leben. Du hast von mir alles gelernt, was ein Haarteppichknüpfer wissen muß, das ist genug. Du kannst alle Knoten knüpfen, du bist eingeweiht in die Imprägnierungen und in die Färbetechniken, und du kennst die überlieferten Muster. Wenn du deinen Teppich entworfen hast, wirst du dir eine Frau nehmen, und ihr werdet viele Töchter haben mit verschiedenfarbigen Haaren. Und zur Hochzeit werde ich meinen Teppich vom Knüpfrahmen schneiden, umsäumen und dir schenken, und du wirst ihn in der Stadt an die kaiserlichen Händler verkaufen. So habe ich es mit dem Teppich meines Vaters getan, und so hat er es zuvor mit dem Teppich seines Vaters getan, und dieser davor mit dem Teppich seines Vaters, meines Urgroßvaters; so geht es von Generation zu Generation, seit Tausenden von Jahren. Und so wie ich meine Schuld an dir abbezahle, so wirst du deine Schuld an deinem Sohn abbezahlen, und dieser wiederum an seinem Sohn und so fort. So war es schon immer, und so wird es immer sein.«

Abron seufzte gequält. »Ja, sicher, Vater, aber ich bin nicht glücklich bei dieser Vorstellung. Am liebsten möchte ich gar kein Haarteppichknüpfer sein.«

»Ich bin ein Haarteppichknüpfer, und deswegen wirst du ebenfalls ein Haarteppichknüpfer sein!« Ostvan zeigte mit einer erregten Geste auf den unvollendeten Teppich im Knüpfrahmen. »Mein ganzes Leben lang habe ich an diesem Teppich geknüpft, mein ganzes Leben, und von dem Erlös dafür wirst du einmal dein Leben lang zehren. Du hast eine Schuld an mir, Abron, und ich verlange, daß du sie an deinem Sohn wieder abbezahlst. Und gebe Gott, daß er dir nicht so viel Kummer macht wie du mir!«

Abron wagte nicht, seinen Vater anzusehen, als er entgegnete: »Es gibt Gerüchte in der Stadt, von einer Rebellion, und daß der Kaiser abdanken muß... Wer kann denn noch Haarteppiche bezahlen, wenn der Kaiser nicht mehr da ist?«

»Eher verlöschen die Sterne, als daß der Ruhm des Kaisers erlischt!« dröhnte Ostvan. »Habe ich dir diesen

Satz nicht schon beigebracht, als du noch kaum neben mir am Knüpfrahmen sitzen konntest? Glaubst du, irgendwer kann einfach daherkommen und die Ordnung umstoßen, wie Gott sie gefügt hat?«

»Nein, Vater«, murmelte Abron. »Natürlich nicht.«

Ostvan betrachtete ihn. »Geh jetzt und arbeite am Entwurf deines Teppichs.«

»Ja, Vater.«

Am späten Abend setzten bei Garliad die Wehen ein. Die Frauen begleiteten sie in das vorbereitete Gebärzimmer; Ostvan und Abron blieben in der Küche.

Ostvan holte zwei Becher und eine Flasche Wein, und sie tranken schweigend. Gelegentlich hörten sie Garliad im Gebärzimmer schreien oder stöhnen, dann geschah wieder lange Zeit nichts. Es würde eine lange Nacht werden.

Als sein Vater die zweite Flasche Wein holte, fragte Abron: »Was, wenn es ein Junge ist?«

»Das weißt du so gut wie ich«, erwiderte Ostvan dumpf.

»Was wirst du dann tun?«

»Seit ewigen Zeiten gilt das Gesetz, daß ein Teppichknüpfer nur einen Sohn haben darf, weil ein Teppich nur eine Familie ernähren kann.« Ostvan deutete auf ein altes, fleckiges Schwert, das an der Wand hing. »Damit hat dein Großvater meine zwei Brüder am Tag ihrer Geburt getötet.«

Abron schwieg. »Du hast gesagt, Gott hat diese Ordnung gefügt«, brach es schließlich aus ihm heraus. »Das muß ein grausamer Gott sein, findest du nicht?«

»Abron!« donnerte Ostvan.

»Ich will nichts zu tun haben mit deinem Gott!« schrie Abron und stürzte aus der Küche.

»Abron! Bleib hier!«

Aber Abron rannte die Treppe zu den Schlafräumen hinauf und kam nicht mehr zurück.

So wartete Ostvan alleine, aber er trank nicht mehr. Die Stunden vergingen, und seine Gedanken verdüsterten sich. Schließlich mischten sich die ersten Schreie eines Kindes in die Schreie der Gebärenden, und Ostvan hörte die Frauen klagen und weinen. Er stand schwerfällig auf, als bereite ihm jede Bewegung Schmerzen, nahm das Schwert von der Wand und legte es auf den Tisch. Dann stand er da und wartete mit dumpfer Geduld, bis die Weise Frau aus dem Gebärzimmer kam, das Neugeborene im Arm.

»Es ist ein Junge«, sagte sie gefaßt. »Werdet Ihr ihn töten, Herr?«

Ostvan sah in das rosige, zerknitterte Gesicht des Kindes. »Nein«, sagte er. »Er soll leben. Ich will, daß er Ostvan heißt, genau wie ich. Ich werde ihn das Handwerk eines Haarteppichknüpfers lehren, und wenn ich nicht mehr lange genug leben sollte, wird ein anderer seine Ausbildung abschließen. Bring ihn wieder zu seiner Mutter, und sag ihr, was ich dir gesagt habe.«

»Ja, Herr«, sagte die Weise Frau und trug das Kind wieder hinaus.

Ostvan aber nahm das Schwert vom Tisch, ging hinauf damit in die Schlafräume und erschlug seinen Sohn Abron.

Die Haarteppichhändler

Yahannochia rüstete sich für die alljährliche Ankunft des Haarteppichhändlers. Das war wie ein Erwachen für die Stadt, die den Rest des Jahres wieder regungslos unter der sengenden Sonne liegen würde. Es begann mit Girlanden, die hier und da unter den niedrigen Dächern auftauchten, und mageren Blumengebinden, die versuchten, die fleckigen Häuserwände zu verbergen. Von Tag zu Tag flatterten mehr der bunten Wimpel im Wind, der über die Firste fegte wie immer, und die Düfte, die aus den Töpfen dunkler Küchen drangen, sammelten sich schwer in den schmalen Gassen. Es galt, bereit zu sein für das Große Fest. Die Frauen bürsteten stundenlang ihr Haar und das ihrer reifen Töchter. Die Männer flickten endlich ihre Schuhe. Mißtönend scheppernde Klänge übender Fanfaren mischten sich in das allgegenwärtige Raunen aufgeregter Stimmen. Die Kinder, die sonst still und traurig in den Gassen spielten, rannten schreiend herum und trugen ihre feinste Kleidung. Es war ein buntes Treiben, ein Fest der Sinne, ein fiebriges Warten auf den Großen Tag.

Und dann war es endlich soweit. Die Reiter, die man ausgeschickt hatte, kehrten zurück, preschten trompetend durch die Gassen und verkündeten: »Der Händler kommt!«

»Wer ist es?« riefen tausend Kehlen.

»Die Wagen tragen die Farben des Händlers Moarkan«, berichteten die Späher, gaben ihren Tieren die Sporen und galoppierten weiter. Und die tausend Kehlen trugen den Namen des Händlers fort, er machte die Runde durch die Häuser und Hütten, und jeder wußte etwas dazu zu sagen. »Moarkan!« Man erinnerte sich, wann Moarkan das letzte Mal in Yahannochia gewesen war und welche Waren aus fernen Städten er feilgeboten hatte. »Moarkan!« Man stellte Vermutungen darüber an, woher der Händler kommen mochte, aus welchen Städten er Neuigkeiten mitbrachte oder gar Briefe. »Moarkan kommt...!«

Aber es dauerte noch zwei volle Tage, ehe der gewaltige Troß des Händlers in die Stadt einzog.

Zuerst kamen die Fußsoldaten, die dem Zug der Wagen voranmarschierten. Von ferne hatten sie ausgesehen wie eine einzige, riesige Raupe mit glitzernden Nakkenstacheln, die entlang der Handelsstraße auf Yahannochia zugekrochen kam. Im Näherkommen erkannte man dann Männer in ledernen Rüstungen, die ihre Speere gen Himmel gerichtet trugen, so daß sich das Licht der Sonne gleißend auf den blanken Speerblättern fing. Müde stapften sie einher, die Gesichter von Staub und Schweiß verkrustet, die Augen dumpf und blicklos vor Erschöpfung. Alle trugen sie die farbigen Insignien des Händlers auf dem Rücken wie ein Brandzeichen.

Ihnen folgten die berittenen Soldaten des Händlers. Auf schnaubenden, mühsam gezügelten Reittieren kamen sie des Wegs, bewaffnet mit Schwertern, Haueisen, schweren Peitschen und Messern. Manch einer trug stolz eine alte, zerschrammte Strahlwaffe am Gürtel, und alle blickten sie arrogant herab auf das Stadtvolk, das die

Straße säumte. Wehe, einer kam dem Zug zu nahe! Sofort sprach die Peitsche; knallend bahnten die Reiter eine breite Furt durch die Neugierigen, um Platz zu schaffen für die Wagen, die folgten.

Gezogen wurden die Wagen von großen, zottigen Baraq-Büffeln, deren Fell verfilzt war und stank, wie nur Baraq-Büffel stinken können. Quietschend, ratternd und holpernd kamen die Wagen daher, mit ihren unrunden, eisenbeschlagenen Rädern mühsam vertrocknete Furchen auf der Straße zermahlend. Jeder wußte, diese Wagen waren beladen mit kostbaren Dingen aus entlegenen Gegenden, waren vollgepackt mit Säcken seltener Gewürze, mit Ballen feiner Stoffe, mit Fässern kostspieliger Delikatessen, Ladungen edler Hölzer und mit Schatullen, randvoll mit unbezahlbaren Edelsteinen. Grimmig dreinblickende Fuhrleute hockten auf den Kutschböcken und trieben die gleichmütig dahintrottenden Büffel an, damit die nicht innehielten angesichts der ungewohnten Aufregung ringsumher.

Prachtvoll geschmückt und von sechzehn Büffeln gezogen kam der große Wagen, in dem der Händler mit seiner Familie wohnte. Jeder reckte den Hals in der Hoffnung, einen Blick auf Moarkan selbst werfen zu können, aber der Händler ließ sich nicht sehen. Die Fenster waren verhängt, und auf dem Kutschbock saßen nur zwei mißmutige Fuhrleute.

Und dann schließlich kam der Haarteppichwagen. Ein Raunen ging durch die Menge am Straßenrand. Man zählte nicht weniger als zweiundachtzig Büffel, die den stählernen Koloß zu ziehen hatten. Kein Fenster und keine Luke wies der gepanzerte Kasten auf, nur eine einzige enge Tür, zu der allein der Händler selbst den Schlüssel besaß. Gewaltig knirschend gruben sich die acht breiten Räder des tonnenschweren Giganten tief in den Weg, und der Fuhrmann mußte ständig die Peitsche ins Fell der Büffel beißen lassen, um voranzukommen. Begleitet wurde der Wagen von berittenen Soldaten, die mißtrauisch umherspähten, als befürchteten sie, jeden Augenblick von einer Übermacht angegriffen und beraubt zu werden. Jeder wußte, daß in diesem Wagen die Haarteppiche transportiert wurden, die der Händler auf seinem Zug bereits gekauft hatte, und außerdem das Geld für die Haarteppiche, die er noch kaufen würde, unermeßlich viel Geld.

Weitere Wagen folgten: die Wagen, in denen die höheren Bediensteten des Händlers lebten, Verpflegungswagen für die Soldaten und Wagen, um Zelte und allerlei Gerät zu transportieren, das eine solch gewaltige Karawane brauchte. Und am Schluß des Trosses rannten die Kinder der Stadt, johlten und pfiffen und schrien voller Begeisterung über das erregende Schauspiel.

Unter Fanfarenklängen rollte der Troß auf dem großen Marktplatz ein. Fahnen und Standarten flatterten an hohen Masten, und die Handwerker der Stadt legten letzte Hand an ihre Stände, die sie in einer Ecke des großen Marktes errichtet hatten und auf denen sie ihre Waren feilboten in der Hoffnung, mit den Einkäufern des Händlers ein gutes Geschäft zu machen. Als die Wagen der Händlerkarawane zum Stillstand kamen, begannen auch die Bediensteten des Händlers sofort mit dem Aufbau von Ständen und Verkaufszelten. Der Platz hallte wider von Stimmengewirr, von Rufen und Gelächter, vom Klappern der Werkzeuge und Gestänge. Die Einwohner Yahannochias drückten sich scheu am Rande, denn die berittenen Soldaten des Händlers lenkten ihre stolzen Tiere durch das geschäftige Treiben und legten die Hand drohend auf die Peitsche am Gürtel, wenn ihnen einer der Stadleute zu vorwitzig wurde.

Die Stadtoberen erschienen, in ihre prachtvollsten Gewänder gekleidet und von Stadtsoldaten eskortiert. Die Leute aus dem Gefolge des Händlers machten ihnen Platz und gaben eine Gasse frei, durch die sie zum Wagen Moarkans schritten. Dort warteten sie geduldig, bis von innen ein kleines Fenster geöffnet wurde, durch das der Händler heraussah. Er wechselte einige Worte mit den Würdenträgern und gab dann einem seiner Bediensteten einen Wink.

Dieser, der Ausrufer des Händlers, erklomm flink wie eine Kletterechse das Dach des Händlerwagens, wo er sich breitbeinig hinstellte und, die Arme weit ausgebreitet, schrie: »Yahannochia! Der Markt ist eröffnet!«

»Wir hören hier seit einiger Zeit merkwürdige Gerüchte über den Kaiser«, sagte einer der Stadtoberen zu Moarkan, während ringsum der Trubel der Markteröffnung losging. »Wißt Ihr vielleicht Näheres?«

Moarkans listige kleine Augen verengten sich. »Von welchen Gerüchten sprecht Ihr, Herr?«

»Es geht das Gerücht, der Kaiser habe abgedankt.«

»Der Kaiser? Kann der Kaiser abdanken? Kann die Sonne scheinen ohne ihn? Müßten nicht die Sterne am Nachthimmel erlöschen ohne ihn?« Der Händler schüttelte sein feistes Haupt. »Und warum kaufen mir die Kaiserlichen Schiffer die Haarteppiche ab wie seit Jahr und Tag? Ich habe diese Gerüchte auch gehört, aber ich weiß nichts von all dem.«

Auf einer großen, geschmückten Bühne wurden währenddessen die letzten Vorbereitungen getroffen für das

Ritual, das der eigentliche Grund für das Kommen des Händlers war: die Übergabe der Haarteppiche.

»Bürger Yahannochias, kommt und seht!« rief der Zeremonienmeister, ein weißbärtiger Hüne, gekleidet in Braun, Schwarz, Rot und Gold, den Farben der Gilde der Haarteppichknüpfer. Und die Menschen hielten inne, wandten ihren Blick zur Bühne und kamen langsam näher.

Dreizehn Haarteppichknüpfer waren es in diesem Jahr, die ihre Teppiche beendet hatten und nun bereit waren, sie ihren Söhnen zu schenken. Die Teppiche waren auf großen Gestellen befestigt und mit grauen Tüchern verhüllt. Zwölf der Haarteppichknüpfer waren selbst anwesend, alte, gebeugte Männer, die sich mühsam auf den Beinen hielten und mit halb erblindeten Augen in die Runde blinzelten. Nur einer der Haarteppichknüpfer war bereits gestorben und wurde von einem jüngeren Gildemitglied vertreten. Auf der anderen Seite der Bühne standen dreizehn junge Männer, die Söhne der alten Haarteppichknüpfer.

»Bürger Yahannochias, werft einen Blick auf die Teppiche, die den Palast des Kaisers schmücken werden!« Wie jedes Jahr ging ein ehrfürchtiges Raunen durch die Menge, als daraufhin die Haarteppichknüpfer ihre Teppiche enthüllten, die Werke ihres Lebens.

Aber diesmal mischte sich bereits ein zweifelnder Unterton in den Akkord der Stimmen. »Hat man nicht gehört, der Kaiser habe abgedankt?« fragte manch einer.

Der Photograph, der mit dem Troß des Händlers reiste, kam auf die Bühne und bot seine Dienste an. Wie es Tradition war, wurde jeder Teppich einzeln photographiert, und mit zitternden Fingern nahm jeder der Haarteppichknüpfer das Bild entgegen, das der Photograph mit seinem betagten, zerkratzten Gerät angefertigt hatte.

Dann breitete der Zeremonienmeister die Arme aus in einer weiten, Ruhe gebietenden Geste, schloß die Augen und wartete, bis Stille eingetreten war auf dem großen Platz, auf dem jetzt jeder innehielt und gebannt die Vorgänge auf der Bühne verfolgte. Alle Gespräche verstummten, die Handwerker an den Ständen ließen Werkzeuge und Gerätschaften liegen, jeder blieb stehen, wo er war, und eine Stille trat ein, in der man jedes Kleiderrascheln hörte und den Wind, der im Gebälk der großen Häuser wehklagte.

»Wir danken dem Kaiser mit allem, was wir haben, und allem, was wir sind«, sprach er nun feierlich die traditionelle Formel. »Wir bringen das Werk unseres Lebens dar zum Dank für den, durch den wir leben und ohne den wir nichts wären. Und wie jede Welt des Reiches das Ihre beiträgt, um den kaiserlichen Palast zu schmücken, so preisen wir uns glücklich, des Kaisers Auge mit unserer Kunst erfreuen zu dürfen. Er, der die hellsten Sterne am Himmel gemacht hat und die Dunkelheit zwischen ihnen, gewährt uns die Gunst, seinen Fuß auf die Werke unserer Hände zu setzen. Er sei gepriesen jetzt und für alle Zeiten.«

»Er sei gepriesen«, murmelten die Menschen auf dem großen Platz und neigten ihre Köpfe.

Der Zeremonienmeister gab ein Zeichen, und ein Gong wurde geschlagen. »Dies ist die Stunde«, rief er, den jungen Männern zugewandt, »da der ewige Bund der Haarteppichknüpfer erneuert wird. Jede Generation wird schuldig an der vorhergehenden, und sie trägt ihre Schuld ab an ihren eigenen Kindern. Seid ihr gewillt, diesen Bund zu halten?«

»Wir sind gewillt«, erwiderten die Söhne im Chor.

»So sollt ihr das Werk eurer Väter empfangen und schuldig werden an ihnen«, schloß der Zeremonienmeister die Formel und gab das Zeichen für den zweiten Gongschlag.

Die alten Haarteppichknüpfer zogen ihre Messer hervor und durchtrennten vorsichtig die Bänder, die ihre Teppiche am Knüpfrahmen festhielten. Den Teppich vom Knüpfrahmen zu schneiden – das war der symbolische Akt, ihr Lebenswerk abzuschließen. Einer nach dem anderen traten die Söhne auf die Väter zu, die ihre Teppiche sorgsam zusammenrollten und ihnen in die Arme legten, nicht wenige mit Tränen in den Augen.

Beifall brandete auf, als der letzte Teppich übergeben war, die Musik fing an zu spielen, und als bräche ein Damm, ging das laute Treiben des Marktes wieder los, der jetzt zum Fest wurde.

Dirilja, die schöne Tochter des Händlers, hatte das Ritual der Übergabe von ihrem Fenster aus verfolgt, und als die Musik ertönte, standen ihr ebenfalls Tränen in den Augen, aber es waren Tränen des Schmerzes. Weinend ließ sie ihren Kopf gegen die Scheibe sinken und krallte die Hände in ihr langes, rot blondes Haar.

Moarkan, der vor dem Spiegel stand und damit beschäftigt war, seinem prachtvoll glitzernden Umhang den richtigen Faltenwurf zu verleihen, schnaubte wütend. »Es ist mehr als drei Jahre her, Dirilja! Er wird eine andere gefunden haben, und alle Tränen der Welt werden daran nichts ändern.«

»Aber er hat versprochen, auf mich zu warten!« schluchzte das Mädchen.

»Pah, das sagt sich leicht, wenn man verliebt ist«, erwiderte der Händler. »Und ist schnell wieder vergessen. Ein junger Mann, dessen Blut heiß ist, verspricht das leicht alle drei Tage einer anderen.«

»Das ist nicht wahr. Das werde ich niemals glauben. Wir haben einander ewige Liebe geschworen bis zum Tod, und es war ein Schwur, so heilig wie der Bundesschwur.«

Moarkan betrachtete seine Tochter eine Weile schweigend und schüttelte dann seufzend den Kopf. »Du kanntest ihn doch kaum, Dirilja. Und glaube mir, du wirst noch einmal froh sein, daß es so gekommen ist. Was willst du denn als Frau eines Haarteppichknüpfers? Du kannst dich nicht kämmen, ohne daß er hinter dir steht und jedes deiner Haare aus der Bürste zieht. Du mußt ihn mit zwei, drei oder noch mehr anderen Frauen teilen. Und wenn du ihm ein Kind gebärst, mußt du damit rechnen, daß es dir genommen wird. Bei Buarati dagegen...«

»Ich will nicht die Frau eines dicken, fetten Händlers werden, und wenn er mich mit Haarteppichen aufwiegt!« schrie Dirilja wütend.

»Wie du meinst«, erwiderte Moarkan. Er wandte sich wieder dem Spiegel zu und legte die schwere Silberkette um, Symbol seines Standes. »Ich muß jetzt gehen.« Er öffnete die Tür, und der Lärm des Marktes brandete herein. »Im übrigen«, meinte er im Hinaustreten, »scheint es mir doch, daß das Schicksal auf meiner Seite ist – dem Kaiser sei Dank!«

In Begleitung des Gildemeisters der Haarteppichknüpfer betrat der Händler die Bühne, um die Teppiche zu schätzen und zu kaufen. Würdevoll trat Moarkan auf den ersten Erben zu und ließ sich dessen Haarteppich zeigen, prüfte mit seinen fleischigen Fingern die Dichte der Knoten und betrachtete eingehend die Muster, ehe er schließlich seinen Preis nannte. Die Musik spielte unentwegt weiter; eventuelle Zuschauer konnten nur das Gebaren des Händlers und die Reaktionen der Haarteppichknüpfer beobachten, wenn er sein Angebot nannte. Was gesprochen wurde, ging dagegen hoffnungslos im Tumult des Marktes unter.

Für gewöhnlich nickten die jungen Männer einfach mit bleichem, aber gefaßtem Gesichtsausdruck. Dann winkte der Händler einen Bediensteten herbei, der in einigen Schritten Entfernung wartete, und gab ihm ein paar kurze Anweisungen. Dieser wiederum besorgte mit Hilfe einiger Soldaten die weitere Abwicklung – das Heranschaffen und Abzählen des Geldes, den Transport des Haarteppichs in den gepanzerten Wagen –, während Moarkan weiterging zum nächsten Teppich.

Der Gildemeister intervenierte, wenn der Preis, den der Händler nannte, ihm ungerechtfertigt niedrig schien. Manchmal entstanden daraus erregte Diskussionen, bei denen aber der Händler in der stärkeren Position war. Die Haarteppichknüpfer hatten nur die Wahl, an ihn zu verkaufen oder aber ein Jahr zu warten und darauf zu hoffen, daß ihnen der nächste Händler einen besseren Preis machte.

Einer der alten Haarteppichknüpfer sank plötzlich in sich zusammen, als Moarkan seinen Preis nannte, und starb wenige Augenblicke später. Der Händler wartete, bis man ihn von der Bühne geschafft hatte, und machte dann ungerührt weiter. Die Menge hatte kaum Notiz davon genommen. Dergleichen kam nahezu jedes Jahr vor, und bei den Haarteppichknüpfern galt dieser Tod als besonders ehrenhaft. Die Musik hatte nicht einmal aufgehört zu spielen.

Dirilja öffnete eines der Fenster auf der Seite des Wagens, die der Bühne abgewandt war, und streckte den Kopf hinaus. Ihr schönes langes Haar erregte Aufsehen, und wann immer sie jemanden entdeckte, der in ihre Richtung sah, winkte sie ihn her und fragte: »Kennt Ihr einen Abron?«

Die meisten wußten mit diesem Namen nichts anzufangen, aber manche kannten ihn. »Abron? Der Sohn eines Haarteppichknüpfers, nicht wahr?«

»Ja, kennt Ihr ihn?«

»Eine Zeitlang war er oft in der Schule, aber sein Vater war dagegen, wie man hörte.«

»Und jetzt? Was macht er jetzt?«

»Ich weiß es nicht. Man hat ihn schon lange nicht mehr gesehen, sehr lange nicht mehr...«

Dirilja schnitt es ins Herz, aber als sie eine alte Frau gefunden hatte, die Abron kannte, überwand sie sich und fragte: »Hat man gehört, daß er geheiratet hat?«

»Geheiratet? Abron? Nein...« sagte die alte Frau. »Das hätte ja letztes Jahr oder vorletztes Jahr auf dem Fest sein müssen, und davon wüßte ich, denn Ihr müßt wissen, daß ich direkt hier am Marktplatz wohne, in einer kleinen Kammer unter dem Dach jenes Hauses dort drüben...«

Inzwischen hatten die Vorbereitungen für das Werben begonnen. Während die letzten Haarteppiche verkauft wurden, brachten Väter ihre Töchter im heiratsfähigen Alter an den Bühnenrand, und als der Haarteppichhändler mit dem Gildemeister die Bühne verließ, wechselte die Kapelle zu beschwingten Tanzweisen. Mit lokkenden Bewegungen begannen die Mädchen langsam auf die jungen Haarteppichknüpfer zuzutanzen, die mit ihren Geldschatullen in der Mitte der Bühne standen und etwas verlegen das Schauspiel betrachteten, das ihnen da geboten wurde.

Jetzt scharten sich die Stadtleute enger um die Bühne und klatschten anfeuernd. Die Mädchen ließen ihre Röcke wirbeln und drehten dabei die Köpfe, so daß ihre langen Haare durch die Luft flogen und im Licht der untergehenden Sonne wie bunte, irrlichternde Flammen aussahen. So tanzten sie auf die jungen Männer zu, die ihnen gefielen, berührten sie kurz an der Brust oder an der Wange und sprangen wieder zurück, lockten und reizten, lachten und klimperten mit den Augen, hoben wohl auch einmal für einen Moment den Rock über die Knie oder fuhren mit den Händen geschwind die Formen ihres Körpers nach.

Die Menge jauchzte, als der erste aus dem Kreis der jungen Männer trat und einem der Mädchen nachging. Sie warf ihm verheißungsvolle Blicke zu, während sie scheinbar scheu zurückwich, und ließ die Spitze ihrer Zunge langsam über ihre halbgeöffneten Lippen streichen, um die anderen auszustechen, die ihr Glück nun auch bei diesem versuchten, und lockte ihn bis zu ihrem Vater, so daß er diesen um ihre Hand bitten konnte mit der traditionellen Formel. Wie es üblich war, begehrte der Vater daraufhin, einen Blick in die Truhe des Haarteppichknüpfers zu werfen, und gemeinsam gingen sie durch das wilde Treiben zu dem Kreis in der Mitte der Bühne, aus dem sich jetzt auch die anderen jungen Männer nach und nach lösten, um ihre Hauptfrau zu wählen. Dort öffnete der junge Haarteppichknüpfer der Deckel seiner Schatulle, und wenn der Vater einverstanden war mit dem, was er darin sah, sprach er seine Einwilligung aus. Nun war es am Gildemeister, die Haare der Frau zu prüfen und, wenn keine Einwände bestanden, die Heirat zu vollziehen und ins Gildebuch einzutragen.

Dirilja starrte auf die Bühne, ohne wirklich wahrzunehmen, was dort vor sich ging. Das Werben der Haarteppichknüpfer erschien ihr alberner und belangloser als jedes Kinderspiel. Noch einmal durchlebte sie die Stunden, die sie mit Abron zusammengewesen war, damals, vor drei Jahren, als der Handelszug ihres Vaters das letzte Mal in Yahannochia Station gemacht hatte. Sie sah sein Gesicht vor sich, spürte die Küsse noch einmal, die sie getauscht hatten, spürte seine sanften Hände auf ihrem Körper und die Angst, ertappt zu werden bei ihrem Zusammensein, das längst alle Grenzen hinter sich gelassen hatte dessen, was sich für junge Leute schickte, die nicht verheiratet waren. Sie hörte seine Stimme und spürte noch einmal die Gewißheit von damals, daß dies wahrhaftig war.

Plötzlich wußte sie, daß sie nicht weiterleben konnte ohne Aufklärung über das Schicksal Abrons. Sie mochte versuchen, Abron zu vergessen, aber der Preis, den sie dafür würde zahlen müssen, war der Verlust ihrer inneren Gewißheit. Niemals würde sie wissen, ob sie sich selbst vertrauen konnte. Es war keine Frage verletzter Ehre oder gekränkter Eifersucht. Wenn die Welt so beschaffen war, daß eine Gewißheit, wie sie sie gefühlt hatte, täuschen konnte, dann war sie es nicht wert, darin zu leben.

Sie sah aus allen Fenstern des Wagens und konnte ihren Vater nirgends entdecken. Wahrscheinlich saß er mit den Oberen der Stadt zusammen, um Neuigkeiten auszutauschen und seine geheimen Geschäfte zu machen.

Auf dem Markt wurden die ersten Fackeln angesteckt, während Dirilja anfing, Kleidungsstücke und andere Habseligkeiten in eine kleine Umhängetasche zu packen.

Die Musik hatte aufgehört zu spielen. Manche Stände wurden bereits abgebaut, die Waren wieder in die Wagen verladen und Geld gezählt. Viele der Stadtleute waren bereits nach Hause gegangen.

Nach der Trauung der jungen Haarteppichknüpfer mit ihren Hauptfrauen war die Bühne nun Schauplatz für den Markt der Nebenfrauen. Das Podium lag im unruhigen Licht der Fackeln. Männer standen wartend da mit ihren jungen oder nicht mehr so jungen Töchtern. Einige ältere Haarteppichknüpfer, meist begleitet von ihren Frauen, schlurften prüfenden Blickes von einer zur anderen, befühlten die Haarpracht der Mädchen zwischen ihren kundigen Fingern und begannen hier und da ausführlichere Unterhaltungen. Eine Nebenfrau zu nehmen bedurfte keiner besonderen Zeremonie; es genügte, wenn der Vater seine Tochter freigab und sie dem Haarteppichknüpfer folgte.

Am Morgen danach verzögerte sich die Weiterreise der Karawane. Die Wagen standen fahrbereit, die Büffel schnaubten unruhig und scharrten mit den Hufen, und die Fußsoldaten standen wartend im großen Kreis um den Troß. Immer höher stieg die Sonne, ohne daß zum Aufbruch geblasen wurde. Der Klatsch wollte wissen, daß Dirilja, die Tochter des Haarteppichhändlers, verschwunden war. Aber natürlich wagte niemand, nachzufragen.

Endlich waren schnelle Reiter zu hören, die durch die Gassen der Stadt galoppierten. Ein vertrauter Diener des

Händlers eilte zu dessen Wagen und klopfte an die Scheiben. Moarkan öffnete die Tür und trat heraus, in seine prachtvollsten Gewänder gekleidet und versehen mit allen Insignien seiner Würde. Mit steinernem Gesicht erwartete er den Bericht seiner Späher.

»Wir haben überall gesucht, in der Stadt und auf den Wegen hinaus zu den Burgen«, erklärte der Anführer der berittenen Soldaten, »aber wir haben nirgends eine Spur Eurer Tochter gefunden.«

»Sie ist nicht mehr meine Tochter«, sagte Moarkan düster und befahl: »Gebt das Signal zum Aufbruch! Und vermerkt in den Karten, daß wir niemals wieder nach Yahannochia kommen wollen.«

Der Troß des Händlers setzte sich langsam, aber so unaufhaltsam wie eine Gesteinslawine in Bewegung. Diesmal, beim Auszug aus der Stadt, säumten nur noch einige Kinder den Wegesrand. In einer Wolke von Staub wälzte sich der monströse Zug von Wagen, Tieren und Menschen davon, eine tiefe Spur von Rädern und Hufabdrücken hinterlassend, die erst in vielen Wochen zugeweht sein würden.

Dirilja wartete in ihrem Versteck am Stadtrand, bis die Händlerkarawane hinter dem Horizont verschwunden war, und dann noch einen Tag, ehe sie sich hervorwagte. Die meisten Leute erkannten sie nicht, und diejenigen, die sie erkannten, begnügten sich mit ablehnenden Blikken.

Es gelang ihr, unauffällig den Weg zum Haus des Haarteppichknüpfers Ostvan zu erfragen. Ausgerüstet mit einigem Proviant, einer Wasserflasche und einem grauen Überwurftuch zum Schutz gegen Sonne und Staub machte sie sich auf den Weg.

Der Weg war lang und beschwerlich ohne Reittier. Neidvoll beobachtete sie eine Händlerin, die ihr entgegenkam, eine kleine, steinalte Frau, die auf einem Yuk-Esel ritt und zwei andere, hoch bepackt mit Stoffbündeln, Körben und Lederbeuteln, hinter sich herführte. Obwohl Dirilja genug Geld besaß, um sich jedes Tier in der Stadt zu kaufen, hätte ihr doch niemand auch nur einen lahmen Yuk-Esel verkauft, ihr, einer jungen Frau, die allein unterwegs war.

Als der steinige Pfad bergauf führte, mußte sie immer öfter anhalten, und als die Sonne hoch am Himmel stand, verkroch sie sich in den Schatten eines überhängenden Steins und ruhte sich aus, bis sie ihre Kräfte zurückkehren fühlte. Auf diese Weise brauchte sie fast den ganzen Tag, bis sie ihr Ziel erreicht hatte.

Das Haus lag geduckt da, bleich und verwittert wie der jahrealte Schädel eines Tierskeletts. Die schwarzen Höhlen seiner Fenster schienen die junge Frau forschend anzustarren, die da erschöpft auf dem sauber gefegten Vorplatz stand und sich unschlüssig umsah.

Unvermittelt ging eine Tür auf, und ein kleines Kind kam mit unsicheren Schritten herausgewackelt, gefolgt von einer schlanken Frau mit langem Lockenhaar.

Diriljas Herz krampfte sich zusammen, als sie erkannte, daß das kleine Kind ein Junge war.

»Entschuldigt, ist dies das Haus des Ostvan?« fragte sie mühsam.

»Ja«, sagte die Frau und musterte sie neugierig von Kopf bis Fuß. »Und wer seid Ihr?«

»Mein Name ist Dirilja. Ich suche Abron.«

Ein Schatten verdüsterte das Gesicht der Frau. »Warum suchst du ihn denn?«

»Er war... Ich meine, wir hatten... Ich bin die Tochter

des Haarteppichhändlers Moarkan. Abron und ich hatten einander versprochen... aber er kam nicht und...« Sie stockte, als die Frau bei diesen Worten vortrat und sie umarmte.

»Mein Name ist Garliad«, sagte sie. »Dirilja, Abron ist tot.«

Sie geleiteten sie nach innen, Garliad und Mera, die Hauptfrau des Ostvan. Sie setzten sie auf einen Stuhl und stellten ihr ein Glas Wasser hin. Dirilja erzählte ihre Geschichte, und Mera, Abrons Mutter, erzählte die ihre.

Und als alles gesagt war, schwiegen sie.

»Was soll ich denn nun machen?« fragte Dirilja leise. »Ich habe meinen Vater verlassen ohne seine Erlaubnis; er muß mich verstoßen, und falls ich ihm je wieder begegne, muß er mich töten. Ich kann nicht mehr zurück.«

Garliad nahm ihre Hand. »Du kannst hierbleiben. Ostvan wird dich zur Nebenfrau nehmen, wenn wir mit ihm sprechen und ihm alles erklären.«

»Hier bist du in Sicherheit, wenigstens das«, sagte Mera und fügte hinzu: »Ostvan ist alt. Er wird dir nicht mehr beiwohnen können, Dirilja.«

Dirilja nickte langsam. Ihr Blick fiel auf den kleinen Jungen, der auf dem Boden saß und mit einem kleinen hölzernen Knüpfrahmen spielte, wanderte hin zur Tür, die weit offen stand, und hinaus in die Ferne, über die ungezählten Felskämme und Täler, das staubige, unfruchtbare Ödland, das nur den endlosen Wind kannte und die erbarmungslose Sonne. Dann öffnete sie ihr Bündel und begann, ihre Sachen auszupacken.

Der Haarteppichprediger

Ein plötzlicher Windstoß zerzauste sein Haar, wehte ihm die Strähnen ins Gesicht. Er schob sie mit einer ärgerlichen Handbewegung zurück und musterte dann mißmutig die weißen Haare, die zwischen seinen Fingern hängengeblieben waren. Jede Erinnerung daran, daß er unaufhaltsam älter wurde, war ihm zuwider. Als er seine Hände ausschüttelte, war es, als wolle er damit gleichzeitig diesen Gedanken abschütteln.

Er hatte sich zu lange aufgehalten in all diesen Häusern, hatte zu oft versucht, widerspenstige Väter zu belehren. Die Erfahrung eines langen Lebens hätte ihm sagen sollen, daß er damit nur seine Zeit verschwendete. Jetzt waren es schon die Abendwinde, die da an seinem abgeschabten grauen Umhang zerrten, und es begann, kühl zu werden. Die langen, einsamen Wege zwischen den abgelegenen Häusern der Haarteppichknüpfer fielen ihm mit jedem Jahr schwerer. Er beschloß, nur noch einen Besuch abzustatten und sich dann auf den Heimweg zu machen. Das Haus des Ostvan lag ohnehin am Weg.

Einen Vorteil hatte das Alter immerhin, der ihn bisweilen etwas versöhnlicher stimmte: es verlieh ihm in den Augen der Menschen eine Autorität und Würde, wie es ihm das wenig geachtete Amt eines Lehrers niemals eingebracht hatte. Immer seltener passierte es ihm, daß er darüber diskutieren mußte, ob Kinder den Schulunterricht besuchen sollten, oder daß sich ein Vater gar weigerte, das Schulgeld für das nächste Jahr zu bezahlen. Und immer öfter genügte ein strenger Blick, um solche Einwände im Keim zu ersticken.

Aber all das, dachte er, während er keuchend den steilen Pfad hinaufschlurfte, wäre nicht Grund genug, alt zu werden, wenn ich es mir aussuchen könnte. Er hatte es sich zur Gewohnheit gemacht, dem Kalender vorzugreifen und das Schulgeld einige Zeit früher als üblich einzutreiben, damit er seine Rundgänge in der kalten Jahreszeit machen konnte. Vor allem die Besuche bei den Haarteppichknüpfern, die alle weit außerhalb der Stadt wohnten und zu denen man, wie es ihrem Stand gebührte, hingehen mußte, wenn man etwas von ihnen wollte – das waren stets mühsame Tage. In der Sonnenglut des Jahreswechsels wollte er sich diese Gänge nicht mehr zumuten.

Endlich erreichte er die Terrasse vor dem Haus. Er gönnte sich einige Minuten des Verschnaufens, während derer er das Haus des Ostvan betrachtete. Es war ziemlich alt, wie die meisten der Wohnsitze der Haarteppichknüpfer. Das scharfe Auge des Lehrers erkannte in der Anordnung der Mauersteine eine Fügetechnik, wie sie im letzten Jahrhundert gebräuchlich gewesen war. Einige Anbauten waren erkennbar neueren Datums, obwohl sie genauso alt aussahen.

Wen interessieren solche Dinge denn heutzutage noch? dachte er mißmutig. Das war auch so ein Wissen, das mit ihm untergehen würde. Er klopfte an die Tür und blickte dabei rasch an sich herunter, prüfte den korrekten Fall seiner Lehrerrobe. Es war wichtig, korrekt auszusehen, besonders hier.

Eine alte Frau öffnete ihm. Er erkannte sie. Es war Ostvans Mutter.

»Garliad, sei gegrüßt«, sagte er. »Ich komme wegen des Schulgeldes für Taroa, deine Enkeltochter.«

»Parnag«, erwiderte sie einfach. »Komm herein.«

Er stellte seinen Stab außen gegen die Wand und trat ein, die Robe gerafft. Sie bot ihm einen Sitzplatz an und einen Becher Wasser, dann ging sie nach hinten, um ihren Sohn zu benachrichtigen. Durch die offene Tür konnte Parnag hören, wie sie die Treppe zum Knüpfzimmer emporschlurfte.

Er trank einen Schluck. Es tat gut zu sitzen. Er musterte den Raum, den er von früheren Besuchen kannte, die weißen, kahlen Wände, das fleckige Schwert an einem Wandhaken, die Reihe der Weinflaschen auf einem hohen Regal. Durch den Türspalt erhaschte er einen Blick auf eine der anderen Frauen des Haarteppichknüpfers, die im Nebenraum damit beschäftigt war, Wäsche zusammenzulegen. Dann hörte er wieder Schritte, junge, elastische Schritte diesmal.

Ein junger Mann mit einem schmalen, verbissenen Gesicht trat durch die Tür. Ostvan der Jüngere. Man sagte von ihm, daß er sehr schroff und verletzend mit seinen Mitmenschen umging, und in seiner Gegenwart hatte man das Gefühl, daß er unablässig darauf aus war, irgend etwas zu beweisen. Parnag fand ihn unsympathisch, aber er wußte, daß Ostvan ihm gegenüber einen tiefen Respekt hegte. Wahrscheinlich ahnt er eben doch, daß er mir sein Leben verdankt, dachte Parnag bitter.

Sie begrüßten einander förmlich, und Parnag berichtete ihm von den Fortschritten, die seine Tochter Taroa im vergangenen Jahr gemacht hatte. Ostvan nickte zu allem, aber es schien ihn nicht übermäßig zu interessieren.

»Ihr erzieht sie doch zu Gehorsam und Liebe für den Kaiser, nicht wahr?« wollte er wissen.

»Selbstverständlich«, sagte Parnag.

»Gut«, nickte Ostvan und holte einige Münzen hervor, aus denen er das Schulgeld abzählte.

Parnag ging, tief in Gedanken versunken. Jeder seiner Besuche hier wühlte etwas in ihm auf, Erinnerungen an lange zurückliegende Zeiten, als er jung und kraftvoll gewesen war und geglaubt hatte, er könnte es mit dem ganzen Universum aufnehmen, als er sich stark genug gefühlt hatte, der Welt ihre Geheimnisse und Wahrheiten aus eigener Kraft zu entreißen.

Parnag schnaubte ärgerlich. Das war alles lang vorbei. Heute war er ein alter, wunderlicher Mann, der an einem Übermaß an Erinnerungsvermögen litt, nichts weiter. Und im übrigen stand die Sonne wolkig-rot über dem Horizont und warf lange Schatten über die Ebene mit Strahlen, die nicht mehr stark genug waren, um zu wärmen. Er tat besser daran, sich zu beeilen, wenn er vor Einbruch der Dunkelheit zu Hause sein wollte.

Ein Schatten, der sich bewegte, erregte Parnags Aufmerksamkeit. Als er ihm mit den Augen folgte, entdeckte er die Silhouette eines Reiters am Horizont. Zusammengesunken, wie schlafend, saß eine große Gestalt auf einem armseligen kleinen Reittier, das mühsam einen Fuß vor den anderen setzte.

Ohne daß er hätte sagen können, warum, löste dieser Anblick ein Gefühl nahenden Unheils in ihm aus. Parnag blieb stehen und kniff die Augen zusammen, ohne deswegen besser zu sehen. Ein schlafender Reiter am Abend, das war absolut nichts Ungewöhnliches.

Als er zuhause ankam, stellte er zu seinem Mißvergnügen fest, daß er vergessen hatte, das Fenster zum Unterrichtsraum zu schließen. Den ganzen Tag hatte der unermüdliche Nordwind Zeit gehabt, feinen Sandstaub, den er aus der Wüste mitbrachte, hereinzuwehen und im ganzen Raum zu verteilen. Verärgert holte Parnag den zerfaserten Strohbesen aus dem Schrank, in dem er auch seine wenigen Lehrutensilien verstaut hielt. Er mußte sogar etwas Sand aus dem Rahmen des Fensters fegen, damit er es schließen konnte. Er zündete die tönerne Öllampe an, in deren warmem, flackernden Licht er sich daran machte, die Tische und Stühle abzuwischen, die Wandregale und die zerlesenen Bücher darauf zu reinigen und schließlich den Sand auf dem Boden zusammenzukehren.

Danach blieb er müde auf einem der Stühle sitzen und starrte vor sich hin. Das unruhige Licht, dieser Raum bei Nacht – auch das rührte an die Erinnerungen, die der Besuch im Haus des Ostvan wachgerufen hatte. Hier waren sie früher oft gesessen, hatten einander aus Büchern vorgelesen und das Gelesene diskutiert, Satz für Satz und voller Leidenschaft, und es war mehr als einmal Morgen geworden darüber. Und dann hatte er plötzlich die kleine Gruppe aufgelöst, von heute auf morgen. Und er hatte es danach stets vermieden, abends in diesem Raum zu sein.

Die Bücher besaß er noch immer. Sie standen in einem dunklen Winkel auf dem Dachboden, eingeschnürt in einen alten, löchrigen Sack und unter Brennmaterial verborgen. Er war fest entschlossen, sie niemals mehr in seinem Leben auszupacken und es seinem Nachfolger zu überlassen, sie zu entdecken oder auch nicht.

Unglücklich wird, wer beginnt, am Kaiser zu zweifeln.

Seltsam – er erinnerte sich plötzlich, daß ihn dieser Satz schon als Kind von allen Lehren am meisten beschäftigt hatte. Wahrscheinlich war der Zweifel eine Krankheit, mit der er bereits auf die Welt gekommen war, und es war seine Lebensaufgabe, dagegen anzukämpfen. Vertrauen zu lernen. Vertrauen! Er war weit davon entfernt zu vertrauen. In Wahrheit, dachte er bitter, begnüge ich mich damit, mich von dem ganzen Thema einfach fernzuhalten.

Unglücklich wird, wer beginnt, am Kaiser zu zweifeln. Und er bringt auch Unglück über alle, die mit ihm zu tun haben.

Damals war es ein Sieg gewesen, sich diese Bücher zu beschaffen. Er hatte einen Freund, der eine Reise in die Hafenstadt unternahm, überreden können, sie zu besorgen, und im Jahr darauf hatte er die Bücher mit einem Triumphgefühl ohnegleichen in Empfang genommen. Eine unermeßliche Summe Geldes hatte er dafür bezahlt, aber das war es ihm wert gewesen. Er hätte auch seinen rechten Arm dafür gegeben, um diese Bücher zu besitzen, die von anderen Planeten des Reiches stammten.

Aber damit hatte er, ohne es zu ahnen, die Samen seines Zweifels in fruchtbaren Boden getan.

Zu seinem grenzenlosen Erstaunen fand er in diesen Büchern, die von drei verschiedenen Welten stammten, Haarteppichknüpfer erwähnt. Bisweilen stieß er auf Wörter und Ausdrücke, deren Bedeutung ihm unklar war, aber die Beschreibung dieser obersten aller Kasten identifizierte sie eindeutig: Männer, die ihr ganzes Leben daran gaben, um aus den Haaren ihrer Frauen und Töchter einen einzigen Teppich zu knüpfen, für den Palast des Kaisers.

Er erinnerte sich noch des Augenblicks, an dem er im Lesen innehielt und mit gefurchter Stirn aufsah und die rußende Flamme der Öllampe anstarrte, während sich in seinem Inneren Fragen formulierten, die ihn von da an nie mehr verlassen sollten.

Er begann nachzurechnen. Die meisten seiner Schüler erreichten niemals nennenswerte Fertigkeiten im Umgang mit großen Zahlen, aber selbst er, der das Rechnen zu seinen größten Stärken zählte, kam bald in Schwierigkeiten. Allein um Yahannochia lebten an die dreihundert Haarteppichknüpfer. Wie viele solcher Städte mochte es geben? Er wußte es nicht, aber auch bei vorsichtigen Schätzungen kam er auf atemberaubende Mengen von Haarteppichen, die die Händler alljährlich zur Hafenstadt schafften, um sie den kaiserlichen Schiffern zu übergeben. Und so ein Haarteppich war ja nicht gerade klein – mannshoch, mannsbreit, das galt als anzustrebendes Maß.

Wie hieß es in der Bundesformel der Haarteppichknüpfer? *Jede Provinz des Reiches trägt das Ihre dazu bei, den Palast des Kaisers zu schmücken, und unsere Ehre ist es, die kostbarsten Teppiche des Universums zu knüpfen.* Wie groß war dieser Palast, daß die Produktion eines ganzen Planeten nicht ausreichte, ihn mit Teppichen auszulegen?

Er hatte das Gefühl gehabt, zu träumen. Diese Berechnungen hätte er schon immer anstellen können, aber er wäre niemals auf die Idee gekommen; bis dahin wären ihm solche Zahlenspiele wie reine Gotteslästerung vorgekommen. Aber seit er diese Bücher besaß, die von Haarteppichknüpfern auf drei anderen Planeten berichteten... Und wer wußte, wie viele es noch geben mochte.

Mittlerweile war es nicht mehr so leicht für ihn, nachzuvollziehen, warum er damals so gehandelt hatte: Er hatte einen kleinen Kreis gegründet, der sich regelmäßig abends traf; einige Männer in seinem Alter, die es erstrebenswert fanden, noch etwas dazuzulernen. Der Heiler war darunter, einige Handwerker und einer der reicheren Herdenbesitzer.

Es war eine langwierige, ermüdende Angelegenheit. Er versuchte nichts anderes, als sich die Gesprächspartner zu erziehen, die er suchte. Es gab so vieles, was sie erst lernen mußten, ehe es einen Sinn hatte, mit ihnen über die Fragen zu diskutieren, die ihn bewegten. So hatten sie, wie die meisten Menschen, nur sehr verschwommene Vorstellungen von der Beschaffenheit der Welt, in der sie lebten. Der Kaiser lebte »in einem Palast in den Sternen«, soviel wußten sie – aber was das bedeutete, wußten sie nicht. So mußte er sie erst lehren, was er über Sterne und Planeten wußte, daß die Sterne am Nachthimmel nichts anderes waren als weit entfernte Sonnen, von denen viele Planeten besaßen, auf denen ebenfalls Menschen lebten; daß alle diese Planeten selbstverständlich zum Kaiserreich gehörten und daß es einen Planeten gab, unermeßlich weit entfernt im Herzen des Reiches, auf dem der gewaltige Sternenpalast stand. Er mußte ihnen beibringen, wie man Flächeninhalte berechnete, mußte sie den Umgang mit großen Zahlen lehren. Und dann erst konnte er anfangen, sie behutsam mit seinen ketzerischen Überlegungen vertraut zu machen.

Doch unglücklich wird, wer beginnt, am Kaiser zu zweifeln, und er bringt auch Unglück über alle, die mit ihm zu tun haben. Es beginnt an einem Punkt und breitet sich dann aus wie ein verzehrendes Feuer...

Auch am nächsten Tag, während des Unterrichts, verfolgten ihn seine Erinnerungen. Der kleine Raum war wie üblich bis auf den letzten Stuhl und den letzten freien Sitzplatz auf dem Boden besetzt, und heute gelang es ihm nur mit Mühe, die Horde quirliger Kinder zu bändigen. Die Klasse las im Chor, und Parnag folgte dem Text in seinem eigenen Buch geistesabwesend, versuchte Stimmen herauszuhören, die schlecht lasen oder langsam. Normalerweise gelang ihm das, aber heute hörte er Stimmen von Leuten, die gar nicht da waren.

»Ein Prediger spricht auf dem Marktplatz«, rief einer der älteren Jungen, der Sohn des Tuchhändlers. »Mein Vater hat gesagt, ich soll nach dem Unterricht hingehen.«

»Wir können alle zusammen hingehen«, erwiderte Parnag. In religiösen Dingen achtete er stets darauf, sich besonders eifrig zu geben.

Das war nicht immer so gewesen. In seinen jungen Jahren war er offener gewesen, hatte sich und seine Gefühle bedenkenlos mitgeteilt. Wenn es ihm nicht gut ging, dann entschuldigte er sich vor seinen Schülern dafür, und wenn ihn ein Problem beschäftigte, dann ließ er durchaus auch während des Unterrichts die eine oder andere Bemerkung fallen. Auch damals, als ihn die Bücher in tiefe Zweifel und Verwirrung gestürzt hatten, hatte er seinen Schülern davon zu erzählen versucht.

Er hatte in verständnislos dreinblickende Kinderaugen gesehen und daraufhin das Thema gewechselt. Nur einer seiner Schüler, ein aufgeweckter, ungewöhnlich intelligenter Junge namens Abron, reagierte anders.

Zu seiner Verblüffung fand Parnag in diesem kleinen, mageren Jungen den Gesprächspartner, den er unter den Erwachsenen erfolglos gesucht hatte. Abron wußte so wenig, aber was er wußte, war ihm Grundlage für erstaunlich eigenständige Gedanken. Er konnte einen aus seinen dunklen, unergründlichen Augen anblicken und mit der schlichten, geradlinigen Intelligenz des Kindes brüchige Schlußfolgerungen durchschauen und Fragen stellen, die den Kern einer Sache genau trafen. Parnag war fasziniert, und ohne Bedenken lud er den Jungen ein, an den Abenden seines Kreises teilzunehmen.

Abron kam und saß mit großen Augen dabei, ohne ein Wort zu sagen. Sein Vater, Ostvan der Ältere, ein Haarteppichknüpfer, verbot ihm daraufhin den Besuch der Schule vollständig.

Der Lehrer bot Abron an, er könne zu ihm kommen, wann er wolle und so oft er wolle, um alle seine Bücher zu lesen und ihn alles zu fragen, was ihn interessierte. Und Abron wurde ein regelmäßiger Gast in Parnags Haus. Immer wieder schlich er sich unter Vorwänden in die Stadt, um dann Stunden und ganze Nachmittage über den Büchern des Lehrers zu verbringen, während dieser ihm Tee von seinen besten Kräutern kochte und alle Fragen des Jungen nach besten Kräften beantwortete.

Diese Stunden, erkannte Parnag in der Rückschau erschüttert, waren die glücklichsten seines Lebens gewesen. Abron wuchs ihm ans Herz wie ein eigener Sohn; er bemühte sich mit geradezu väterlicher Zärtlichkeit, den unersättlichen Wissensdurst des Kindes zu stillen.

So kam es, daß Abron anwesend war, als Parnag unerwartet Besuch erhielt von dem Freund, der zum zweitenmal aus der Hafenstadt zurückgekehrt war mit einem zweiten Paket Bücher – und einem unglaublichen Gerücht.

»Bist du sicher?« hatte Parnag sich vergewissern müssen.

»Ich habe es von mehreren der fremden Händler

gehört. Und ich kann mir nicht vorstellen, daß sie sich abgesprochen haben.«

»Eine Rebellion?«

»Ja. Eine Rebellion gegen den Kaiser.«

»Ist das denn möglich?«

»Sie sagen, der Kaiser müsse abdanken.«

Danach kam Abron nicht wieder. Irgendwann trug jemand Parnag unter dem Siegel der Verschwiegenheit zu, daß Abron nicht mehr lebte. Offenbar hatte er zuhause ketzerische, gotteslästerliche Reden geführt, worauf ihn sein Vater zugunsten eines neugeborenen Sohnes getötet hatte.

Parnag erkannte in diesem Moment den ganzen Umfang seines Frevels. Er hatte es seinem Zweifel erlaubt, ein junges, vielversprechendes Leben zu zerstören. Er hatte Unglück gesät. Ohne ein Wort der Erklärung löste er den Diskussionskreis auf und weigerte sich, die darin aufgeworfenen Fragen jemals wieder zu erörtern.

Als er nun im Kreis seiner Schüler zum Marktplatz trottete, befiel ihn ein Gefühl von Depression. Es war ein kühler, sonniger Tag, aber ihm war, als zöge er durch ein nachtschwarzes Tal. Er versank in seinen Erinnerungen wie in Treibsand. Am Rande seines Bewußtseins beobachtete er sich, wie er einige unentschlossene Anstrengungen machte, die Schar der Kinder zusammenzuhalten, aber im Grunde war es ihm gleichgültig, und er überließ sie sich selbst.

Der Prediger saß auf einem der Steinpodeste, zwischen denen bei Festen die Bühne errichtet wurde. Eine Schar von Menschen jeden Alters und Standes hatte sich versammelt und lauschte seinen Worten.

»Auf meinen weiten Wanderungen treffe ich in jeder Stadt Menschen, die mir berichten, daß es ihnen schlecht geht und daß sie leiden, sei es an Hunger oder Armut oder unter ihren Mitmenschen«, rief er gerade in dem psalmodierenden Tonfall der Wanderprediger, der seine Stimme weit trug. »Sie erzählen mir davon, weil sie hoffen, daß ich ihnen helfen kann – vielleicht durch einen guten Rat, vielleicht durch ein Wunder. Aber ich kann keine Wunder bewirken. Ich habe auch keinen guten Rat, jedenfalls keinen, den ihr euch nicht selber besser geben könntet. Alles, was ich tue, ist, euch an etwas zu erinnern, das ihr vielleicht vergessen habt – nämlich daß ihr nicht euch selbst, sondern dem Kaiser, unserem Herrn, gehört und daß ihr nur leben könnt, wenn ihr durch ihn lebt!«

Jemand brachte ihm eine Frucht als Opfergabe, und er unterbrach seine Predigt mit einem dünnlippigen Lächeln, um die Gabe entgegenzunehmen und zu den anderen Dingen zu legen, die er neben sich aufgehäuft hatte.

»Und wenn ihr leidet«, fuhr er beschwörend fort, »leidet ihr nur aus einem einzigen Grund: weil ihr das vergessen habt. Und dann versucht ihr, für euch selber zu denken, und das Unglück beginnt. Oh!« Seine rechte Hand hob sich mahnend. »Es ist so leicht zu vergessen, daß ihr des Kaisers seid. Und es ist so schwer, euch immer und immer wieder daran zu erinnern.«

Sein Arm ragte seltsam dürr aus dem Ärmel seiner zerschlissenen Kutte in die Höhe. Parnag beobachtete die Szenerie düsteren Blicks. Das Gefühl, sein Leben verpfuscht zu haben, wollte ihn nicht mehr loslassen.

»Was glaubt ihr denn, warum wir überall auf dieser Welt so angestrengt mit nichts anderem beschäftigt sind, als Haarteppiche zu knüpfen? Tun wir das nur, damit unser Kaiser seinen Fuß nicht auf den bloßen Stein setzen muß? Da gäbe es sicher andere und einfachere Abhilfen. Nein, all dies, all die Rituale, sind nichts anderes als gnädige Geschenke unseres Kaisers an uns, sind seine Hilfsmittel, mit denen er verhindern will, daß wir ihm verlorengehen und dann in unseren Untergang rennen. Nichts anderes ist der Sinn. Bei jedem Haar, das der Haarteppichknüpfer aufnimmt und verknotet, denkt er: Ich gehöre dem Kaiser. Und ihr anderen, ihr Viehhirten und Ackerbauern und Handwerker, ihr seid es, die dem Haarteppichknüpfer seine Arbeit ermöglichen. Ihr habt genau das gleiche Recht, bei jedem eurer Handgriffe den Gedanken zu wiederholen: Ich gehöre dem Kaiser. Ich tue dies für den Kaiser. Und ich selbst«, fuhr er fort und faltete die Hände in einer demutvollen Geste vor der Brust, »bin nur ein weiteres bescheidenes Werkzeug seines Willens, indem ich umherziehe und allen Menschen, denen ich begegne, zurufe: Erinnere dich!«

Parnag fühlte sich unbehaglich. Er dachte an die lange Liste der Häuser, die er noch besuchen mußte wegen des Schulgelds, und es kam ihm wie Zeitverschwendung vor, hier herumzustehen. Aber er konnte nicht gut einfach gehen.

Der Prediger sah sich mit leidenschaftlich funkelnden Augen um. »Und deshalb muß ich auch von den Ungläubigen sprechen, von den Zweiflern und Ketzern, und ich muß euch, die ihr rechten Glaubens seid, vor ihnen warnen. Der Ungläubige ist wie einer, der eine ansteckende Krankheit hat. Er ist nicht wie ihr, die ihr die Wahrheit manchmal vergeßt – das ist menschlich, und es genügt, daß ihr daran erinnert werdet, um euern Glauben zu erneuern. Der Ungläubige hat die Wahrheit nicht einfach vergessen, sondern er kennt sie sehr gut und mißachtet sie absichtlich.«

Parnag wurde heiß. Er mußte sich anstrengen, ein möglichst unbeteiligtes Gesicht zu bewahren. Ihm war, als spreche der ausgemergelte, bärtige Mann plötzlich nur noch zu ihm.

»Er tut das, weil er sich einen Vorteil davon verspricht, und er erdenkt allerlei listige Zweifel und Argumente, um sich zu rechtfertigen. Und diese Zweifel sind wie Gift für das Herz eines einfachen Menschen, der daran irre werden kann und dem der Ungläubige damit die Saat des Unglaubens und damit des Verderbens einpflanzt. Ich sage euch, wenn ihr einen Ungläubigen in eurer Gemeinschaft duldet, dann handelt ihr wie einer, in dessen Haus es brennt und der ruhig neben dem Feuer sitzen bleibt.«

Parnag hatte das Gefühl, daß einige der Stadtleute zu ihm herübersahen, ihn mißtrauisch musterten. Seine aufrührerischen Fragen waren immer noch nicht vergessen, auch nach zwanzig Jahren nicht. Bestimmt erinnerten sich einige jetzt daran und fragten sich...

Und sie hatten ja recht. Die Zweifel waren immer noch in ihm, wie eine verderbenbringende Saat, die er nicht auszujäten imstande war. Er hatte gesehen, wie er andere damit ins Unheil gestürzt hatte, und er selber verharrte in einem Leben, das sich aus konturlosen, grauen Tagen aneinanderreihte. Zweifel, einmal entstanden, konnten nicht wieder zum Verschwinden gebracht werden. Er war nicht mehr fähig, bei seinen Handgriffen zu denken: *Ich tue dies für den Kaiser.* Er konnte nur denken: *Gibt es den Kaiser überhaupt?*

Wer hatte denn den Kaiser jemals gesehen? Sie wußten nicht einmal, wo er lebte, nur daß es ein sehr weit entfernter Planet sein mußte. Natürlich gab es die Photographien, und das Antlitz des Kaisers war jedem Menschen vertrauter als das seiner Eltern, aber soweit Parnag wußte, hatte der Kaiser noch niemals seinen Fuß auf diesen Planeten gesetzt. Man sagte, daß der Kaiser unsterblich war, daß er schon seit Anbeginn aller Zeit lebte und alle Menschen regierte... Man sagte so vieles und wußte nichts. Wenn man einmal anfing mit dem Zweifeln, dann wurde es zu einem bösen inneren Zwang, immer weiter zu machen.

»Seid gewarnt vor den Stimmen, die Zweifel verkünden und Unglauben. Seid gewarnt davor, ketzerischen Reden euer Ohr zu leihen. Seid gewarnt vor allen, die euch einreden, ihr müßtet die Wahrheit selber herausfinden. Nichts könnte falscher sein! Die Wahrheit ist viel zu groß, um von einem einzigen, schwachen, sterblichen Menschen erfaßt zu werden! Nein, einzig in Liebe und Gehorsam für den Kaiser können wir der Wahrheit teilhaftig werden und sicher geleitet werden...«

Der Prediger hielt inne und sah Parnag prüfend an. Parnag erwiderte den Blick, und wie ein jäher Schlag durchzuckte ihn die Erkenntnis, daß er dieses Gesicht kannte! Er kannte den Prediger, von irgendwoher und aus einer so lange zurückliegenden Zeit, daß es ihm im Moment nicht einfiel, woher. Und das plötzliche Erkennen war gegenseitig; Parnag spürte, daß auch der andere ihn erkannt hatte. Parnag sah so etwas wie Panik in dessen dunklen Augen aufflackern, aber nur für einen Augenblick, dann erglühten sie in fanatischem, rachedurstigem Haß.

Ihm wurde unwohl. Woran mochte der zerlumpte Prediger sich erinnern? Er spürte sein Herz rasen, hörte sein Blut in den Ohren pochen. Nur undeutlich bekam er mit, daß der Prediger weitersprach. Forderte er jetzt die Menge auf, ihn zu steinigen? Er konnte nichts verstehen.

Er hatte am Kaiser gezweifelt, und er hatte Unglück über andere gebracht. War er nun selbst an der Reihe? Ereilte ihn nun doch sein Schicksal, aller Reue und Buße zum Trotz?

Parnag flüchtete. Er hörte sich etwas zu seinem Vorzugsschüler sagen, wahrscheinlich, daß dieser dafür sorgen solle, daß alle Kinder nach Hause kamen, dann ging er davon, spürte die Steine unter seinen Füßen knirschen und hörte das Geräusch von den Häuserwänden widerhallen, seine Schritte, schneller und schneller. Die erste Häuserecke war wie ein Lebensretter. Nur verschwinden, außer Sicht kommen!

Doch da fiel ihm plötzlich ein, woher er den Mann kannte. Er blieb abrupt stehen, einen unartikulierten Laut der Überraschung ausstoßend. Konnte das möglich sein? Dieser Mann, den er gekannt hatte – ein Prediger? Obwohl er tief innen wußte, daß er recht hatte, konnte er nicht anders, als umzudrehen und zurückzugehen, um sich zu vergewissern. Hinter der Ecke, die ihm gerade noch als Zuflucht gedient hatte, blieb er stehen und spähte auf den Marktplatz.

Es war kein Zweifel möglich. Dieser Mann, der da im Kreis einer andächtig lauschenden Menge saß, gekleidet in das härene Gewand des heiligen Wanderers, war niemand anders als der, mit dem zusammen er in seinen jungen Jahren die Schule in Kerkeema geführt hatte. Er erkannte ihn an der Art, sich zu bewegen, und nun erkannte er auch die Gesichtszüge wieder. Brakart. Das war sein Name gewesen.

Parnag atmete aus, erleichtert, und erst jetzt spürte er,

daß ihm Todesangst die Brust zugeschnürt hatte wie mit stählernen Bändern. Er hatte Angst gehabt, der andere hätte ihn als Zweifler, als Gottesleugner erkannt. Er war davongerannt, weil er Angst gehabt hatte, als Ketzer gesteinigt zu werden. Aber er hatte nichts zu befürchten. Der andere hatte ihn erkannt und auch, daß Parnag ihn erkannt hatte – und damit wußte er, daß er auf jemanden gestoßen war, der sein Geheimnis kannte. Sein schmutziges Geheimnis.

Es lag fast vierzig Jahre zurück: Kerkeema, die Stadt am Rand des erloschenen Vulkankraters. Der weite Blick über die Ebene und die bizarren Schatten, die jeder Sonnenuntergang warf. Sie hatten die Schule der Stadt gemeinsam geführt, zwei junge Lehrer, und während Parnag als freundlich und umgänglich galt, erwarb Brakart sich bald den Ruf unnachsichtiger Strenge. Kaum ein Abend verging, an dem er nicht jemanden zum Einzelunterricht dabehielt, und meistens waren es Schülerinnen, denen er nachsagte, sie seien unaufmerksamer im Unterricht als die Jungen.

Die Jahre vergingen, bis eines Tages ein Krankheitsfall, viele Tränen und ein Geständnis ans Licht brachten, daß Brakart sich seiner Schülerinnen in unzüchtiger Weise bedient hatte und daß das der wahre Grund seiner so strengen Disziplin gewesen war. Er flüchtete Hals über Kopf mitten in der Nacht, ehe ihm die erzürnten Stadtleute etwas antun konnten, und Parnag hatte nachher so viele unangenehme Verhöre durchzustehen, daß er Kerkeema schließlich auch verließ. So war er nach Yahannochia gelangt.

Und nun waren sie wieder zusammengetroffen. Parnag fühlte sich plötzlich elend. Ein Teil in ihm jubelte übermütig, daß er in Sicherheit war, daß er den anderen in der Hand hatte, aber ein anderer Teil in ihm fand es deprimierend: Sollte ich so billig davonkommen? Er hatte gezweifelt und einen jungen Menschen damit getötet. Er war dem Zweifel unrettbar verfallen, und den, der die Wahrheit hätte rächen können, hatte er vollkommen in der Hand: es war ein billiger, würdeloser Sieg. Nein, kein Sieg – nur ein Davonkommen. Seine Haut war gerettet, aber seine Ehre verloren.

An diesem Nachmittag blieb er zuhause. Die geizigen Haarteppichknüpfer würden nicht traurig sein, wenn sie ihr Geld noch einen Tag länger behalten konnten. Er wanderte im Haus hin und her, putzte ziellos den einen oder anderen Gegenstand und hing seinen Gedanken nach. Grau. Alles war grau und trostlos.

Lange blieb er vor dem ledernen Beutel stehen, der im Flur an einem Haken hing, ganz in den Anblick versunken. Der Beutel hatte einmal Abron gehört. Bei seinem letzten Besuch hatte der Junge ihn da hingehängt und vergessen, als er ging, und seitdem hing der Beutel da.

Später überkam ihn plötzlich der Impuls zu singen. Mit brüchiger, ungeübter Stimme versuchte er ein Lied anzustimmen, das ihn als Kind sehr beeindruckt hatte und das mit den Worten begann: »Ich ergebe mich ganz dir, mein Kaiser...« Aber er konnte sich nicht an den Rest des Textes erinnern und gab es schließlich auf.

Irgendwann klopfte es stürmisch an der Tür. Er ging hin, um aufzumachen. Es war Garubad, der Viehzüchter, ein untersetzter, grauhaariger Mann in verwitterter Lederkleidung. Damals, vor zwanzig Jahren, war auch Garubad Mitglied seines Gesprächskreises gewesen.

»Garubad...«

»Parnag, sei gegrüßt!« Der bullige Viehzüchter schien

bester Laune, beinahe aufgekratzt. »Ich weiß, es ist ewig her, daß wir uns das letzte Mal gesprochen haben, aber ich muß dir unbedingt etwas erzählen. Darf ich reinkommen?«

»Natürlich.« Parnag trat beiseite und ließ ihn ein. Es berührte ihn seltsam, daß der andere gerade jetzt bei ihm auftauchte. Sie hatten seit Jahren nichts mehr miteinander zu tun gehabt, eigentlich seit die Tochter des Viehzüchters die Schule abgeschlossen hatte.

»Du errätst nie, was mir passiert ist«, polterte Garubad sogleich los. »Ich mußte einfach kommen, um es dir zu erzählen. Du erinnerst dich doch an die Diskussionsabende damals bei dir hier – als wir alle noch jung waren, was? – und an alle die Dinge, über die wir gesprochen haben, nicht wahr? Ich erinnere mich noch gut; du hast uns alles über Planeten und Monde beigebracht und daß die Sterne weit entfernte Sonnen sind...«

Was ist bloß los? dachte Parnag. Wieso umzingelt mich heute alles, was mit dieser Zeit damals zu tun hat?

»Also, zuerst mußt du wissen, daß ich, wie ich hier stehe, von einem ziemlich langen Viehtrieb zurückkomme. Irgend jemand, ich glaube, eine der fahrenden Händlerinnen, hat mir erzählt, daß das alte Flußbett seit ein paar Wochen etwas Wasser führt. Weil es zur Zeit rings um die Stadt nicht besonders gut aussieht, habe ich meine Keppo-Schafe auf Verdacht hinuntergetrieben, dort ein Weideland abgesteckt und so weiter, du kennst das ja. Naja, drei Tagesreisen, wenn man die Schafe treiben muß, und ein Tag allein zurück.«

Parnag wappnete sich mit Geduld. Garubad liebte es, sich reden zu hören, und kam selten ohne größere Umwege zum Kernpunkt einer Sache.

»Und jetzt kommt's: Auf dem Rückweg mache ich,

nachdem ich sowieso in der Nähe war, einen Abstecher zu den Schabrat-Felsen, um nachzusehen, ob ich nicht ein paar von diesen Kristallen mitnehmen kann, die man dort ab und zu findet. Und wie ich gerade anfange zu suchen, kommt er aus einer der Höhlen heraus!«

»Wer?« fragte Parnag irritiert.

»Ich weiß es nicht. Ein Fremder. Er trug ganz merkwürdige Kleidung, und seine Art zu sprechen! Ich weiß nicht, wo er herkommt, aber es muß ziemlich weit weg sein. Jedenfalls tritt er auf mich zu und fragt mich, wer ich bin und was ich mache und wo die nächste Stadt ist und lauter solche Dinge. Und dann erzählt er mir einen Haufen der merkwürdigsten Sachen, die du dir denken kannst, und erklärt mir schließlich, er sei ein Rebell.«

Parnag hatte das deutliche Gefühl, daß sein Herz einen Schlag lang aussetzte. »Ein Rebell?!«

»Frag mich nicht, was er damit meinte, ich hab nicht alles verstanden, was er sagte. Er sagte irgendwas davon, daß er ein Rebell sei und daß sie den Kaiser abgesetzt hätten.« Garubad kicherte. »Stell dir vor, das sagte er ganz im Ernst. Naja, da mußte ich an dich denken, weißt du, an deinen Freund, der damals an diesem Nachmittag kam und von Gerüchten in der Hafenstadt sprach...«

»Wem außer mir hast du davon erzählt?« fragte Parnag mit einer Stimme, die er kaum als die seine erkannte.

»Niemandem bis jetzt. Ich dachte einfach, es interessiert dich. Ich bin gerade erst in die Stadt zurückgekommen...« Er wurde schon ungeduldig; er war seine Geschichte losgeworden und wollte wieder weiter. »Übrigens, was ist denn hier gerade los? Die ganze Stadt ist unruhig und auf den Beinen...«

»Wahrscheinlich wegen des Predigers, der seit gestern abend in der Stadt ist«, erwiderte Parnag. Er fühlte sich müde, verwirrt, von den Dingen der Welt überwältigt. Aus einem plötzlichen Impuls heraus erzählte er Garubad, daß er den Prediger kannte und woher. »Wahrscheinlich zieht er als heiliger Wanderer umher, um sich von seinen Sünden zu befreien.«

Als er in Garubads Gesicht sah, erkannte er, daß er das alles besser für sich behalten hätte. Offenbar hatte er damit einen empfindlichen Punkt bei dem Viehzüchter berührt, denn dessen Jovialität verwandelte sich übergangslos in frostige Förmlichkeit.

»Ich will nichts gegen dein Erinnerungsvermögen sagen, Parnag«, meinte er steif, »aber ich denke, du solltest noch einmal genau hinschauen. Ich bin mir fast sicher, daß du dich irrst.«

»Oh, das kann sein«, lenkte der Lehrer vorsichtig ein.

Nachdem Garubad gegangen war, stand Parnag lange im Flur und starrte vor sich hin. Ihm war, als habe jemand mit einem großen eisernen Haken in ihn hineingestoßen, um alles in ihm aufzuwühlen, einen dicken Bodensatz vergessen geglaubter Erinnerungen und Gefühle, eine überwältigende Flut von Bildern. Die Worte des Viehzüchters hallten in ihm nach wie die Geräusche von Schritten in einer großen Höhle.

Ein Rebell? Was mochte das heißen? War es denn möglich, den Kaiser abzusetzen? Er verstand die Worte, doch der Gedanke erschien Parnag absurd, wie ein Widerspruch in sich.

Aber da waren diese Bücher, die er unter Stapeln von dürrem Holz und getrocknetem Baraq-Dung versteckt hielt. Die anderen Planeten, auf denen Haarteppiche geknüpft wurden. Dieses Gerücht, das vor zwanzig Jahren aus der Hafenstadt zu ihm gedrungen war...

Nun war es an ihm, das Richtige zu tun. Das, was Mut erforderte. Was Angst machte, weil dahinter das Unbekannte lauerte.

Er spürte plötzlich seine verkrampften Hände und wie sich seine Finger schmerzhaft in die Handballen preßten. Viel Zeit zum Überlegen blieb nicht. Niemand wußte, wie lange der Fremde an den Schabrat-Felsen bleiben mochte. Wenn er ihn verpaßte, würde er einst sein Leben mit unbeantworteten Fragen beenden müssen.

Niemand außer ein paar alten Frauen begegnete ihm auf seinem Weg aus der Stadt hinaus, und die würdigten ihn keines Blickes. Als er die Stadttore hinter sich hatte, spürte er, daß die Unruhe der letzten Stunden verschwunden war. Er fühlte sich von ruhiger Klarheit erfüllt.

Der Horizont war zu einem feuerrot schmelzenden Band geworden, und am schwarzblauen Himmel zeigten sich die ersten Sterne, als er an seinem Ziel ankam. Wie düstere Dome ragten die schwarzen Höhlenfelsen gegen die Dämmerung auf. Es war niemand zu sehen.

»Hallo?« rief Parnag schließlich, zuerst zögernd und leise, dann, als keine Antwort kam, lauter. »Hallo?!«

»Er ist nicht mehr da, der Fremde«, ertönte plötzlich eine schneidend scharfe Stimme.

Parnag fuhr herum. Es war der Prediger, der da stand wie hingezaubert. Brakart, der Prediger. Brakart, der heilige Wanderer. Brakart, der kleine Mädchen mißbraucht hatte. Und jetzt kamen noch mehr Männer hinter den Felsen hervor, wo sie sich versteckt hatten.

Parnag sah, daß sie alle Steine in den Händen trugen. Eine heiße Woge stieg aus seinem Bauch auf und brandete in seinen Kopf. Er wußte, daß sie ihn töten würden.

»Was willst du von mir, Brakart?« fragte er mit einer Entrüstung, die gespielt war.

Die Augen des Predigers funkelten bösartig. »Nenn mich nicht bei einem Namen! Ich bin ein heiliger Wanderer und habe keinen Namen mehr.«

Parnag schwieg.

»Man hat mir berichtet, Parnag«, begann der Prediger langsam, »daß du vor vielen Jahren ketzerische Reden geführt hast und daß du sogar versucht hast, deine Mitmenschen zum Zweifel zu verführen.«

In diesem Moment entdeckte Parnag Garubad unter den Männern, die einen weiten Kreis um ihn gebildet hatten. »Du?«

Der Viehzüchter hob abwehrend die Hände. Er war der einzige, der keinen Stein trug. »Ich habe ihm nichts anderes gesagt als dir, Parnag.«

»Als Garubad mir von seiner Begegnung heute nachmittag erzählte und ferner, daß du als erster davon Kenntnis erhalten hast, hielt ich den Augenblick für gekommen, deine Wahrhaftigkeit zu prüfen«, fuhr der heilige Wanderer fort. Mit blankem Triumph in den Augen setzte er hinzu: »Und du hast die Prüfung nicht bestanden!«

Parnag sagte nichts. Es gab nichts mehr zu sagen. Seine Schuld hatte ihn endlich eingeholt.

»Ich weiß nicht, wen oder was Garubad getroffen hat. Vielleicht hat sich jemand einen schlechten Scherz mit ihm erlaubt. Vielleicht ist er einem Verrückten begegnet. Vielleicht hat er sich alles nur eingebildet – es spielt keine Rolle. Das einzige, was eine Rolle spielt, ist, daß du gekommen bist. Es beweist, daß du es tatsächlich für möglich hältst, daß es Rebellen gegen den Kaiser geben könnte. Womöglich hältst du es sogar für möglich –

obwohl ich zugeben muß, daß eine derartige Verblendung meine Vorstellungskraft übersteigt –, daß jemand den Kaiser absetzen könnte. Wie dem auch sei, deine bloße Anwesenheit hier widerlegt, daß du ein gläubiger, gottesfürchtiger Mensch bist. Sie beweist das Gegenteil. Du bist ein Zweifler, und wahrscheinlich bist du es dein Leben lang gewesen. Und wer mag wissen, wieviel Unheil du damit über deine Mitmenschen gebracht hast?«

»Ketzer!« schrie einer der Männer.

Der erste Stein traf Parnag dicht an der Schläfe und warf ihn zu Boden. Er sah den Himmel, den weiten, leeren Himmel. Ich ergebe mich dir, mein Kaiser, dachte er. Die Steine prasselten jetzt auf ihn nieder. Ja, ich bekenne. Ich habe an dir gezweifelt. Ich bekenne. Ich habe dem Zweifel Raum gegeben, und ich habe nicht mehr von ihm abgelassen. Ich bekenne. In deiner Gerechtigkeit, mein Kaiser, wirst du mich nun vernichten, und ich werde verloren sein. Ich bekenne, und ich ergebe mich deiner Gerechtigkeit...

Der verlorene Haarteppich

Später konnte er sich nicht mehr erinnern, was ihn geweckt hatte, ob es der Brandgeruch gewesen war oder das Prasseln der Flammen oder irgend etwas anderes. Er fuhr aus dem Bett hoch und schrie, und sein einziger Gedanke war: Der Teppich!

Er schrie es, schrie so laut er konnte, schrie an gegen das wütende Krachen des Feuers, füllte das ganze große Haus mit seiner Stimme.

»Feuer! Feuer!«

Er sah nichts mehr als die züngelnden Flammen, den höhnisch zuckenden orangeroten Widerschein auf Wänden und Türen, die geisterhaft entstehenden Rußspuren und den Rauch, der unter der Decke wirbelte und kochte. Die Hände, die ihn halten wollten, schüttelte er ab; die Stimmen, die seinen Namen riefen, hörte er nicht. Er sah nur das Feuer, das das Werk seines Lebens vernichten würde.

»Borlon, nicht! Rette dich...!«

Er stürzte vorwärts, ohne sich um seine Frauen zu kümmern. Der Rauch hüllte ihn ein und biß zu, ließ seine Augen tränen und brannte in seiner Lunge. Borlon bekam einen Stoffetzen zu fassen, riß ihn vor das Gesicht. Ein tönerner Krug zerbarst auf dem Boden, er stolperte über Scherben und rannte weiter. Der Teppich.

Er mußte den Teppich retten. Er mußte den Teppich retten oder sterben.

Das Feuer tobte mit unfaßbarer Gewalttätigkeit durch das Haus, wie ein brüllender Sturm, der wütend einen ebenbürtigen Gegner suchte und nicht fand. Borlon erreichte halberstickt den Fuß der Treppe, die zum Knüpfzimmer hinaufführte, gerade als die hölzernen Stufen schwarzgekohlt und funkenstiebend in sich zusammenbrachen. Seine fassungslosen Augen sahen, wie das wilde Ballett der Flammenzungen auf die Balustrade sprang, wo sein Knüpfrahmen stand, und seine Ohren hörten das Geräusch, mit dem die Stützbalken anfingen, langsam nachzugeben, und das klang wie der verzweifelte Schrei eines Kindes – dann übernahm etwas in ihm die Kontrolle, das wußte, daß es zu spät war, und ließ ihn den Rückzug antreten.

Als er bei seiner Familie ankam, die draußen in sicherer Entfernung stand, ging alles ganz schnell. Sie nahmen ihn zwischen sich, Karvita, seine Frau, und seine Nebenfrau Narana, und er verfolgte mit steinernem Gesicht und ohne etwas zu fühlen, wie das Feuer sich durch das uralte Haus fraß, wie es die Fensterscheiben zerschlug und dann herauszüngelte, als wollte es ihnen höhnisch zuwinken, wie das Dach plötzlich anfing zu leuchten, immer durchscheinender wurde und schließlich zusammenbrach, eine verglühende Wolke von Funken zum Himmel wirbelnd. Wie sanft tanzende Sterne hingen sie da in der Dunkelheit und erloschen nach und nach, während dem Feuer unten die Nahrung ausging und am Ende kaum genug Glut blieb, um in der Dunkelheit etwas Licht zu spenden.

»Wie konnte das passieren?« wollte er fragen, aber er konnte es nicht, konnte nur schweigend auf die schwarzgekohlten Mauern starren, und sein Geist weigerte sich, das ganze Ausmaß des Geschehenen zu erfassen.

Er wäre regungslos gestanden bis zum Morgengrauen, ohne zu wissen, was er nun tun sollte. Es war Karvita, die nach einigem Suchen in den Trümmern die verkohlten Reste der Geldkiste fand und die rußgeschwärzten Münzen in ihrem Kopftuch barg, und es war Karvita, die sie alle drei auf dem beschwerlichen Fußweg durch die beißend kalte Nacht führte, zum Haus ihrer Eltern am Rand der Stadt.

»Ich bin schuld.« Er sagte es, ohne jemanden anzusehen, den Blick zerquält in eine unbestimmte Ferne gerichtet. Ein unnennbarer Schmerz wühlte in seiner Brust, und irgend etwas in ihm hoffte, die gerechte Strafe schneller und schmerzloser herbeizuführen, indem er sich selbst anklagte und für schuldig erklärte.

»Unsinn«, versetzte seine Frau bestimmt. »Niemand weiß, wer schuld ist. Und du solltest endlich etwas essen.«

Der Klang ihrer Stimme tat ihm weh. Er warf ihr von der Seite einen raschen Blick zu, versuchte das stolze Mädchen mit den atemberaubend langen schwarzen Haaren wieder in ihr zu entdecken, in das er sich einmal verliebt hatte. Sie war immer so kühl, so unnahbar, und in all den Jahren war es ihm nicht gelungen, das Eis zu schmelzen. Sein eigenes Herz war es gewesen, das sich Frostbeulen geholt hatte.

Narana schob ihm wortlos einen Teller mit Brei über den Tisch. Dann, fast erschrocken, als habe sie sich zu weit vorgewagt, zog sie sich auf ihren Stuhl zurück. Die zierliche blonde Nebenfrau, die ihrer beider Tochter hätte sein können, aß schweigend und leise, über ihren Teller gebeugt, als wolle sie sich unsichtbar machen.

Borlon wußte, daß Narana sich von Karvita gehaßt fühlte, und wahrscheinlich stimmte das auch. Wann immer sie zu dritt in einem Raum waren, lag Spannung in der Luft. Karvita ließ sich in ihrer kühlen Art nichts anmerken, aber Borlon war sicher, daß sie eifersüchtig auf die junge Nebenfrau war, weil er mit ihr schlief.

Hätte er darauf verzichten sollen? Narana war die einzige Frau, aus deren Bett er jemals mit heilem Herzen wieder aufgestanden war. Sie war jung und schüchtern und verstört, und ursprünglich hatte er sie nur wegen ihrer herrlichen weißblonden Haare zur Frau genommen, die zu Karvitas Haar einen unglaublich wirkungsvollen Kontrast bildeten. Und sie hatte schon einige Jahre unberührt bei ihnen im Haus gelebt, ehe er ihr auf Karvitas Vorschlag hin das erste Mal beigewohnt hatte.

Wenn er mit ihr allein war, dann konnte sie wunderbar gelöst, leidenschaftlich und von dankbarer Zärtlichkeit sein. Sie war der Lichtblick in seinem Leben. Nur Karvitas Herz war seitdem unzugänglich geworden, endgültig, wie ihm schien – und er fühlte sich schuldig deswegen.

Er sah aus den Augenwinkeln, wie sich Karvita mit den Fingern durch die Haare fuhr, und streckte aus reiner Gewohnheit die Hand aus, um sich ausgegangene Haare geben zu lassen. Mitten in der Bewegung wurde ihm bewußt, was er tat, und er hielt inne. Es gab ja keinen Teppich mehr, an dem er weiterarbeiten konnte. Er spürte die Erinnerung wie einen brennenden Schmerz in der Brust.

»Es hat keinen Zweck, daß du dir jetzt Vorwürfe machst«, sagte Karvita, die seine Bewegung gesehen hatte. »Davon kommt der Teppich nicht wieder und das Haus auch nicht. Es kann alles mögliche gewesen sein – ein Funken aus dem Herdfeuer, Glut in der Asche, irgend etwas.«

»Aber was soll ich denn jetzt machen?« fragte Borlon hilflos.

»Zunächst müssen wir das Haus wieder aufbauen lassen. Und dann fängst du einen neuen Teppich an.«

Borlon hob die Hände und sah auf seine von der jahrelangen Arbeit mit der Knotennadel zerfurchten Fingerspitzen. »Was habe ich nur getan, daß mir das widerfahren muß? Ich bin nicht mehr jung genug, um noch einen vorschriftsmäßig großen Teppich vollenden zu können. Ich habe zwei Frauen mit den wundervollsten Haaren, die das Reich des Kaisers je gesehen hat, und anstatt daraus einen Teppich zu knüpfen, der das Auge des Kaisers entzückt, werde ich nur eine schmale Brücke vollbringen...«

»Borlon, hör jetzt bitte auf zu jammern. Du hättest in den Flammen umkommen können, dann hättest du überhaupt nichts beigetragen in deinem Leben.« Jetzt war sie wirklich verärgert. Wahrscheinlich fügte sie deshalb hinzu: »Außerdem hast du ohnehin noch keinen Erben, so daß die Größe des Teppichs nicht so wesentlich ist.«

Ja, dachte Borlon bitter. Auch das habe ich nicht geschafft. Ein Mann mit zwei Frauen, der keine Kinder hatte, konnte niemandem einen Vorwurf machen außer sich selbst.

In den Augen seiner Schwiegermutter glaubte Borlon einen Anflug von Mißbilligung, ja Verachtung zu sehen, als die kleine alte Frau den Gildemeister der Haarteppichknüpfer hereinließ.

»Ich kann dir gar nicht sagen, wie leid mir das tut, Borlon«, sagte der Gildemeister. »Ich war erschüttert, als deine Frau mir berichtete... Seit Menschengedenken ist so ein Unglück nicht mehr passiert!«

Wollte er ihn demütigen? Ihn mit der Nase darauf stoßen, welch ein Versager er, Borlon, war? Er musterte die hagere, hochgewachsene Gestalt des Gildemeisters, dessen graumelierte Haare so zerzaust waren, wie er den alten Haarteppichknüpfer noch nie gesehen hatte.

Es klang ehrlich. Der alte Mann, sonst immer sachlich und ernst, war wirklich tief bewegt und voller Anteilnahme.

»Wann ist das geschehen? Letzte Nacht?« fragte er, während er sich setzte. »Man weiß noch nichts davon in der Stadt...«

»Ich will nicht, daß man es herumerzählt«, sagte Borlon schwerfällig.

»Aber warum denn nicht? Du kannst doch jetzt jede Hilfe brauchen...«

»Ich will es nicht«, beharrte Borlon.

Der Gildemeister sah ihn eine Weile forschend an, dann nickte er verstehend. »Nun ja. Wenigstens weihst du mich ein. Und du bittest um meinen Rat.«

Borlon starrte seine Hand an, die groß und schwer auf der rohen Holzplatte des Tisches lag. Die Adern auf seinem Handrücken pochten fast unmerklich, aber unablässig. Als er anfing zu sprechen, hatte er das Gefühl, gar nicht selber zu sprechen; er hörte sich zu und meinte Karvita mit seiner Stimme reden zu hören. Zuerst stokkend, dann, als ein Anfang gemacht war, immer fließender wiederholte er, was sie ihm eingeschärft hatte.

»Es geht um mein Haus, Gildemeister. Es muß wieder aufgebaut werden, ich brauche einen neuen Knüpfrahmen, neue Geräte – ich habe nicht mehr genug Geld dafür. Mein Vater hat für seinen Teppich nur einen sehr schlechten Preis erzielen können, damals...« Auch mein Vater war schon ein Versager gewesen, dachte er. Er hat einen wunderbaren Teppich geknüpft und für einen lausigen Hungerlohn weggegeben. Aber immerhin *hat* er einen Teppich vollendet – der Sohn des Versagers dagegen...

»Ich weiß.«

»Und?«

»Du denkst an einen langfristigen Kredit...«

»Ja.«

Der alte Haarteppichknüpfer breitete langsam die Hände aus in einer Geste des Bedauerns. »Borlon, bitte bringe mich nicht in Verlegenheit. Du kennst die Statuten der Gilde. Wenn du keinen Sohn hast, kannst du keinen Kredit bekommen.«

Borlon mußte gegen das Gefühl ankämpfen, in einem unendlich tiefen, schwarzen Loch zu versinken. »Ich habe keinen Sohn. Ich habe zwei Frauen, und keine gebiert mir ein Kind...«

»Dann liegt es wahrscheinlich nicht an den Frauen.«

Oh ja. Natürlich nicht.

Er starrte den Gildemeister an. Da war etwas, was er jetzt sagen mußte, aber er hatte es vergessen. Oder vielleicht gab es auch nichts, was er darauf sagen konnte.

»Sieh mal, Borlon – dieser Kredit würde über hundertzwanzig oder hundertsechzig Jahre laufen. Noch deine Kindeskinder müßten ihn abzahlen. So etwas beschließt man nicht leichten Herzens. Und natürlich braucht die Kasse der Gilde eine gewisse Sicherheit. Wenn es so aussieht, als könntest du keinen Erben zeugen, dann können wir dir keinen langfristigen Kredit geben. Das ist der Sinn dieser Regelung. Und selbst damit gehen wir ein hohes Risiko ein, denn wer weiß, ob dein Sohn wiederum einen Sohn bekommen wird?«

»Und einen kurzfristigen Kredit?« bat Borlon.

»Wovon willst du ihn zurückzahlen?« fragte der Gildemeister knapp.

»Ich knüpfe einen neuen Teppich«, versicherte Borlon hastig. »Wenn ich keinen Erben haben sollte, kann ich den Kredit damit zurückzahlen, und wenn ich doch noch einen Sohn bekomme, dann könnte man den Kredit in einen langfristigen umwandeln...«

Der alte Mann seufzte. »Es tut mir leid, Borlon. Es tut mir wirklich leid für dich, denn ich habe dich immer sehr geschätzt, und ich habe den Teppich geliebt, den du geknüpft hast. Aber ich bin auch meinen Amt verpflichtet, und im Moment sehe ich die Dinge, glaube ich, etwas realistischer als du. Erstens bist du nicht mehr der Jüngste, Borlon. Wie groß kann der Teppich noch werden, den du knüpfen kannst, selbst wenn du arbeitest, bis du blind bist? Und ein Teppich, der die vorgeschriebene Größe nicht erreicht, erzielt einen unverhältnismäßig niedrigeren Preis, das weißt du auch. Meistens kann man froh sein, wenn ein Händler ihn überhaupt nimmt. Zweitens – du mußt mit einem neuen Knüpfrahmen arbeiten, einem, dessen Holz sich noch setzen muß und der noch nie über Jahrzehnte hinweg unter Spannung stand. Man weiß, und du weißt das auch, daß man auf einem neuen Knüpfrahmen keine solche Qualität erzielen kann wie auf einem alten. Du willst ein Haus bauen, du mußt leben – ich sehe nicht, daß du das alles erarbeiten könntest.«

Borlon hörte ungläubig mit an, wie der Gildemeister, den er in guten Tagen seinen Freund genannt und von dem er sich Hilfe erhofft hatte, ihm Schlag auf Schlag versetzte, ohne Erbarmen.

»Aber... was soll ich denn machen?«

Der Gildemeister blickte zu Boden und sagte leise: »Es

ist immer wieder vorgekommen, daß die Linie eines Haarteppichknüpfers endet. Manch einer stirbt jung, oder er stirbt ohne Erben – das hat es zu allen Zeiten gegeben. Die Gilde sucht in diesem Fall nach jemandem, der den freigewordenen Platz einnehmen und eine neue Linie begründen will, sorgt für seine Ausbildung und so weiter...«

»Und gibt ihm Kredit.«

»Wenn er einen Sohn hat, ja.«

Borlon zögerte. »Eine der Frauen... Narana... sie ist vielleicht schwanger...«

Es war eine Lüge, und sie wußten es beide.

»Wenn sie dir einen Sohn gebären sollte, ist der Kredit kein Problem, das kann ich dir versprechen«, sagte der Gildemeister und stand auf.

In der Tür drehte er sich noch einmal um. »Wir haben sehr viel von Geld geredet, Borlon, und wenig vom Sinn unserer Arbeit. Ich glaube, du solltest in dieser schweren Zeit danach trachten, deinen Glauben zu erneuern. Ein Prediger ist in der Stadt, wie ich gehört habe; vielleicht wäre es eine gute Idee, ihn einmal aufzusuchen.«

Borlon blieb reglos sitzen, nachdem der Gildemeister gegangen war, und brütete dumpf vor sich hin. Es dauerte nicht lange, bis Karvita hereinkam und ihn nach dem Ergebnis der Unterredung fragte. Er schüttelte nur unwillig den Kopf.

»Sie wollen mir nichts leihen, weil ich keinen Sohn habe«, erklärte er schließlich, als sie nicht lockerließ.

»Dann laß es uns versuchen«, sagte sie sofort. »Ich bin noch nicht zu alt, um Kinder zu bekommen.« Zögernd setzte sie hinzu: »Und Narana erst recht nicht.«

Warum war das alles so? Warum mußte das alles so

sein? Ein ganzes Leben an einen einzigen Teppich zu verwenden...

»Und wenn es trotzdem nichts wird? Karvita, warum sind wir schon so lange zusammen und haben keine Kinder?«

Sie sah ihn forschend an, während ihre Hände mit einer Strähne ihres langen blauschwarzen Haares spielten. »Dein Sohn«, sagte sie dann bedächtig, »muß lediglich von einer deiner Frauen geboren werden. Es ist dagegen nicht nötig, daß... du ihn auch zeugst!«

Was wagte sie ihm da vorzuschlagen? Mittellos und vom Schicksal gezeichnet sollte er sich nun auch noch entehren lassen?

»Es müßte natürlich mit größter Diskretion geschehen...«, fuhr seine Frau in ihren Überlegungen fort.

»Karvita!«

Sie sah in seine Augen und hielt erschrocken inne. »Entschuldige, es war nur eine Idee. Weiter nichts.«

»Hast du noch mehr solche Ideen?«

Sie schwieg. Nach einer Weile und nachdem sie ihm einen vorsichtigen Blick zugeworfen hatte, meinte sie: »Wenn die Gilde dir nicht hilft – vielleicht hast du Freunde, die dir etwas leihen. Wir könnten einige der wohlhabenderen Haarteppichknüpfer fragen. Benegoran zum Beispiel, der hat doch viel mehr Geld, als er und seine Familie jemals ausgeben können.«

»Benegoran gibt nichts her. Deswegen ist er so reich – weil er nichts hergibt.«

»Ich kenne eine seiner Frauen gut. Über sie könnte ich einmal unauffällig fragen.«

Borlon sah sie an, wie sie da in der Tür stand, und plötzlich konnte er das junge Mädchen in ihr wieder sehen, und er erinnerte sich an einen anderen Spätnachmittag vor vielen Jahren, als sie genauso in dieser Tür gestanden hatte. Die Erinnerung jagte ihm einen Stich durchs Herz. Sie war ihm immer eine gute Gefährtin gewesen, und er verabscheute sich für alle Momente, in denen er ihr Unrecht getan oder sie schlecht behandelt hatte.

Er stand auf, eigentlich, um sie in seine Arme zu schließen, aber dann wandte er sich doch ab und trat ans Fenster.

»Ja«, sagte er. »Aber ich möchte nicht, daß es gleich die ganze Stadt erfährt.«

»Früher oder später werden wir es nicht mehr verheimlichen können.«

Borlon dachte an die einsamen Wohnsitze der Haarteppichknüpfer in den Schluchten und Tälern der Berge rings um die Stadt. Wahrscheinlich gab es weit und breit keinen Punkt, von dem aus man zwei dieser Landsitze auf einmal hätte sehen können. Wären sie alle in den Flammen umgekommen, es hätte lange gedauert, bis man es in der Stadt bemerkt hätte.

Wahrscheinlich würde es eine der fahrenden Händlerinnen sein, die die verkohlte Ruine antreffen und diese Nachricht weitertragen würde.

»Wenn, dann lieber später. Wenn wir wissen, wie es mit uns weitergehen wird.«

Die Sonne stand schon wieder tief am Horizont. Borlon konnte das Stadttor sehen und ein paar alte Frauen, die schwatzend darunter standen. Ein älterer Mann eilte zur Stadt hinaus; er kam Borlon bekannt vor, aber er wußte ihn momentan nicht einzuordnen. Erst als er schon nicht mehr zu sehen war, fiel ihm ein, daß es der Lehrer gewesen war. Früher war er ab und zu gekommen und hatte nach Kindern gefragt, aber schon seit vielen

Jahren nicht mehr, und Borlon hatte inzwischen sogar seinen Namen vergessen.

Ich kenne die Leute in der Stadt nicht mehr, dachte er. Ich hatte schon das Stadium erreicht, in dem ein Haarteppichknüpfer das Haus nicht mehr verläßt. Unter all den Gefühlen, die ihn gerade bewegten, war auch eine ganz starke Enttäuschung: die maßlose Enttäuschung eines Mannes, der ein großes, anstrengendes Wagnis auf sich genommen hat und kurz vor dem Ziel gescheitert ist.

Er spürte die Strapazen des Tages jetzt auch körperlich: der lange Marsch durch die Nacht und die kurzen Stunden eines unruhigen Schlafes, aus dem er immer wieder hochgefahren war; der Vormittag, als sie alle wieder hinausgewandert waren, um die ausgebrannten Gebeine des Hauses abzuschreiten, ein paar Haushaltsgegenstände aus der Asche zu retten und den Schaden zu ermessen. Borlon griff nach einer Flasche Wein und zwei Bechern. Plötzlich hatte er den beißenden Geruch der Asche wieder in der Nase, und er meinte, den Geschmack von Rauch auf seiner Zunge zu spüren.

Er stellte Karvita einen Becher hin und einen sich selbst. Dann öffnete er die Flasche. »Komm«, sagte er. »Trink mit mir.«

Am nächsten Morgen war er früh auf den Beinen, und es zog ihn hinaus auf die Straßen der Stadt. Zum ersten Mal in seinem Leben hatte er seinen beiden Frauen in ein und derselben Nacht beigelegen, und gleichfalls zum ersten Mal in seinem Leben war es ihm dabei nicht gelungen, selber den Höhepunkt zu erreichen, beide Male nicht.

Mein Leben bricht unter mir weg, dachte er. Stück um

Stück verschwindet, das Versagen zieht seine Kreise, und schließlich werde ich verschwunden sein.

Man beachtete ihn nicht, und das war ihm recht. Es war ein gutes Gefühl, unsichtbar zu sein, nicht gesehen zu werden und keine Spuren zu hinterlassen. Er hatte Angst gehabt, daß es sich schon herumgesprochen haben könnte und daß man ihn anstarren und hinter seinem Rücken tuscheln würde. Aber es gab andere Themen, die die Stadtleute beschäftigten; nach dem, was er aus Gesprächen im Vorübergehen aufschnappte, war am Abend zuvor ein Ketzer gesteinigt worden, auf das Geheiß eines Heiligen Wanderers hin, der seit zwei Tagen in der Stadt war.

Borlon erinnerte sich an den Ratschlag des Gildemeisters und lenkte seine Schritte zum Marktplatz. Vielleicht war es wirklich eine Frage seines Glaubens. Er hatte schon lange nicht mehr an den Kaiser gedacht, war nur mit seinem Teppich und mit seinen eigenen, nichtigen Sorgen beschäftigt gewesen. Er hatte den Blick für das Große, für das Ganze verloren, und er hätte wohl bis an sein Lebensende so weitergemacht, wenn nichts passiert wäre.

Vielleicht war der Brand die Strafe dafür. Ich will deinen Teppich nicht, wenn du ihn nicht mit deinem Herzblut und deiner Liebe zu mir verwebst, schien ihm der Kaiser damit zu sagen.

Seltsamerweise beruhigten ihn diese Gedankengänge. Alles schien nun doch erklärbar, zumindest das. Er hatte gefehlt, und folglich hatte er Strafe verdient. Es war nicht an ihm, darüber zu urteilen; was geschehen war, war zu Recht geschehen, und er hatte es hinzunehmen, ohne zu hadern.

Der Marktplatz war fast menschenleer. Ein paar

Frauen saßen am Rand und boten etwas Gemüse an, ausgebreitet auf zerschlissenen Tüchern, und da kaum jemand etwas kaufen wollte, vertrieben sie sich die Zeit mit Geschnatter. Borlon trat auf eine von ihnen zu, und an ihrem Blick sah er, daß sie ihn nicht erkannte. Er fragte sie nach dem Heiligen Wanderer.

»Der Prediger? Der ist heute früh schon wieder weitergezogen«, erwiderte sie.

»Er hat so ergreifend gesprochen«, mischte sich eine andere ein, eine dicke Frau, deren untere Schneidezähne fehlten. »Schade, daß er nur einen Tag da war.«

»Seltsam, nicht wahr?« meinte eine dritte mit einer unangenehm keifenden Stimme. »Ich meine, normalerweise wird man diese heiligen Leute doch überhaupt nicht wieder los. Ich finde es seltsam, daß er schon wieder fort ist.«

»Ja, das ist wahr«, nickte die dicke Frau mit dem löchrigen Gebiß. »Ich habe gestern früh seine Predigt gehört, und er hat ausführlich aufgezählt, über welche Themen er zu uns sprechen wollte.«

»Wollt Ihr etwas kaufen, Herr?« fragte die erste Frau Borlon. »Ich habe wunderbar frische Karaqui... oder die Bundwurzeln hier, sehr preisgünstig...«

»Nein.« Borlon schüttelte den Kopf. »Danke. Ich wollte nur fragen... wegen des Predigers...«

Alles war dunkel und düster. Das Gericht versammelte sich um ihn, und man ließ nicht zu, daß er sich aus der Verantwortung davonstehlen konnte.

Die dunklen Fensteröffnungen der Häuser rings um den Marktplatz sahen ihn an wie schwarze, neugierige Augen. Er stand eine Weile reglos und spürte diesem Gefühl in seinem Inneren nach, dem Gefühl zu fallen und niemals den Grund zu erreichen, verdammt dazu, ewig zu stürzen, ohne jemals aufzuschlagen und erlöst zu werden. Abrupt wandte er sich um und schlug den Rückweg ein.

Als er vor dem Haus ankam, begegnete ihm Karvitas Vater, ein kleiner, alter Mann, der von Beruf Weber war und wie alle Weber einen heiligen Respekt vor Haarteppichknüpfern hatte. Seinem Schwiegersohn war er immer geradezu unterwürfig begegnet – doch nun entdeckte Borlon auch in seinem Blick keimende Verachtung.

Sie nickten einander nur zu. Borlon stürzte ins Haus, die Treppe hinauf in das Zimmer Naranas. Sie saß auf einem Stuhl am Fenster, still und verschüchtert wie immer und viel kleiner und jünger aussehend, als sie tatsächlich war, und nähte. Er nahm ihr das Nähzeug aus der Hand und hob sie aufs Bett, ohne ein Wort zu sagen, schlug ihren Rock hoch, knüpfte seine Hose auf und drang sofort in sie ein, mit harten, schnellen Stößen voller Verzweiflung. Danach fiel er neben ihr aufs Bett und starrte keuchend an die Decke.

Sie ließ den Rock hochgeschlagen, klemmte aber beide Hände zwischen die Beine. »Du hast mir wehgetan«, sagte sie leise.

»Es tut mir leid.«

»Du hast mir noch nie zuvor wehgetan, Borlon.« Sie sagte es fast erstaunt. »Ich wußte gar nicht, daß es einem da weh tun kann.«

Er sagte nichts, lag nur da und starrte vor sich hin. Nach einer Weile drehte sie sich zu ihm um, studierte ihn mit ihren großen, nachdenklichen Augen und fing dann an, ihn sanft zu streicheln. Er wußte, daß er es nicht verdiente, aber er ließ es geschehen, während er verzweifelt herauszufinden versuchte, was schieflief.

»Du machst dir so furchtbare Sorgen, Borlon«, flüsterte sie. »Dabei – sieh doch mal, wir hatten genug Geld für den Rest unseres Lebens, bevor das Haus verbrannte. Jetzt haben wir kein Haus mehr, aber das Geld haben wir immer noch. Was soll uns also passieren?«

Er schloß die Augen und spürte, wie sein Herz pochte. So einfach war das alles nicht. »Der Teppich«, murmelte er. »Ich habe keinen Teppich mehr.«

Sie hörte nicht auf, mit ihren Fingern sein Gesicht zu liebkosen. »Borlon... Vielleicht wirst du niemals einen Sohn haben – wozu brauchst du dann einen Teppich? Wenn du ohne Erben stirbst, fällt der Erlös des Teppichs ohnehin an die Gilde. Die Gilde, die dir jetzt nicht helfen will.«

»Aber der Kaiser...«

»Der Kaiser bekommt so viele Haarteppiche, der weiß sicher kaum noch, wohin damit. Da kommt es auf einen mehr oder weniger bestimmt nicht an.«

Er setzte sich abrupt auf. »Das verstehst du nicht. Wenn ich sterbe, ohne einen Teppich vollendet zu haben, dann war mein Leben sinnlos.«

Er stand auf, ordnete seine Kleidung und ging zur Tür. Narana lag immer noch mit einer Hand zwischen ihren nackten Beinen auf dem Bett, und ihre Augen hatten den Blick eines verletzten Tieres. Er wollte irgend etwas sagen, wollte sagen, wie leid es ihm tat, daß er sich schämte, wollte von dem Schmerz sprechen, der in seinem Herzen wühlte, aber er fand keine Worte dafür. »Es tut mir leid«, sagte er und ging.

Wenn er nur gewußt hätte, was falsch lief. Es schien keinen Ausweg zu geben aus all der Schuld, die sich rings um ihn auftürmte und auftürmte. Bei jedem der schwerfälligen, ungelenken Schritte, mit denen er die Treppe hinunterging, erwartete er zu stürzen und zu zerbrechen wie ein tönernes Gefäß.

Es war niemand in der Küche. Da stand die Weinflasche, und daneben die Becher von gestern abend. Er schenkte ein, ohne sich die Mühe zu machen, den Becher auszuwaschen, und begann zu trinken.

»Ich habe mit Benegoran gesprochen«, berichtete Karvita. »Er leiht dir das Geld für ein neues Haus und einen neuen Knüpfrahmen.«

Borlon, der den ganzen Nachmittag stumm am Küchenfenster gesessen und die Wanderung der Schatten verfolgt hatte, bis die Sonne schließlich untergegangen war, rührte sich nicht. Die Worte drangen kaum zu ihm durch, erreichten sein Bewußtsein als ferne, bedeutungsleere Geräusche.

»Er stellt allerdings eine Bedingung.«

Endlich gelang es ihm, den Kopf zu wenden und sie anzusehen. »Eine Bedingung?«

»Er will Narana dafür«, sagte Karvita.

Er spürte den blubbernden Ansatz eines Lachens in seinem Unterleib aufsteigen und irgendwo zwischen Herz und Kehle steckenbleiben. »Nein.«

Er sah ihr zu, wie sie die Fäuste ballte und in einer hilflosen Geste gegen ihre Hüften schlug. »Ich weiß nicht, warum ich das alles mache«, brach es aus ihr heraus. »Ich bin den ganzen Tag auf den Beinen, erniedrige mich, bitte und flehe und schlucke den Staub der Wüste, und du tust alles mit einem Wort ab.«

Sie griff nach der Weinflasche und sah hinein. »Und alles, was du dazu beiträgst, ist, dich zu betrinken und dir leid zu tun. Glaubst du, das ist eine Lösung?«

Er begriff dumpf, daß sie eine Antwort wollte, so wie sie dastand und ihn ansah.

»Nein«, sagte er.

»Und wie könnte eine Lösung deiner Meinung nach aussehen?«

Er zuckte nur hilflos die Schultern.

»Borlon, ich weiß, daß dir viel an Narana liegt, wahrscheinlich mehr als an mir«, sagte sie bitter. »Aber ich beschwöre dich, denke wenigstens darüber nach. Zumindest ist es eine Möglichkeit. Und viele Möglichkeiten haben wir nicht.«

Es gab so viel, was er ihr immer hatte sagen wollen, und es gab so viel, was er ihr jetzt sagen wollte, daß er nicht wußte, womit er beginnen sollte. Vor allen Dingen mußte er ihr klarmachen, daß er sie liebte, daß sie einen festen Platz in seinem Herzen hatte und daß es ihm wehtat, daß sie diesen Platz nicht einnehmen wollte. Und daß das alles nichts mit Narana zu tun hatte...

»Du könntest wenigstens einmal selber mit Benegoran sprechen«, beharrte sie.

Das war sinnlos. Er wußte, daß es sinnlos war. Alles war sinnlos.

»Was wirst du dann tun?« fragte sie.

Das wußte er auch nicht. Er schwieg. Schwieg und erwartete den Urteilsspruch des Gerichtes. Schwieg und wartete, daß der Turm aus Schuld rings um ihn zusammenbrach und ihn unter sich begrub.

»Borlon? Was ist los?«

Die Worte büßten wieder ihre Bedeutung ein, wurden Teil der nächtlichen Geräuschkulisse. Er wandte sich wieder zum Fenster und sah hinaus auf den Nachthimmel. Da war der kleine Mond, dem man dabei zusehen konnte, wie er rasch über das Firmament zog, auf den großen Mond zu, der ihm langsam entgegen kam. Heute nacht würde der kleine Mond mitten über die helle Scheibe des großen Mondes ziehen.

Er hörte jemanden sprechen, aber er verstand nichts, und es war auch nicht wichtig, es zu verstehen. Nur die Monde waren wichtig. Er mußte hier stehenbleiben und warten, bis sie einander trafen und berührten. Ein Knall wie von einer zufallenden Tür, aber auch das war bedeutungslos.

Er stand still, während der kleine Mond sich bewegte. Wenn man so stand und wartete, konnte man verfolgen, wie sich die Sterne auf der Bahn des kleinen Mondes seiner kleinen, ovalen Lichtscheibe langsam näherten, bis sie schließlich von seinem Licht überstrahlt wurden und verschwanden. Und so wanderten die beiden Monde am Himmelsgewölbe aufeinander zu, Stern um Stern, um schließlich zu einer einzigen Lichtscheibe zu verschmelzen, während er regungslos stand und zusah.

Er war müde. Seine Augen brannten. Als er sich schließlich vom Fenster abwandte, war die Öllampe schon erloschen. Keine Flamme mehr, kein Feuer. Das war gut so. Er wußte nicht mehr genau, warum, aber es war gut so.

Er konnte beruhigt gehen. Es war Zeit. Hinaus in den Vorraum und seinen Umhang vom Haken nehmen, nicht weil er ihn brauchen würde, sondern um aufzuräumen, keine unwillkommenen Spuren zu hinterlassen. Er durfte niemanden belästigen mit den Überbleibseln eines verfehlten Lebens; nicht diese Schuld auch noch.

Und dann die Tür öffnen und leise hinter sich zuziehen. Und sich den Beinen überlassen, die einen forttragen, die Gasse zum Stadttor entlang und hinaus aus der Stadt, immer weiter und weiter und weiter, den beiden Monden entgegen, um mit ihnen zu verschmelzen...

Die fahrende Händlerin

Auf ihrer Reise zwischen den einsamen Landsitzen der Haarteppichknüpfer traf sie oft wochenlang nur Frauen. Die Hauptfrauen, Nebenfrauen und Töchter der Haarteppichknüpfer konnten sie kaum schnell genug in ihre Küche hereinbitten, aber es waren nicht ihre Stoffe und Haushaltsgeräte, die so ungeduldig erwartet wurden, sondern die Neuigkeiten, die sie über andere Familien und über Ereignisse in der Stadt zu erzählen wußte. Da saß sie dann stundenlang mit den Frauen, und oft war es mühsam und erforderte raffinierte Wendungen im Gespräch, um ihre Waren ins Spiel zu bringen. Neue Rezepte, das war ihr Lieblingskniff. Ubhika kannte eine enorme Menge ungewöhnlicher Rezepte, sowohl für Speisen als auch für Schönheitsmittel aller Art, die eines gemeinsam hatten: man brauchte dazu entweder ein spezielles Gerät oder ein spezielles Gewürz, oder sonst etwas Spezielles, das man bei ihr kaufen mußte.

Wenn sie Glück hatte, bekam sie, weil es oft Abend wurde über dem Klatsch und Tratsch, auch noch ein Lager für die Nacht. Heute hatte sie kein Glück gehabt, und was sie besonders ärgerte, war, daß sie es sich von vornherein hätte denken können. Im Haus des Ostvan hatte Gastfreundschaft noch nie viel gegolten – schon beim alten Ostvan nicht, und bei seinem Sohn erst recht nicht. Kurz vor Einbruch der Dämmerung war der junge Haarteppichknüpfer griesgrämig in die Küche gekommen und hatte gesagt, daß es nun wohl an der Zeit für die Händlerin sei, weiterzuziehen. Und das in einem Ton, der alle hatte zusammenzucken lassen vor Schreck und Schuldbewußtsein. Für einen Moment war Ubhika sich vorgekommen wie eine Einbrecherin, nicht wie eine Händlerin.

Wenigstens hatte eine der Frauen ihr noch geholfen, die Yuk-Esel wieder zu bepacken mit den Körben und Ledersäcken und Bündeln, sonst hätte sie den steilen Abstieg vom Ostvan-Haus nicht mehr bei Tageslicht geschafft. Dirilja war ihr Name, eine kleine, stille Frau, die das heiratsfähige Alter auch schon eine Weile hinter sich hatte und die bei den Gesprächen nie viel sagte, nur immer traurig dreinblickte. Ubhika hätte zu gern gewußt, warum. Aber so war das mit den Frauen der Haarteppichknüpfer: irgendwann tauchten sie auf und waren da, und die meisten erzählten nicht viel über ihre Herkunft. Dirilja war die letzte Nebenfrau gewesen, die sich der alte Ostvan genommen hatte, kurz vor seinem Tod. Was seltsam war, denn sein Teppich mußte damals schon fertig gewesen sein, und Diriljas Haare waren überdies trocken und brüchig, also ungeeignete Qualität für einen Haarteppich. Das zu beurteilen traute Ubhika sich zu, denn auch ihre eigenen Haare waren so gewesen, schon zu Zeiten als das Silbergrau des Alters noch nicht einmal zu ahnen gewesen war. Diese Dirilja, was mochte sie mit dem alten Ostvan angestellt haben? Eine rätselhafte Geschichte.

Die Sonne sank rasch dem Horizont entgegen und warf lange, irritierende Schatten zwischen die Hügel und kahlen Felsen, und es wurde empfindlich kühl. Als

Ubhika den Wind beißend unter ihren Rock fahren spürte, ärgerte sie sich über sich selbst, daß sie sich so lange hatte aufhalten lassen. Wenn sie rechtzeitig aufgebrochen wäre, hätte sie noch das Haus Borlons erreichen können, wo sie immer über Nacht bleiben durfte.

Aber so blieb wieder einmal nur das Zelt. Ubhika hielt Ausschau nach einem geschützten Platz, einer kleinen Höhle oder einem Überhang, und fand schließlich eine Vertiefung im Windschatten eines Felsens, zu der sie ihre Tiere dirigierte. Sie band sie an Stöcken fest, die sie mühsam mit einem Stein in die Erde hämmerte, nahm den beiden Pack-Yuks die Lasten ab und verband schließlich allen drei Tieren die Augen: das war die sicherste Methode zu verhindern, daß sie das Weite suchten, wenn ein Geräusch sie nachts erschreckte. Dann baute sie das kleine Zelt auf, polsterte es mit ein paar Lagen des billigeren Stoffes aus und kroch hinein.

Und dann lag sie wieder da, hörte das Knacken der Steine und das Rascheln von Insektenfüßen und spürte, daß sie ganz allein mitten in der Wildnis lag, geschützt nur von einem winzigen Zelt und zwei Packen Lebensmitteln und Stoffen und Gerätschaften rechts und links, und dachte wie immer darüber nach, daß sie sich niemals daran würde gewöhnen können. Daß es eigentlich anders hätte sein müssen. Und wie immer strich sie vor dem Einschlafen über ihren Körper, als müsse sie sich vergewissern, daß er noch da war, spürte ihre Brüste, die immer noch fest waren, trotz ihres Alters, und sich gut anfühlten, strich über ihre Hüften und war traurig, daß niemals Männerhände diese Hüften berührt hatten.

Als sie im heiratsfähigen Alter gewesen war, hatte sie keinen Mann abbekommen, und mit ihren brüchigen Haaren hatte sie nicht damit rechnen können, Nebenfrau eines Haarteppichknüpfers zu werden. So war ihr nur das einsame Geschäft einer fahrenden Händlerin übriggeblieben. Manchmal hatte sie sich überlegt, ob sie auf die derben Anzüglichkeiten mancher Handwerker oder Viehzüchter eingehen sollte, aber inzwischen blieben auch diese Annäherungen aus.

Irgendwann schlief sie ein, wie immer, und erwachte in der frühen Kühle des Morgens. Wenn sie dann fröstelnd aus ihrem Zelt kroch, eine Stoffbahn um den Körper geschlungen, stieg meistens gerade die Sonne aus der silbernen Morgendämmerung empor, und der weite Blick in die Einsamkeit ringsumher machte, daß sie sich selber wie ein Insekt fühlte, winzig und unwichtig.

Sie brachte es nie über sich, an dem Platz zu essen, an dem sie übernachtet hatte. Sie band ihre Yuks los, belud sie, nahm ihnen die Augenbinden ab und hatte es eilig, weiterzukommen. Unterwegs kaute sie dann getrocknetes Baraq-Fleisch aus ihrem Vorrat oder aß eine Frucht, wenn sie eine hatte.

Borlons Haus. Es war auch gut, morgens dort anzukommen. Narana, die junge Nebenfrau Borlons, würde ihr einen Tee kochen; das tat sie jedesmal. Und dann würde sie ihr etlichen Stoff abkaufen, weil sie sehr gern und viel nähte.

Doch als Ubhika Borlons Haus erblickte, aus weiter Ferne noch, da kam es ihr sofort merkwürdig vor – viel dunkler, als sie es in Erinnerung hatte, beinahe schwarz, wie abgebrannt. Und als sie näher kam, sah sie, daß von Borlons Haus tatsächlich nur noch übrig war, was auch ein gewaltiges Feuer nicht hatte zerstören können.

Von einer grausigen Faszination getrieben, ritt sie darauf zu, bis sie schließlich vor verkohlten, nach Feuer und Zerstörung riechenden Mauerresten stand, zwischen denen sich die Asche der Holzbalken und Dachschindeln häufte. Sie fühlte sich wie ein Aasfresser, der an den Schauplatz eines Dramas kommt, das er nicht miterlebt hat, und dem nur bleibt, die Überbleibsel für sich zu nutzen. Vielleicht lagen irgendwo noch ein paar Münzen in der Asche.

Ubhika erkannte die Grundmauern der Küche, in der sie manches Mal mit den Frauen gesessen hatte, und daneben die kleine Kammer, in der sie oft geschlafen hatte. Weiter ins Haus war sie nie gekommen. Erst jetzt, als sie durch die verrußte Ruine schlurfte und mit ihren Füßen Asche und den Geruch von Rauch aufwirbelte, sah sie, was für Räume es sonst noch gab im Haus eines Haarteppichknüpfers. Welches wohl das Knüpfzimmer gewesen war? Sie hätte es zu gerne gewußt.

Sie entdeckte rußige Fußspuren, die von den Trümmern wegführten und sich irgendwo im Geröll verliefen – die Familie des Haarteppichknüpfers schien den Brand überlebt zu haben.

Aber sie fand kein Geld, und auch sonst nichts, was es wert gewesen wäre mitzunehmen. Schließlich beschloß sie, weiterzuziehen. Immerhin hatte sie eine interessante Neuigkeit, die sie erzählen konnte; ein wenig ausgeschmückt mochte ihr das zu guten Geschäften und vielleicht sogar einer Mahlzeit hier und da verhelfen.

Und dann stand plötzlich dieser Mann am Wegesrand. Einfach so, mitten in der Einöde.

Ubhika lenkte ihr Reit-Yuk mißtrauisch näher, eine Hand um den Griff des Knüppels gelegt, den sie am Sattel trug. Aber er winkte ihr freundlich zu und lächelte. Und er war jung...

Sie ertappte sich dabei, wie sie sich unwillkürlich die Haare zurechtzupfte, während sie langsam näher heranritt. Eigentlich bin ich auch noch jung, dachte sie überrascht, nur mein Körper hat mich verraten und ist gealtert. Trotzdem ließ sie ihre Hand sinken, aus Angst, lächerlich zu wirken.

»Sei gegrüßt«, sagte der Mann. Es klang merkwürdig. Seine Art zu sprechen hatte etwas Hartes, Fremdartiges.

Und merkwürdig gekleidet war er auch. Er trug ein Gewand aus einem Stoff, wie ihn Ubhika noch nie gesehen hatte, das ihn vom Hals bis zu den Füßen vollständig einhüllte. Auf der Brust trug er ein glitzerndes Schmuckstück und einen Gürtel um die Mitte, an dem allerlei Beutel und dunkle kleine Kästen befestigt waren.

»Sei gegrüßt, Fremder«, erwiderte Ubhika zögernd.

Der Mann lächelte noch breiter. »Mein Name ist Nillian«, sagte er, und er schien sich zu bemühen, seinen Tonfall dem Ubhikas anzugleichen. »Ich komme von sehr weit her.«

»Von woher?« fragte Ubhika fast automatisch.

»Von Lukdaria«, sagte der Mann. Er sagte es mit einem leichten Zögern, wie jemand, der Zuflucht zu einer Lüge sucht und befürchtet, durchschaut zu werden.

Ubhika hatte noch nie von einer Stadt oder einer Gegend dieses Namens gehört, aber das mochte nichts heißen. Daß der Fremde von sehr weit her kam, sah man schließlich. »Ich heiße Ubhika«, sagte sie und fragte sich, warum sie nervös war. »Ich bin eine fahrende Händlerin, wie Ihr seht.«

Er nickte. »Das heißt, Ihr verkauft die Dinge, die Ihr bei Euch habt?«

»Ja.« Was denn sonst, dachte sie und studierte sein Gesicht. Er sah kräftig aus und lebenslustig; ein Mann, der wild tanzen und laut lachen und beim Trinken mit jedem mithalten konnte. Ein bißchen erinnerte er sie an einen Jungen, in den sie einst verliebt gewesen war als ganz junges Mädchen. Da war allerdings nie etwas geschehen; er hatte eine andere geheiratet und das Handwerk eines Töpfers erlernt und war vor einigen Jahren gestorben.

Sie ermahnte sich, wieder ans Geschäft zu denken. Wer immer der Mann war, er hatte gefragt, was sie zu verkaufen hatte. »Ja«, wiederholte sie. »Was wollt Ihr kaufen, Nillian?«

Der Mann ließ seinen Blick über die beiden hochbepackten Yuk-Esel wandern. »Habt Ihr Kleidung?«

»Sicher.« Zwar hatte sie vor allem Stoffe, aber auch einige fertige Kleidungsstücke für Männer.

»Ich möchte mich gern so einkleiden, wie es in dieser Gegend Brauch ist.«

Ubhika sah sich um. Sie sah nirgends ein Reittier. Wenn der Mann von so weit herkam – wie war er dann hierher gekommen? Doch wohl kaum zu Fuß. Und wieso stand er hier, als hätte er gewußt, daß er hier auf eine Händlerin treffen würde? Irgend etwas ging hier vor, das sie nicht verstand.

Aber zuerst das Geschäft. »Könnt Ihr bezahlen?« fragte Ubhika. »Denn das ist hier in dieser Gegend auch ein Brauch – daß man bezahlt.«

Der Mann lachte und meinte mit einer weit ausholenden Geste: »Das ist kein ungewöhnlicher Brauch; den findet man überall im Universum.«

»Davon verstehe ich nichts. Jedenfalls habe ich Kleider für Euch, wenn Ihr Geld habt.«

»Ich habe Geld.«

»Gut.«

Ubhika stieg ab, und sie merkte, daß der Blick des Mannes ihr folgte. Unwillkürlich bewegte sie sich forscher, als sie es sonst tat, als gelte es zu beweisen, daß sie noch stark und geschickt war und nicht so alt, wie es ihr magerer Leib und ihre faltige, wettergegerbte Haut vermuten ließen. Im nächsten Moment ärgerte sie sich über sich selbst und zerrte das Bündel mit den Männerkleidern unwirsch aus ihrem Gepäck.

Sie rollte es auf dem Boden aus, und als sie hochsah, hielt er ihr ein paar Münzen auf der ausgestreckten Hand entgegen. »Das ist das Geld, das man bei uns bekommt«, erklärte er. »Seht erst einmal, ob Ihr es haben wollt.«

Ubhika nahm eine der Münzen aus seiner Hand. Sie war anders als die Münzen, die sie kannte – feiner geprägt, glänzend, aus einem Metall, das sie noch nie gesehen hatte. Eine schöne Münze. Aber kein Geld.

»Nein«, sagte sie bedauernd und gab ihm die Münze zurück. »Dafür kann ich Euch nichts verkaufen.« Und dabei wäre ihr ein kleines unerwartetes Geschäft so zupaß gekommen.

Der Fremde betrachtete die Münze, als sähe er sie zum ersten Mal. »Was ist daran auszusetzen?« fragte er. »Gefällt sie Euch nicht?«

»Sie gefällt mir schon«, versetzte Ubhika. »Aber das ist nicht die Frage. Bei Geld kommt es darauf an, daß es den anderen gefällt.«

Sie begann das Bündel wieder einzurollen.

»Halt, wartet!« rief der Mann. »Wartet noch einen Moment. Laßt uns noch verhandeln. Vielleicht kann ich Euch etwas geben im Tausch?«

Ubhika hielt inne und musterte ihn von Kopf bis Fuß. »Was zum Beispiel?«

»Ich weiß nicht... Vielleicht die Kleidung, die ich trage?«

Ubhika versuchte sich vorzustellen, wer ein derartig seltsames Kleidungsstück tragen würde. Kein Mensch, der halbwegs bei Sinnen war. Und ob man irgend etwas anderes daraus machen konnte, war sehr die Frage... Sie schüttelte den Kopf. »Nein.«

»Wartet. Dann etwas anderes. Hier, mein Armreif. Ich habe ihn von meiner Mutter bekommen; er ist wirklich sehr wertvoll.«

Er ist kein guter Händler, dachte Ubhika belustigt. Er wollte ihre armseligen Kleidungsstücke unbedingt, und er versuchte nicht einmal, es zu verbergen. Er war wie ein offenes Buch. Jede seiner Bewegungen sagte: bitte, gib sie mir; ich bezahle dir dafür, was du willst. Er tat ihr fast leid.

»Ihr habt unser Geld nicht, Nillian, und man merkt Eurer Sprache an, daß Ihr von weither kommt«, meinte sie. »Es wird Euch nicht viel nützen, Euch zu kleiden wie die Leute hier.«

»Der Armreif«, wiederholte er und streckte ihr das Schmuckstück hin, das er, wie sich Ubhika zu erinnern glaubte, am rechten Handgelenk getragen hatte. »Wie gefällt er Euch?«

Sie nahm ihm den Armreif aus der Hand und erschauerte, als sie spürte, wie schwer und kühl er sich anfühlte. Er war aus einem glatten, gelb glänzenden Metall und trug feine, glitzernde Muster auf der Außenseite. Als sie die Muster aus der Nähe betrachtete, bemerkte sie, daß ein starker Geruch von dem Reif ausging, ein schwerer, talgiger Duft, der sie an den Duft des Drüsenfetts junger, brünstiger Baraq-Büffel erinnerte. Er mußte den Reif schon lange tragen. Vielleicht Tag und Nacht, seit ihn seine Mutter ihm geschenkt hatte.

Ob das stimmte? Und wie kam jemand dazu, ein

Geschenk seiner Mutter, und noch dazu ein so wertvolles, herzugeben für ein paar armselige Lumpen?

Egal. »Nehmt Euch, was Ihr mögt«, hörte Ubhika sich sagen, ganz versunken in die Betrachtung des Armreifs.

»Ihr müßt mir sagen, was ich brauche!« protestierte der Mann.

Seufzend bückte sich Ubhika zu ihrem Bündel und fischte eine Hose und ein langes Hemd aus grobem Webstoff heraus und eine Jacke, wie sie die Viehzüchter trugen. Viehzüchterstiefel hatte sie natürlich nicht; sie gab ihm stattdessen ein Paar einfache Sandalen.

»Das paßt mir doch nicht.«

»Doch, das paßt Euch genau.«

»Das glaube ich erst, wenn ich es probiert habe«, erwiderte der Mann und begann zu Ubhikas grenzenloser Verblüffung, seine Kleidung abzustreifen.

Immerhin wandte er sich dabei von ihr ab. Er öffnete sein Jackenteil an einer Naht, die sich mit einem schmatzenden Geräusch öffnete, und schlüpfte aus den Ärmeln. Ein nackter, kraftvoller Oberkörper kam zum Vorschein, der samtig im Licht der Sonne schimmerte, während der Mann begann, an seinem Gürtel zu nesteln.

Ubhika, die vergessen hatte zu atmen, holte erschrokken Luft und sah sich unwillkürlich nach allen Seiten um, als befürchtete sie, jemand könne sie beobachten. Das war noch nie passiert, daß ein Mann sich vor ihr auszog!

Aber der Fremde schien nichts dabei zu finden. Er stieg aus seinem Hosenteil und zog dann die neuerworbene Hose an.

Ubhika stand da und starrte den nackten, muskulösen Rücken an, so nah, daß sie nur die Hand hätte ausstrecken brauchen, um ihn zu berühren. Und es zuckte tatsächlich in ihrer Hand. Warum nicht? fragte sie sich und konnte den Wunsch fast nicht bezähmen, die glatte, glänzende Haut des Mannes anzufassen, einfach nur einmal zu spüren, wie sie sich anfühlte. Und sie sah seinen Hintern, klein und kräftig, verhüllt nur von einem engen, unglaublich glatt anliegenden Kleidungsstück, das aussah wie eine kurze Hose, und sie spürte eine seltsame warme Woge sich in ihrem Unterleib ausbreiten.

Und verrückte Gedanken in ihrem Kopf...

Sie drehte den Armreif unschlüssig zwischen ihren Fingern. Die Muster auf der Außenseite glänzten wunderschön. Ihm den Armreif zurückgeben und ihn bitten, stattdessen mit ihr die Dinge zu tun, die ein Mann mit einer Frau tut, ein einziges Mal nur...

Was für ein verrückter Gedanke. Sie schob den Armreif energisch über ihr linkes Handgelenk. Ausgeschlossen. Sie wollte es nicht erleben, daß er sie zurückwies und ihr sagte, daß sie ihm zu alt war.

»Tatsächlich«, hörte sie ihn sagen, ahnungslos. Er streckte die Arme nach allen Seiten aus und sah an sich herunter. »Es paßt tatsächlich.«

Ubhika sagte nichts, hatte nur Angst, er könnte ihr ihre Gedanken ansehen.

Aber der Fremde, der sich Nillian nannte, lächelte sie zerstreut an und sammelte seine Sachen ein. Das glänzende Kleidungsstück rollte er zu einem Bündel, das er sich unter den Arm klemmte, und seinen Gürtel hängte er sich über die Schulter. Er bedankte sich freundlich und sagte noch dies und das, wovon die Händlerin nichts mitbekam, obwohl sie sich später erinnerte, geantwortet zu haben. Und dann verabschiedete er sich.

Sie sah ihm nach, wie er davonging, querfeldein. Nicht

in Richtung Stadt. Kurz vor einer Senke drehte er sich noch einmal um und winkte ihr zu. Dann verschwand er.

Ubhika blieb noch eine ganze Weile stehen und starrte blicklos vor sich hin. Irgendwann kam sie wieder zu sich, hob den linken Arm und schaute den Armreif an, der da tatsächlich war. Kein Traum.

Plötzlich hatte sie das Gefühl, als säßen ringsum hinter jedem Felsen und jedem Hügel Leute, die sich tuschelnd Geheimnisse erzählten, von denen sie nichts erfahren sollte. Sie beeilte sich, die übriggebliebenen Kleider wieder zusammenzurollen und zu verstauen. Dann nahm sie die Zügel der beiden Pack-Yuks, stieg auf ihr Reittier und trat ihm in die Seiten, damit es sich in Bewegung setzte. Sie spürte einen Druck auf ihrer Brust, den sie sich nicht recht erklären konnte.

Und sie bemühte sich, nicht an den Abend zu denken. Heute nacht würde es schwer werden.

Der Mann von anderswo

»Ein karger Planet, größtenteils Wüste und Steppe. Bevölkerung schätzungsweise dreihundert bis vierhundert Millionen. Viele mittelgroße Städte, alle im Zustand des Verfalls. Kaum Bodenschätze, Landwirtschaft nur unter schwierigsten Bedingungen. Wasserknappheit.«

Was er an Nillian bewunderte, war dessen unglaubliche Dynamik, diese geradezu animalische Energie, die er ausstrahlte und die ihm etwas Wildes, Unzähmbares gab. Vielleicht lag es daran, daß er nicht so viel zu denken schien; daß seine Worte, seine Handlungen und seine Entscheidungen eher aus dem Bauch heraus kamen, geradewegs, ungekünstelt, unverstellt und kaum durchdacht. Seit er mit Nillian zusammen flog, ertappte sich Nargant oft dabei, wie seine eigenen Denkprozesse um unzählige Ecken gingen, selbst bei völlig belanglosen Entscheidungen, und wieviel Energie er beinahe automatisch darauf verschwendete, sich nach allen Seiten und gegen alle Eventualitäten abzusichern.

Er beobachtete Nillian von der Seite. Der junge Nebenpilot saß in seinem Sessel, entspannt zurückgelehnt, das Mikrophon der Aufzeichnungsanlage vor den Lippen, und studierte aufmerksam die Bildschirme und die Anzeigen der Fernanalyseinstrumente. Seine Konzentration war geradezu mit Händen greifbar. Auf den

Schirmen leuchteten verschiedene Aufnahmen der planetaren Oberfläche, graubraun, ohne besondere Konturen. Der Computer hatte einige weiße Linien eingeblendet, zusammen mit Angaben über die Verläßlichkeit der Analyse.

»Die Instrumente zeigen etwas an«, fuhr Nillian fort, »was mit einiger Wahrscheinlichkeit rudimentäre Reste einer versunkenen Hochkultur sein dürften. Vom All aus kann man mit bloßem Auge gerade Linien ausmachen, deren Verfärbung die Grundmauern einstiger großer Bauwerke vermuten läßt. Sehr großer Bauwerke. In der Atmosphäre messe ich Zerfallsprodukte radioaktiver Elemente; geringe Reststrahlung. Möglicherweise ein atomarer Krieg vor mehreren zehntausend Jahren. Es gibt geringe elektromagnetische Aktivitäten, eine einfache Art von Funk vermutlich, aber wir lokalisieren keine großen Energiequellen. Mit anderen Worten«, schloß er, und seine Stimme nahm einen Tonfall unduldsamer Ironie an, »es zeigt sich ein ganz ähnliches Bild wie all die Male vorher auch. Ich glaube nicht, daß wir mehr herausfinden, wenn wir weiterhin darauf verzichten, auf den Planeten zu landen, die wir anfliegen. Natürlich ist das meine persönliche Meinung, aber ich hätte nichts dagegen, wenn die Expeditionsleitung dies als Empfehlung interpretiert. Bericht von Nillian Jegetar Cuain, von Bord der KALYT 9. Standardzeit 15–3-178002, letzte Eichung 4–2. Position Planquadrat 2014-BQA-57, im Orbit um den zweiten Planeten der Sonne G-101, Ende.«

»Willst du das etwa so senden?«

»Warum denn nicht?«

»Diese letzten Bemerkungen sind doch ziemlich... frech, oder?«

Nillian grinste kopfschüttelnd, beugte sich zu den Armaturen der Sendeanlage hinüber und löste mit routinierten Handgriffen die Mehrfachabstrahlung seines Anflugberichts aus. »Das Problem mit dir, Nargant«, erklärte er dann, »ist deine lebensfremde Erziehung. Du bist in dem Glauben aufgewachsen, daß Vorschriften wichtiger sind als alle Gegebenheiten, die du jemals vorfinden könntest, und daß der geringste Ungehorsam unweigerlich tötet. Sonst hast du nicht viel gelernt, aber dieser Gehorsam ist dir in Fleisch und Gebein übergegangen, und wenn man dich eines fernen Tages nach deinem Ableben einmal auseinanderschneidet, wird man anstelle von Knochenmark wahrscheinlich kristallinen Gehorsam vorfinden.«

Nargant starrte seine Hände an, als versuche er, durch die Haut hindurchzusehen und festzustellen, ob Nillian recht hatte. »Du wirst keinen Rebell mehr aus mir machen, Nillian«, murmelte er unbehaglich.

Das Dumme war, daß er es selber spürte. Seit er mit dem ehemaligen Rebellen zusammen unterwegs war und sich neben ihm erlebte, kam er sich vor wie ein Fossil.

»Du wirst auch kein Rebell mehr werden, kaiserlicher Soldat«, erwiderte Nillian. Er war jetzt ernst. »Das ist ja zum Glück auch nicht mehr nötig. Aber es wäre mir sehr lieb, wenn du den alten Drill ein wenig vergessen könntest. Nicht nur um deinetwillen, auch um meinetwillen. Wie lange sind wir jetzt schon unterwegs? An die vierzig Tage. Vierzig Tage, nur du und ich in diesem kleinen Expeditionsboot, und ehrlich gesagt: ich weiß immer noch nicht, ob du mich eigentlich leiden kannst. Oder ob du es nur mit mir aushältst, weil man es dir befohlen hat.«

»Doch«, sagte Nargant. »Ich kann dich gut leiden.« Es klang schrecklich hölzern. Habe ich das überhaupt schon einmal zu jemandem gesagt? überlegte er erschrocken.

»Danke. Ich kann dich nämlich auch ganz gut leiden, und darum regt es mich auf, wenn du so steifbeinig mit mir umgehst, als ob ich nach dem Flug ein Gesinnungsprotokoll über dich an eine Priesterkommission oder auch nur an den Rebellenrat einreichen müßte.«

»Steifbeinig...?«

»Ja! So vorsichtig, so behutsam, nur ja kein falsches Wort und es immer recht machen... Ich glaube, du solltest dich jeden Morgen und jeden Abend vor den Spiegel stellen und dir laut ins Gesicht verkünden: 'Es gibt keinen Kaiser mehr!' Und das ein paar Jahre lang.«

Nargant überlegte, ob er das wohl ernst meinte.

»Ich kann's ja mal versuchen.«

»Es geht einfach darum, daß du diesen verdammten Zensor, den sie dir ins Hirn gepflanzt haben, ab und zu einmal ausschaltest und geradeheraus sagst, was dir in den Sinn kommt, egal, was ich davon halte. Glaubst du, das kannst du – wenigstens ab und zu?«

»Ich gebe mir Mühe.« Manchmal fand er den Rebellen ziemlich irritierend. Warum zum Beispiel lachte er jetzt bei dieser Antwort?

»Und glaubst du, du könntest auch einmal ein paar Vorschriften mißachten? Ein paar Anweisungen etwas freier auslegen?«

»Hmm... ich weiß nicht. Was denn zum Beispiel?«

Ein verschwörerischer Zug trat in Nillians Augen. »Zum Beispiel die Anweisung, daß wir auf keinem Planeten landen sollen.«

Nargant stockte der Atem. »Du hast doch nicht etwa vor...?«

Nillian nickte heftig, und seine Augen funkelten unternehmungslustig.

»Aber das geht nicht!« Schon der Gedanke daran machte Nargant fassungslos. Und nach dem Gespräch eben fühlte er sich regelrecht in der Zange. Er spürte sein Herz schneller schlagen. »Wir haben strikte Anweisung – strikt! –, nicht auf den Planeten zu landen, die wir anfliegen.«

»Wir landen ja auch nicht.« Nillian grinste breit. Es war schwer zu entscheiden, ob es ein gehässiges oder ein vergnügtes Grinsen war oder beides. »Wir tauchen nur ein bißchen in die Atmosphäre ein...«

»Und dann?«

»Setzt du mich mit dem Flugboot ab.«

Nargant atmete tief durch und ballte die Fäuste. In seinen Schläfen pochte das Blut. Er schaute weg, ließ seinen Blick sich an einem der fremden Sterne festsaugen, die still und rätselhaft durch die Luken zu sehen waren. Aber der konnte ihm auch nicht helfen.

»Das können wir nicht machen.«

»Warum denn nicht?«

»Weil es ein Verstoß gegen einen ausdrücklichen Befehl ist!«

»Ts, ts«, machte Nillian. »Furchtbar.« Und er schwieg.

Nargant mied seinen Blick; er kannte den ehemaligen Rebellen schon gut genug, um zu wissen, daß der ihn jetzt lauernd beobachtete.

Der Planet G-101/2 hing wie ein großer, schmutzigbrauner Ball über ihnen. Mit bloßem Auge waren keine Städte zu erkennen.

»Ich weiß nicht, was du dir davon versprichst«, seufzte Nargant schließlich.

»Erkenntnisse«, sagte Nillian einfach. »Wir wissen

noch nicht viel, aber eines wissen wir bereits mit Sicherheit: Wir werden nicht herausfinden, was hier vor sich geht, indem wir einen Planeten nach dem anderen anfliegen und aus dem Orbit die üblichen Standardmessungen machen.«

»Wir haben doch schon eine ganze Menge herausgefunden«, widersprach Nargant. »Alle Planeten, die wir bisher angeflogen haben, sind von Menschen besiedelt. Überall finden wir planetare Zivilisationen auf einem ziemlich primitiven Niveau. Und überall haben wir Spuren eines sehr lange zurückliegenden Krieges gefunden, bei dem atomare Waffen zum Einsatz kamen.«

»Langweilig«, versetzte der junge Nebenpilot. »Im Grunde bestätigt das doch nur, was wir ohnehin schon wissen.«

»Aber das waren nur wilde Legenden, kaum glaubwürdige Aufzeichnungen einer Handvoll Schmuggler. Erst jetzt wissen wir es aus eigener Erfahrung.«

Nillian fuhr so plötzlich hoch, daß Nargant zusammenzuckte. »Läßt dich das denn völlig kalt?« rief er erregt. »Wir kreuzen hier in einer Galaxis, die offenbar seit undenkbaren Zeiten Teil des Kaiserreiches war – die aber auf keiner einzigen Sternkarte verzeichnet ist! Wir haben einen verschollenen Teil des Reiches entdeckt, über den es im Kaiserlichen Archiv keine Unterlagen gibt. Und niemand weiß, warum. Niemand weiß, was uns hier erwartet. Das ist doch ein unglaubliches Geheimnis!«

Er ließ sich wieder zurückfallen, als habe ihn dieser Ausbruch erschöpft. »Und wenn man sich vorstellt, daß selbst die Spur zu diesem Geheimnis nur durch eine Kette von Zufällen gefunden wurde...« Seine Hände fingen an, mit gespreizten Fingern wundersame Kreise zu beschreiben. »All diese Zufälle waren nötig, um uns hierher zu bringen. Der Statthalter von Eswerlund, der das ein Versteck von Schmugglern aufspüren ließ, als ob er nichts Wichtigeres zu tun gehabt hätte... der Techniker, der die Speicher an Bord der beschlagnahmten Raumschiffe durchsah, anstatt sie einfach zu löschen, und der dabei auf die Sternkarten der Galaxis Gheera stieß... die Abstimmung im Rat, die mit nur einer Stimme Mehrheit diese Expedition beschloß... Und hier sind wir. Und es ist unsere verdammte Pflicht, so viel wie möglich herauszufinden darüber, was hier los ist und wie es kommen konnte, daß ein ganzer riesiger Teil des Kaiserreiches seit Jahrzehntausenden verschollen und vergessen ist.«

Nargant schwieg. Mit dem Zeigefinger fuhr er langsam über die zerschlissene Polsterung des Hauptsteuerknüppels, die sich kratzig anfühlte an den Stellen, an denen das Füllmaterial aus Ritzen und Rissen quoll.

»Was hast du vor?« Er wollte auf jeden Fall vermeiden, daß jemand später sagen konnte, er habe sein Einverständnis gegeben.

Nillian seufzte. »Du setzt mich mit dem Flugboot in der Atmosphäre ab. Ich lande in der Nähe einer Siedlung und versuche, mit den Einwohnern Kontakt aufzunehmen.«

»Und wie willst du dich mit den Leuten verständigen?«

»Nach den Funksprüchen zu urteilen, die wir aufgefangen haben, wird dort unten eine sehr alte Form des Paisi gesprochen. Es wird vielleicht ein wenig Gewöhnung erfordern, aber ich glaube, daß ich mich zurechtfinden werde.«

»Und wenn nicht?«

Nillian zuckte die Schultern. »Vielleicht stelle ich mich taubstumm. Oder ich versuche, die Sprache zu lernen.«

Er stemmte sich aus seinem Sessel hoch. »Mir wird schon etwas einfallen.« Damit kletterte er die schmale Leiter hinab, die in den unteren Teil des Raumschiffes führte.

Nargant sah ein, daß der Rebell sich nicht von seinem Vorhaben würde abbringen lassen, und gab den Widerstand auf. Schicksalsergeben folgte er ihm nach unten und sah voller Unbehagen zu, wie Nillian Ausrüstung in das Flugboot lud – das Zelt, das eigentlich für Notlandungen gedacht war, etwas Proviant und einige der Meßgeräte, die für planetare Erkundungen erforderlich waren und die auf dieser Reise eigentlich im Schrank hätten bleiben sollen.

»Nimm eine Waffe mit«, riet er.

»Unsinn.«

»Was willst du machen, wenn du in eine gefährliche Situation kommst? Da unten sind immerhin Menschen!«

Nillian hielt inne und wandte sich um. Ihre Blicke begegneten sich. »Ich verlaß mich auf dich, Partner«, sagte der junge Rebell schließlich mit einem eigenartigen Lächeln, das Nargant nicht zu deuten wußte.

Ein kurzes Aufheulen der Triebwerke genügte, um das Expeditionsboot soweit abzubremsen, daß es seine niedrige Umlaufbahn verließ und tiefer sank. Der Planet wurde größer und größer, und bald war überall im Schiff das nervenzerfetzende Pfeifen der ersten atmosphärischen Partikel zu hören, die mit enormer Geschwindigkeit an der Hülle vorbeifegten. Aus dem Pfeifen wurde ein Jaulen und schließlich ein ohrenbetäubendes Tosen, während das Raumboot in tiefere Luftschichten stürzte.

Nargant bremste weiter ab und ging in eine parabelförmige Flugbahn über, die an ihrem tiefsten Punkt der planetarischen Oberfläche ziemlich nahekommen und dann das Raumschiff wieder zurück in den Weltraum katapultieren würde.

»Bereit?«

»Bereit.«

Kurz vor Erreichen des tiefsten Scheitelpunktes klinkte er das Flugboot aus. So elegant, als hätten ihre Piloten seit Jahren nichts anderes gemacht, trennten sich die beiden Fluggeräte. Nargant schoß hinauf in den schwarzen Himmel und ging in eine sehr hohe, stationäre Umlaufbahn, auf der er die Drehung des Planeten mitmachte und so immer ungefähr über der Stelle bleiben würde, an der sich Nillian aufhielt. Während das Donnern der Maschinen erstarb und sich das Raumschiff knisternd wieder von der Anstrengung erholte, nahm er Funkverbindung auf.

Nillian sprach bereits einen laufenden Bericht.

»Ich überfliege eine Ansiedlung. Man könnte es fast eine Stadt nennen... sehr ausgedehnt, viele kleine Hütten und enge Gassen, aber auch breite Wege. Ich sehe einige Grünflächen und Gärten. Eine Art Mauer umschließt die gesamte Siedlung, auch die Gärten. Außerhalb der Stadtmauer scheint es nur Wüste und Steppe zu geben, allenfalls an einigen Stellen karge Vegetation. Man sieht ein paar Tiere weiden; möglicherweise gibt es hier Viehzucht.«

Nargant warf einen prüfenden Blick auf den Recorder. Das robuste Gerät lief unermüdlich und zeichnete jedes Wort auf.

»Zu meiner Rechten mache ich eine dunkle, hoch aufragende Felsformation aus, die sich aus der Luft gut erkennen läßt. Die Abtastung läßt Höhlen darin vermuten. Ich werde dort landen; vielleicht eignet sich der Platz als Stützpunkt.«

Nargant verzog das Gesicht. Höhlen! Als ob auf einem so öden Planeten keine andere – und vor allem sicherere – Stelle zu finden gewesen wäre, um ein Druckluftzelt aufzustellen.

»Hoppla! Es gibt auch einige Gebäude im Umland außerhalb der Stadt. Manche sind ziemlich weit von der Siedlung entfernt; mehrere Stunden Fußmarsch, würde ich schätzen. Die Infrarotsensoren weisen die Bauwerke als bewohnt aus. Ich sehe auch etwas, das Rauch aus einem Kamin sein könnte.«

Es war Wahnsinn. Das ganze Unternehmen war Wahnsinn. Nargant massierte seinen Nacken und wünschte, er wäre weit weg.

»Ich fliege nun eine weite Schleife nach Süden, bis ich meinen Zielfelsen wieder sehe. Er eignet sich wirklich hervorragend als optische Marke aus der Luft. Ich fliege ihn jetzt an und werde landen.«

Nargant zog einen Lappen hervor und begann, die Abdeckungen der Anzeigeinstrumente zu polieren. Ich habe ihm davon abgeraten, dachte er. Vielleicht hätte ich darauf bestehen sollen, daß meine ablehnende Haltung ins Logbuch eingetragen wird.

Das harte Aufsetzgeräusch der Landekufen war zu hören und dann das sirrende Herunterfahren des Schwerkraftmotors.

»Ich bin jetzt gelandet. Gerade habe ich die Luke geöffnet und atme nun planetare Atmosphäre. Die Luft ist atembar, ziemlich heiß und voller Gerüche – es riecht nach Staub und Exkrementen, und da ist noch ein süßlicher Geruch, wie nach Verwesung... Ich bin natürlich jetzt besonders empfindlich, nachdem ich monatelang nur sterile Schiffsluft geatmet habe, aber ich denke, ich komme ohne Atemfilter aus. Ich werde jetzt aussteigen und die Felsen hier absuchen nach einer geeigneten Stelle für das Zelt.«

Nargant seufzte und sah auf. Durch die Sichtluke zu seiner Rechten hatte er den größeren der beiden Monde des Planeten im Sichtfeld. Der Planet hatte noch einen zweiten, wesentlich kleineren Trabanten, der ihn in entgegengesetzter Richtung umkreiste und für seinen Umlauf weniger als zwei Planetentage benötigte. Im Moment war der kleinere Mond jedoch nicht zu sehen.

»Es ist ziemlich felsig und abschüssig hier. Ich denke, ich unterbreche die Verbindung für eine Weile, hänge das Gerät an meinen Gürtel und benutze beide Hände. Hörst du mich eigentlich noch, Nargant?«

Nargant beugte sich zum Mikrophon hinüber und drückte den Einschaltknopf. »Natürlich.«

»Es ist beruhigend, das zu wissen.« Er hörte Nillian auflachen. »Mir fiel gerade ein, daß ich einige Millionen Lichtjahre von zu Hause weg bin und daß das zu Fuß ziemlich weit ist, wenn du mich im Stich läßt. Also, bis nachher.«

Ein kurzes Kratzen, dann war der Lautsprecher still. Der Recorder stoppte von selbst. Die gewohnten Geräusche des Raumschiffes hüllten Nargant ein: das nahezu unhörbare Fauchen der Belüftungsanlage, ab und zu ein unheimlich klingendes Knacken aus dem Maschinenteil und das vielfältige Wispern und Klackern der Instrumente in der Steuerkanzel.

Nach ein paar Minuten ertappte sich Nargant dabei, daß er wie hypnotisiert auf die Ziffern der Borduhr starrte und auf den nächsten Funkkontakt wartete. Gereizt stand er auf und stieg hinab in den Aufenthaltsraum, um einen Schluck zu trinken.

Ich ärgere mich über mich selbst, erkannte er. Nillian

hat jetzt sein Abenteuer, und ich hänge in der Umlaufbahn und komme um vor Langeweile.

Es dauerte beunruhigend lange, bis Nillian sich wieder meldete.

»Ich hatte gerade meinen ersten Kontakt mit einem Einheimischen. Ein älterer Mann. Die Verständigung funktionierte sehr gut, besser als erwartet. Aber wahrscheinlich habe ich ihn ein bißchen verwirrt mit meinen Reden. Eigentlich dachte ich, es sei hier ganz menschenleer, aber nach dem, was er mir erzählte, muß es in diesen Höhlen wohl irgendwelche Edelsteine geben, und ab und zu kommen Leute her, um danach zu suchen. Er war überhaupt sehr gesprächig; wir haben uns gut unterhalten. Interessanterweise betrachten sie den Kaiser hier nach wie vor als unsterblichen, gottgleichen Herrscher, wenn sie auch sonst nicht sehr viel über das Reich wissen. Als ich ihm von der Rebellion erzählte, wollte er mir jedenfalls kein Wort glauben.«

Nargant konnte sich noch gut an eine Zeit in seinem Leben erinnern, als der Kaiser auch für ihn Mittelpunkt des Universums gewesen war. Selbst jetzt, nach zwanzig Jahren mühsamer, blutiger Säkularisation spürte er immer noch einen Schmerz an der Stelle, an der einmal dieser Glaube gewesen war; einen Schmerz, der zu tun hatte mit Scham, dem Gefühl, versagt zu haben – und mit Verlust.

Der junge Rebell hatte es gut. Er war damals noch ein Kind gewesen, und er war in seiner ganzen Erziehung niemals der alles erdrückenden Maschinerie der Priesterkaste ausgesetzt gewesen. Er ahnte nicht einmal, mit welchen Qualen sich jemand wie Nargant wohl den Rest seines Lebens herumplagen mußte.

»Zum Glück hatte ich das Flugboot an einer schwer

einsehbaren Stelle gelandet; ich glaube nicht, daß er das gesehen hat. Trotzdem werde ich mir einen anderen Platz für mein Nachtlager suchen.«

Der Rest des Tages verlief ruhig. Nillian flog verschiedene Stellen an und nahm Bilder auf, die er dann an das Raumschiff hochfunkte. Nargant konnte die Photographien auf dem Monitor betrachten, Aufnahmen von weiten, öden Landschaften, von alten, schiefen, baufälligen Hütten und kaum erkennbaren Fußpfaden, die sich endlos durch felsige Schluchten zogen.

Am nächsten Morgen gab Nillian seine ursprüngliche Absicht auf, einfach in die Stadt zu marschieren und sich umzuschauen, sondern verbrachte den ganzen Tag damit, einzelne Wanderer ausfindig zu machen, die entweder zu Fuß oder auf kleinen Reittieren unterwegs waren. Er landete in sicherer Entfernung, ging auf sie zu und fragte sie aus. Bei einem dieser Kontakte erstand er von einer alten Frau eine vollständige Ausstattung mit einheimischen Kleidungsstücken im Austausch gegen seinen unerhört kostbaren Armreif. Diese Opferbereitschaft Nillians beeindruckte Nargant unwillkürlich, und er mußte vor sich zugeben, daß ihn auch die Umsicht beruhigte, mit der der Rebell vorging.

Am Mittag des nächsten Tages entdeckte Nillian einen Mann, der sich in der Wüste offenbar verlaufen hatte. »Ich beobachte ihn seit einiger Zeit. Es ist mir rätselhaft, wieso ein Mann hier zu Fuß unterwegs ist; er kann nur aus der Stadt kommen, und von da aus muß er wenigstens einen ganzen Tag unterwegs gewesen sein. Da unten herrscht eine gnadenlose Hitze, und es gibt nirgends Wasser. Er scheint immer hinzufallen.« Er schwieg eine Weile. »Jetzt steht er nicht mehr auf. Wahrscheinlich ist er bewußtlos geworden. Nun ja, auf diese Weise kann ich ihm den Anblick des Flugbootes ersparen. Ich lande jetzt.«

»Spritze ihm ein Beruhigungsmittel«, riet Nargant. »Sonst erwacht er bei dir im Flugboot, und du weißt nicht, wie er dann reagiert.«

»Gute Idee. Welche Phiole ist das? Die gelbe?«

»Ja. Gib nur die halbe Dosis; sein Kreislauf dürfte ziemlich geschwächt sein.«

»In Ordnung.«

Nargant verfolgte anhand der Geräusche, die aus dem Lautsprecher drangen, wie Nillian den Bewußtlosen aufnahm und zu einem kühlen, schattigen Ort transportierte. Dort flößte er ihm anderthalb Flaschen Wasser ein. Dann galt es zu warten, bis der Gerettete wieder erwachte.

»Nargant, hier ist Nillian.«

Nargant fuhr hoch. Er war im Pilotensessel eingenickt.

»Ja?«

Es krachte und knackste ein wenig im Lautsprecher, dann fragte Nillian: »Sagt dir der Begriff *Haarteppich* etwas?«

Nargant kratzte sich ratlos an der Brust und überlegte. »Nein«, sagte er dann. »Ich könnte mir höchstens denken, daß damit ein Teppich gemeint ist, der aus Haaren gemacht wird oder zumindest so aussieht. Wieso fragst du?«

»Ich habe mich ein bißchen mit dem Mann unterhalten. Er hat mir erzählt, er sei von Beruf Haarteppichknüpfer. Beruf ist vielleicht nicht genau das richtige Wort; so, wie er es sagte, klang es eher nach einer gesellschaftlichen Kaste. Jedenfalls habe ich mich vergewissert; er meint damit tatsächlich, daß er einen Teppich aus Haaren knüpft, und zwar aus Menschenhaaren.«

»Aus Menschenhaaren?« Nargant versuchte immer noch, richtig wach zu werden. Warum erzählte Nillian ihm das alles?

»Dabei muß es sich um eine aufwendige Angelegenheit handeln. Wenn ich ihn nicht völlig mißverstanden habe, braucht er sein ganzes Leben lang, um einen einzigen dieser Haarteppiche zu knüpfen.«

»Klingt ziemlich seltsam.«

»Das habe ich ihm auch gesagt, und er war völlig fassungslos über meine Ansicht. Diese Teppiche zu knüpfen muß hier wohl so etwas wie eine heilige Handlung sein. Übrigens hat er daraus, daß ich nicht wußte, was ein Haarteppich ist, messerscharf gefolgert, daß ich von einem anderen Planeten komme.«

Nargant schnappte nach Luft. »Und was hast du gesagt?«

»Ich habe es zugegeben. Warum auch nicht? Ich finde es interessant, daß die Leute hier von anderen bewohnten Welten wissen; das hätte ich nicht erwartet, nachdem hier alles ziemlich primitiv aussieht.«

Zu seiner eigenen Verwunderung bemerkte Nargant, daß seine Hände zitterten. Erst jetzt spürte er, daß ihm regelrecht schlecht war, schlecht vor Angst. In ihm war eine Spannung, die erst nachlassen würde, wenn dieses Abenteuer vorbei und Nillian wieder an Bord war, eine Spannung, die wider alle Vernunft versuchte, sie beide vor den Folgen ihrer offensichtlichen Insubordination zu schützen.

»Was hast du jetzt vor?« fragte er und hoffte, daß seine Stimme nichts von all dem verriet.

»Diese Haarteppiche interessieren mich«, erklärte Nillian unbekümmert. »Ich habe ihn gebeten, mir den Teppich zu zeigen, an dem er arbeitet, aber er sagt, das könne er nicht. Keine Ahnung wieso; er hat irgendwas gemurmelt, das ich nicht verstanden habe. Aber wir werden einen Kollegen von ihm besuchen, einen anderen Haarteppichknüpfer, und dort kann ich mir dessen Teppich ansehen.«

Es war eine körperliche Angelegenheit. Sein Verstand wußte, daß die Rebellen eine andere Auffassung von Disziplin hatten, aber sein Körper wußte nichts davon. Sein Körper war eher bereit zu sterben, als einen Befehl zu mißachten.

»Wann geht ihr dorthin?«

»Ich habe ihm ein Aufbaupräparat gegeben; ich warte noch, bis das wirkt. Eine Stunde vielleicht. Der Mann war ziemlich erledigt. Aber es ist nicht aus ihm herauszukriegen, was er da in der Wüste wollte. Ziemlich geheimnisvolle Geschichte, das Ganze.«

»Trägst du die einheimische Tracht?«

»Natürlich. Übrigens sagenhaft unbequem; kratzt an Stellen, von denen du nicht einmal wußtest, daß es sie gibt.«

»Wann meldest du dich wieder?«

»Sofort nach dem Besuch bei dem anderen Haarteppichknüpfer. Wir haben einen Fußmarsch von zwei bis drei Stunden vor uns; glücklicherweise steht die Sonne schon ziemlich tief, und es ist nicht mehr ganz so heiß. Es kann sein, daß man uns einlädt zu übernachten, was ich natürlich nicht abschlagen werde.«

»Das Funkgerät hast du für alle Fälle bei dir?«

»Selbstverständlich.« Nillian lachte auf. »He, machst du dir Sorgen um mich?«

Nargant spürte einen Stich bei diesen Worten. Eigentlich nicht, erkannte er und kam sich häßlich und gemein vor. Eigentlich machte er sich nur Sorgen um sich selbst, darum, was mit ihm geschehen würde, wenn Nillian etwas zustieße. Er hatte die Zuneigung nicht verdient, die der junge Rebell ihm entgegenbrachte, denn er war unfähig, sie zu erwidern. Alles, was er konnte, war, ihn um seine Leichtigkeit und innere Freiheit zu beneiden und sich daneben wie ein Krüppel vorzukommen.

»Ich bin zum Umfallen müde«, erklärte er ausweichend. »Ich werde versuchen, ein wenig zu schlafen. Viel Erfolg. Ende.«

»Danke. Ende«, erwiderte Nillian. Ein vernehmliches Knacken war zu hören, und der Recorder schaltete sich wieder ab.

Nargant blieb im Sessel sitzen, lehnte den Kopf zurück und schloß die Augen. Ihm war, als vibrierten seine Augäpfel. Bestimmt werde ich nicht schlafen können, dachte er. Aber er schlief ein, ehe er es fertigbrachte, die Augen noch einmal zu öffnen, und glitt in einen unruhigen Traum hinüber.

Als er wieder erwachte, brauchte er eine ganze Weile, ehe ihm einfiel, wo er sich befand und was geschehen war. Mit taubem Hirn starrte er auf die Ziffern der Borduhr und versuchte erfolglos herauszufinden, wie lange er geschlafen hatte. Das Zählwerk des Recorders hatte sich jedenfalls noch nicht weiterbewegt, und das hieß, daß sich Nillian noch nicht wieder gemeldet hatte.

Er trat an eine Sichtluke und sah hinaus, hinunter auf die gewaltige Sphäre des Planeten. Eine endlose, von Pol zu Pol reichende Dämmerungszone zog über die schmutzigbraune Oberfläche. Es war wie ein Schock, als ihm unvermittelt klar wurde, daß es in der Gegend, in der sich Nillian aufhielt, bereits früher Morgen war. Er hatte die ganze Nacht geschlafen.

Und Nillian hatte sich nicht gemeldet.

Er griff nach dem Mikrophon und aktivierte mit einer viel zu groben Bewegung den Sender.

»Nillian?«

Er wartete, aber alles blieb still. Er wurde förmlicher: »KALYT 9 ruft Nillian Jegetar Cuain, bitte melden!« Auch das brachte nichts.

Die Zeit verstrich, und Nillian meldete sich nicht. Nargant saß in seinem Pilotensessel und sprach immer wieder und wieder Nillians Namen in das Funkgerät, stundenlang. Er ließ den Recorder zurücklaufen und hörte die Aufzeichnung ab, aber da war tatsächlich nichts, kein Funkspruch von Nillian. Ihm wurde nicht bewußt, daß er unaufhörlich auf seiner Unterlippe kaute und daß diese schon anfing zu bluten.

Er fühlte sich förmlich entzweigerissen von zwei Kräften, die wie Naturgewalten an ihm zerrten. Da war der Befehl, der klare, eindeutige und unwiderrufene Befehl, nicht auf den zu beobachtenden Planeten zu landen, und der Gehorsam, auf den er einmal stolz gewesen war. Von Anfang an hatte er gewußt, daß dieses Unternehmen schiefgehen mußte, von Anfang an. Ein einzelner Mann allein auf einem unbekannten Planeten, in einer unbekannten Kultur, mit der das Reich seit Jahrzehntausenden keinen Kontakt mehr gehabt hatte – was konnte so ein Mann anderes ausrichten, als in seinen eigenen Tod zu laufen?

Auf der anderen Seite war da dieses neue Gefühl der Freundschaft, das Wissen, daß irgendwo da unten jetzt ein Mann vielleicht in einer gefährlichen Situation steckte und alle Hoffnungen auf ihn richtete, ein Mann, der an ihn glaubte und der sich um seine Freundschaft bemüht hatte, obwohl er gewußt hatte, daß dem ehemaligen kaiserlichen Soldaten diese Dinge schwerfielen. Vielleicht richtete Nillian jetzt, in diesem Augenblick, seine Augen auf zu einem dunklen Nachthimmel, über dem er ein kleines, zerbrechliches Raumschiff wußte, und wartete auf Rettung.

Nargant atmete tief ein und straffte sich. Er hatte einen Entschluß gefaßt, und die Entscheidung gab ihm neue Kraft. Mit geübten Griffen bereitete er alles für einen Mehrfachfunkspruch vor.

»Hier spricht Nargant, Pilot des Expeditionsbootes KALYT 9. Ich rufe den Schweren Kreuzer TRIKOOD unter Kommandant Jerom Karswant. Achtung, dies ist ein Notruf!«

Pause. Ohne zu merken, was er tat, wischte Nargant sich die Schweißperlen von der Stirn. Ihm war, als ginge es nicht nur um einen Funkspruch, sondern als müsse er das, was zu sagen und was zu tun war, mit seinem ganzen Körper bewerkstelligen, unter Einsatz aller Kräfte. Er wußte, daß er nicht zuviel überlegen durfte, sonst würde er den Spruch am Ende nicht abstrahlen. Einfach reden und sofort senden, und dann komme, was kommen mag. Er löste die Pausentaste.

»Unter Mißachtung unseres Befehls hat sich mein Partner Nillian Jegetar Cuain vor nunmehr drei Tagen Standardzeit auf die Oberfläche des Planeten G-101/2 begeben, um unter den Bewohnern weitere Nachforschungen anzustellen. Seine letzte Rückmeldung ist nun seit acht Stunden überfällig. Folgende Ereignisse sind zu erwähnen...« Er berichtete kurz, vollständig und ohne Rücksicht auf das Zittern in seinen Beinen. »Ich bitte um Anweisungen. Nargant, von Bord der KALYT 9. Standardzeit 18–3-178002, letzte Eichung 4–2. Position Planquadrat 2014-BQA-57, im Orbit um den zweiten Planeten der Sonne G-101, Ende.«

Als er die Abstrahlung auslöste, war er schweißnaß. Nun nahm alles seinen Lauf. Der Funkspruch raste, zerlegt in Informationspartikel einer unbegreiflichen Dimension, seinem Ziel entgegen, und niemand konnte ihn mehr zurückholen. Nargant ließ das Mikrophon sinken und richtete sich auf eine lange Wartezeit ein. Er war müde, aber er wußte, daß er nicht würde schlafen können.

In den Stunden, die folgten, rief er immer wieder Nillians Namen in das elektromagnetische Funkgerät. Seine Nerven schienen zu glühen, und das Vorgefühl eines nahenden Unheils quälte ihn.

Plötzlich glomm das orangerote Empfangslicht der Sendeanlage auf, und der Recorder schaltete sich automatisch ein. Nargant fuhr aus einem unruhigen Dämmerschlaf hoch. Das Flaggschiff der Gheera-Flotte meldete sich!

»Hier ist der Schwere Kreuzer TRIKOOD. KALYT 9, wir bestätigen Ihren Funkspruch Standardzeit 15–3-178002. Die Expeditionsleitung erteilt Ihnen die Anweisung, Ihre Untersuchungen abzubrechen und schnellstmöglich zurückzukehren. Ende.«

Die Zeit schien stillzustehen. Nargant hörte plötzlich nichts mehr, nur das wilde Pochen seines Herzens und das Tosen kochenden Blutes in seinen Ohren. »Fehler! Fehler! Fehler!« glaubte er zu hören, unablässig skandiert im Rhythmus seines Pulsschlags. Er hatte einen Fehler gemacht. Er hatte zugelassen, daß ein Fehler begangen wurde. Er war ungehorsam gewesen, und er würde unnachsichtig bestraft werden. Alles, was er noch tun konnte um seiner Ehre willen, war, so schnell und so demütig wie nur möglich zurückzukehren, um seine Strafe entgegenzunehmen.

Nargants Hände flogen über die Armaturen. Das Wispern und Raunen der Instrumente in der Steuerkanzel erstarb, als die kolossalen Maschinen in den Tiefen des Raumschiffes erwachten und die Außenhülle erzittern ließen. Die Angst hatte jeden Gedanken, selbst die Erinnerung an Nillian hinweggespült. Eine Nadel kletterte aus dem roten in den grünen Bereich, während klobige Aggregate wummernd Energie in den Antrieb pumpten, und dann beschleunigte Nargant, ließ das kleine Schiff dem dunklen Sternengewebe entgegenstürzen. Jede seiner Bewegungen zeugte von lebenslanger Routine; selbst in halbtotem Zustand hätte er das Schiff noch fliegen können. Ohne eine einzige überflüssige Handbewegung bereitete er die überlichtschnelle Flugphase vor, und wenig später ging die KALYT 9 in jene Dimension über, in der andere Gesetze herrschen. In jener Dimension gibt es keine Begrenzung der Fortbewegung, aber jeder ist darin allein. Kein Funkspruch erreicht ein Raumschiff, das in diesem unbegreiflichen Überraum unterwegs ist.

So kam es, daß Nargant das Eintreffen der wirklichen Antwort auf seinen Notruf um wenige Minuten verpaßte.

»KALYT 9, hier spricht Kommandant Jerom Karswant von Bord der TRIKOOD. Achtung, hiermit widerrufe ich den letzten Befehl, den Sie erhalten haben. Bei diesem Befehl handelte es sich um eine Standard-Anweisung an alle Expeditionsboote. Nargant, bleiben Sie im Orbit um G-101/2 und versuchen Sie weiter, mit Nillian Funkkontakt aufzunehmen. Ich schicke Ihnen den Leichten Kreuzer SALKANTAR. Bitte vermessen Sie den nächsten Eintauchpunkt für ein Schiff dieser Größe und senden Sie die genauen Koordinaten, damit die

SALKANTAR Sie möglichst rasch erreicht! Ich wiederhole: Kehren Sie nicht zurück zur Basis, sondern behalten Sie Ihre Position und ermöglichen Sie den Anflug der SALKANTAR. Hilfe ist unterwegs.«

Sehr viel später, nach dem Eintreffen des Expeditionsbootes KALYT 9 im Basislager der Gheera-Expedition und nach mehrfacher Rücksprache mit der SALKANTAR, die erfolglos versucht hatte, allein anhand der ungenauen und fehlerhaften Sternkarten den Stern G-101 anzufliegen, wurde Nargant klar, daß er vor lauter Panik nicht bemerkt hatte, daß der Spruch, den er für die Antwort auf seinen Notruf gehalten hatte, viel früher eingetroffen war, als er nach den Gesetzen der Physik hätte eintreffen dürfen, und daß es sich in Wirklichkeit um eine Routinemitteilung gehandelt hatte, die an alle Expeditionsboote gegangen war. Ihm wurde ferner klar, daß er mit seiner überstürzten Rückkehr seinen Kameraden Nillian im Stich gelassen und wahrscheinlich dem Tod überantwortet hatte.

Er hatte eine unangenehme Unterredung mit dem bulligen Kommandanten der Expeditionsflotte, aber der alte Rebellengeneral bestrafte ihn nicht. Und das war vielleicht die härteste Strafe.

Von nun an sagte Nargant jeden Morgen, wenn er sich im Spiegel sah, laut zu sich selbst: »Es gibt keinen Kaiser mehr.« Und jedesmal, wenn er diese Worte aussprach, spürte er die tiefe Angst in sich, die ihn verkrüppelte, und erinnerte sich an den Mann, der ihm sein Vertrauen und seine Freundschaft geschenkt hatte. Er hatte sich so sehr gewünscht, beides erwidern zu können, aber er hatte es nicht gekonnt.

Der Steuererheber

Er folgte den Markierungen der Handelsstraße seit Tagen, und er hatte eigentlich keinen Grund zur Sorge; die grob behauenen Wegesteine waren in regelmäßigen Abständen gesetzt und deutlich zu erkennen, und es gab ganz selten Verwehungen über die festgetrampelte Route hinweg. Trotzdem atmete er unwillkürlich auf, als endlich Yahannochia am Horizont auftauchte.

Seinem Jibarat war das gleichgültig. Das Reittier veränderte seinen gleichmäßigen, wiegenden Schritt nicht, auch nicht, als er es durch Schläge mit der flachen Hand anzutreiben versuchte, gegen alle Vernunft. Was das richtige Tempo für lange Reisen über Land anbelangte, waren die Jibarat vernünftiger als Menschen.

Vereinzelt sah er jetzt die Sitze der Haarteppichknüpfer zwischen den Hügeln. Auffällig und bunt die einen, graubraun unauffällig an den Fels geschmiegt die anderen, je nach Alter und Baustil der Häuser. Es gab Häuser mit spitzen Dächern und Mauern aus rotgebranntem Ton, andere wieder waren flach und aus behauenen Steinen errichtet. Er sah sogar ein Haus, das ganz schwarz war und aus der Ferne wirkte wie ausgebrannt.

Niemand beachtete ihn, als er durch das Stadttor ritt. Kinder rannten herum, laut streitend, und ein paar Frauen standen schwatzend an einem Häusereck. Nur ein paar Mal sah er den unverkennbaren Schreck in Augen, deren Blick auf die Insignien an seinen Satteltaschen fiel: die Insignien des kaiserlichen Steuererhebers.

Er kannte sich noch aus. Nicht viel hatte sich verändert seit seinem letzten Besuch, der nun auch schon gute drei Jahre zurücklag. Er fand immer noch den Weg durch die engen Gassen, vorbei an verstaubten, armseligen Werkstätten und dunklen Kaschemmen, an fleckigen Wänden und schimmligen Holzstößen, zum Stadtoberenhaus.

Ein dünnes Lächeln umspielte seine Lippen. Ihn würden sie nicht täuschen. Er würde sie schätzen und besteuern, ohne Gnade. Natürlich hatten sie gewußt, daß er kommen würde; sie wußten es immer. Und er war in kaiserlichen Diensten seit Jahrzehnten, er kannte alle Tricks. Sie brauchten nicht zu glauben, ihn täuschen zu können mit diesen armseligen Fassaden. Wenn man genau hinsah, hingen die fetten Schinken in den Kellern und lag feinstes Tuch in den Schränken.

Gottlose Bande! Da hatten sie schon nichts weiter darzubringen aus ihrer jämmerlichen Existenz als ein bißchen Steuern, und selbst darum wollten sie sich noch drücken.

Vor dem Stadtoberenhaus brachte er sein Jibarat zum Stehen und klopfte an eines der Fenster, ohne abzusteigen. Ein Jüngling streckte den Kopf heraus und fragte ihn nach seinem Begehr.

»Ich bin Kremman, kaiserlicher Steuererheber und Richter. Melde mich den Stadtoberen.«

Der Jüngling bekam große Augen, als er das kaiserliche Siegel sah, nickte hastig und verschwand.

Sie versuchten es mit allen Tricks. Da, wo er gerade herkam, in Brepenniki, hatten sie das Hauptbuch verbrannt. Natürlich hatten sie das nicht zugegeben, sowas gaben sie nie zu – sie hatten behauptet, es sei ein Brand im Stadtoberenhaus ausgebrochen, der das Buch vernichtet habe. Als ob sie damit um die Steuern herumkommen könnten! Alles, was sie erreicht hatten, war, daß er aufgehalten wurde. Ein neues Hauptbuch mußte angelegt, jeder Bürger der Stadt neu geschätzt werden. Es hatte Heulen und Zähneklappern gegeben und die üblichen Tränen, aber er hatte sich nicht beeindrucken lassen und seine Pflicht getan. Er wußte, daß sie in Zukunft besser aufpassen würden. Das machten sie nicht noch einmal mit ihm.

Die Tür des Stadtoberenhauses sprang auf, und ein fetter alter Mann kam herausgestürmt, während er noch in die Ärmel seines reichlich abgeschabten Prunkmantels fuhr. Keuchend kam er vor Kremman zum Stehen, schlüpfte endlich vollends in seinen Mantel und sah dann zu dem Steuererheber auf, feine Schweißperlen auf der Stirn.

»Seid gegrüßt im Namen des Kaisers, Kremman!« rief er fahrig. »Es ist gut, daß Ihr kommt, sehr gut sogar, denn seit gestern haben wir einen Frevler im Verlies und wissen nicht, was wir mit ihm machen sollen. Aber nun könnt Ihr ja einen richterlichen Urteilsspruch...«

Kremman sah verächtlich auf den Mann herab. »Verschwendet nicht meine Zeit. Wenn es ein Frevler ist, dann hängt ihn auf, wie es das Gesetz befiehlt.«

Der Stadtobere nickte unter heftigem Schnauben so eifrig, daß man glauben mochte, er würde jeden Augenblick umfallen. »Niemals würde ich Euch damit behelligen, Richter, wenn er ein gewöhnlicher Frevler wäre, niemals. Aber er ist kein gewöhnlicher Frevler, er ist sogar ein höchst ungewöhnlicher Frevler, und ich bin der festen Überzeugung...«

Was sie sich alles einfallen ließen! Wenn sie nur ihre Findigkeit auf ihre Arbeit richten würden anstatt darauf, zu versuchen, ihn zu täuschen!

Er stoppte den Redeschwall des anderen mit einer Handbewegung. »Ich will mich zuerst um die Bücher kümmern, denn deswegen bin ich gekommen.«

»Gewiß, selbstverständlich. Verzeiht meine Rücksichtslosigkeit. Ihr müßt erschöpft sein von Eurer Reise. Wollt Ihr die Bücher gleich einsehen oder darf ich Euch zuerst ein Quartier zuweisen und eine Erfrischung bringen lassen?«

»Zuerst die Bücher«, beharrte Kremman und schwang sich aus dem Sattel.

»Zuerst die Bücher, sehr wohl. Folgt mir.«

Kremman nahm die Tasche mit seinen Arbeitsutensilien und ließ sich von dem alten Mann in die Kellergewölbe des Stadtoberenhauses führen. Während er mit hundertfach geübten Bewegungen seine Gerätschaften auf einem großen Tisch aufbaute, beobachtete er schweigend, wie der Alte einen rostigen Schlüssel hervornestelte und den großen, eisenbeschlagenen Schrank öffnete, in dem die Steuerhauptbücher verwahrt wurden.

»Bringt mir auch gleich die Änderungen«, verfügte Kremman, nachdem der Stadtobere ihm das versiegelte Hauptbuch auf den Tisch gelegt hatte.

»Ich lasse Sie Euch sofort bringen«, murmelte der Mann.

Kremman lächelte gehässig, während der Stadtobere zur Tür hinausschlurfte. Er hatte wohl geglaubt, ihn von seiner Arbeit ablenken zu können mit irgendwelchen Geschichten. Und jetzt war er enttäuscht, weil es nicht geklappt hatte.

Er würde sie kriegen. Irgendwann kriegte er alle.

Dann machte er sich an die Arbeit. Zunächst galt es zu prüfen, ob das Siegel des Steuerbuches von Yahannochia wirklich unversehrt war. Kremman tastete die Siegelbänder ab, die das Buch umschlangen; sie waren unverletzt. Blieb das Siegel selber. Er wog es prüfend in der Hand, betrachtete es kritisch. Er hatte in seinem Leben schon Tausende von Siegeln gebrochen und angebracht, und doch war dies stets ein Punkt, an dem er innehielt und es sich nicht gestattete, in Routine zu verfallen. Das Siegel des Steuerbuches war der sensibelste Punkt des Systems. Sollte es ihnen je gelingen, ein Siegel zu fälschen, ohne daß er es merkte, dann hatten sie ihn. Wenn das bekannt wurde, kostete ihn das seinen Kopf. Und wenn es nicht bekannt wurde, dann konnten sie ihn erpressen bis ans Ende seiner Tage.

Der Jüngling, der ihm das Fenster geöffnet hatte – wahrscheinlich der Stadtdiener –, kam herein und brachte das Änderungsbuch der Stadt. Kremman bedeutete ihm mit einem ungnädigen Kopfnicken, es auf den Tisch zu legen, und als er die Neugier des anderen bemerkte, starrte er ihn so giftig an, daß der es vorzog, so rasch wie möglich wieder zu verschwinden. Er konnte hierbei keine Zuschauer gebrauchen.

Behutsam stülpte Kremman seinen Siegelstempel über das Wachsstück. Zu seiner Beruhigung paßte er. Auch eine eingehende Untersuchung mit einer starken Lupe ließ ihn keine Unregelmäßigkeiten finden.

Sie würden es nicht wagen. Sie hatten nicht vergessen, daß er es gewesen war, der als junger Steuererheber in der Dreistromstadt das gefälschte Steuersiegel entdeckt hatte. Sie hatten nicht vergessen, mit welcher Härte er die ganze Stadt neu geschätzt und zusätzlich mit einer

Strafsteuer belegt hatte, daß den Stadtleuten die Tränen in die Augen getreten waren.

Blieb der letzte Test. Nach einem kurzen Blick zur Tür, um sicherzugehen, daß ihm wirklich niemand zusah, nahm er ein kleines Messer zur Hand und begann, das Siegelbild behutsam abzukratzen. Das war das Geheimnis, das unentdeckt blieb, wenn jemand das Siegel einfach brach oder abschmolz: Unter dem ersten Siegelbild gab es ein zweites, das nur geschickte, erfahrene Finger wieder zum Vorschein bringen konnten. Kremman schabte mit unendlicher Vorsicht, bis ihm eine unmerkliche Verfärbung im Siegelwachs die Trennschicht anzeigte. Nun noch ein kleiner Dreh mit dem Messer, den zu erlernen ihn Jahre gekostet hatte, und die obere Wachsschicht platzte sauber ab. Da war das geheime Siegel, ein winziges Signet, das nur die kaiserlichen Steuererheber kannten. Kremman lächelte befriedigt, griff nach einer Kerze und schmolz damit das Siegel vollends ab. Das Wachs ließ er in eine kleine eiserne Schale tropfen; wenn alles vorbei war, würde er daraus wieder ein neues Siegel verfertigen.

Dann schlug er das Buch auf. Dieser Moment elektrisierte ihn, seit er denken konnte; dieser Moment der Macht. In diesem Buch waren die Habseligkeiten aller Stadtleute verzeichnet, die Reichtümer der Reichen und der karge Besitz der Armen; in diesem Buch entschied er mit einem Federstrich über Not oder Wohlergehen einer ganzen Stadt. Beinahe zärtlich wendete er die vor Alter knisternden Blätter, und sein Blick streichelte die welken Seiten voller uralter Eintragungen, voller Zahlen, Unterschriften und Stempel. Die Stadtoberen mochten ihre Prachtmäntel zur Schau tragen und sich vor den Leuten aufplustern – mit diesem Buch und seinem Recht darin zu schreiben war er es, der die wahre Macht in Händen hielt.

Er konnte sich kaum losreißen. Mit einem kaum hörbaren Seufzer nahm er das andere Buch zur Hand, das Änderungsbuch der Stadt. Das fühlte sich gleich viel gewöhnlicher an, geradezu ordinär. Man konnte förmlich spüren, daß darin jeder schreiben durfte; eine Hure von einem Buch war das. Kremman schlug es mit einigem Widerwillen auf und suchte seine letzte Eintragung. Dann überflog er die darauffolgenden Seiten mit den Änderungen, den Geburten und Sterbefällen, den Heiraten, den Zu- und Abwanderungen und den Veränderungen der Berufsstände. Es war nicht so viel, wie er befürchtet hatte nach der langen Zeit. Er würde rasch fertig sein mit den Schätzungen, und dann würde noch etwas Zeit bleiben für ein paar Stichproben. Er wollte zu gern herausfinden, ob in dieser ruhigen Stadt wirklich alles mit rechten Dingen zuging.

Mit leichtem Naserümpfen las er die letzte Eintragung. Sie hatten vor kurzem ihren einzigen Lehrer gesteinigt, offenbar auf Geheiß eines Wanderpredigers; die nachträglich formulierte Anklage lautete auf Gotteszweifel. Kremman mochte es nicht, wenn sich irgendwelche dahergelaufenen Prediger als Richter aufspielten; und in einer Stadt ohne Lehrer sanken über kurz oder lang die Steuererträge, das zeigte die Erfahrung immer wieder.

Es war angenehm still in dem Kellergewölbe. Kremman hörte nur seinen eigenen Atem und den Schreibkiel, der kratzend über das Papier fuhr, während er seine Listen anlegte. Die erste Liste würde er nachher dem Stadtdiener geben; sie enthielt die Namen aller Leute, die zur Befragung ins Stadtoberenhaus zu laden waren, Leute, deren Besitzverhältnisse oder Familienstände sich seit dem letzten Mal geändert hatten. Auf der zweiten Liste notierte er die Namen derer, die er selber aufsuchen und schätzen würde. Ein paar der Namen stammten aus dem Änderungsbuch; die Lage der Dinge machte eine persönliche Einschätzung unumgänglich. Die übrigen Namen gab ihm seine Intuition ein, sein Gespür für unlautere Machenschaften und seine instinktive Einfühlung in das menschliche Bestreben, möglichst viel zu behalten und möglichst wenig herzugeben und sich um die anerkannten Pflichten herumzumogeln. Diesem Instinkt vertraute er vollkommen, und er war damit bisher immer gut gefahren. Er las das Verzeichnis der Stadtleute, las Beruf, Alter und Stand und die letzte Schätzung, und bei manchen Namen spürte er so etwas wie einen inneren Alarmruf in sich: die schrieb er auf.

Er konnte sich gut vorstellen, was jetzt in der Stadt los war. Inzwischen hatte sich die Nachricht von seiner Ankunft bestimmt bis in die letzte Hütte herumgesprochen, und nun beratschlagten sie mit bangen Herzen, ob es sie dieses Mal wohl treffen würde. Und natürlich waren sie eifrig dabei, alles zu verstecken, was wertvoll war – den Schmuck, die neuen Kleider, das gute Werkzeug, das geräucherte Fleisch und die Tonkrüge mit dem Eingesalzenen. Während er hier saß und seine Listen schrieb, zogen sie ihre ältesten Kleider an, graue, abgeschabte Lumpen, schmierten sich Fett in die Haare und Schmutz ins Gesicht, rieben die Wände ihrer Häuser und Hütten mit Asche ab und trugen Viehmist in die Zimmer, damit sich das Geschmeiß darin sammelte.

Und er würde ihre Maskerade durchschauen. Sie glaubten, ihn mit ungepflegtem Haar und schmutzigem Gesicht täuschen zu können, aber er würde auf ihre Fingernägel schauen und darauf, ob sie Schwielen an den

Händen hatten, und Bescheid wissen. Er würde Sachen finden, unter dem Stroh ihrer Schlafplätze, hinter Schränken, unter Balken und in Kellerräumen. Es gab nicht so viele Verstecke, und er kannte sie alle. An Tagen, an denen er guter Laune war, konnte er es als sportliche Herausforderung genießen. Allerdings waren solche Tage selten bei ihm.

Als die beiden Listen fertig waren, schloß Kremman das Hauptbuch und klingelte nach dem Stadtdiener.

»Bist du mit dem Ablauf einer Steuererhebung vertraut?« fragte er ihn. »Du bist sehr jung, und ich kenne dich nicht, deshalb die Frage.«

»Ja. Das heißt, nein. Man hat es mir erklärt, aber ich habe es noch niemals selbst...«

»Dann tu, was ich dir sage. Hier ist eine Liste mit Namen von Stadtleuten, die ich morgen hier schätzen werde. Ich habe sie in vier Gruppen eingeteilt; für den frühen Vormittag, den späten Vormittag, den Nachmittag und den frühen Abend. Du mußt dafür sorgen, daß sie jeweils rechtzeitig da sind. Hast du das verstanden?«

Der junge Mann nickte unsicher. Er ist wirklich ein Grünschnabel, dachte Kremman verächtlich. »Wirst du das schaffen?«

»Ja, gewiß!« beeilte sich der Stadtdiener zu versichern.

»Wie wirst du vorgehen?«

Da hatte er ihn. Kremman sah ihn schlucken und mit wild aufgerissenen Augen auf dem Boden hin und her schauen, als sei die Antwort dort irgendwo zu finden. Dabei murmelte er etwas Unverständliches.

»Was hast du gesagt?« beharrte Kremman mit grausamer Genugtuung. »Ich habe dich nicht verstanden.«

»Ich sagte, ich weiß es noch nicht.«

Kremman musterte ihn, wie man ein widerliches

Insekt mustert. »Du kennst die Stadtleute auf dieser Liste?«

»Ja.«

»Was hältst du davon, heute noch bei jedem einzelnen vorbeizugehen und ihm Bescheid zu sagen?«

Der Jüngling nickte verkrampft, wagte es aber nicht, ihm in die Augen zu sehen. »Ja. Ja, das werde ich tun.«

»Wie ist dein Name?«

»Bumug.«

Kremman reichte ihm die Liste. »Du bist nachmittags dran.«

»Nachmittags?« Jetzt sah er den Steuererheber wieder an, verwirrt. »Ich? Was heißt das?«

Kremman lächelte sardonisch. »Du stehst natürlich auch auf der Liste, Bumug.«

Wie jedes Mal bezog der kaiserliche Steuererheber das Gästequartier des Stadtoberenhauses. Bei der Ausstattung dieses Quartiers und der Verpflegung dieses Gastes fand sich jede Stadt, die er aufsuchte, in einem Konflikt wieder. Einerseits war man ängstlich bestrebt, es ihm an keiner Annehmlichkeit fehlen zu lassen, um nicht seinen Unmut zu erregen, andererseits wollte man ihn nicht auf die Idee bringen, es mit einer wohlhabenden Stadt zu tun zu haben.

Zu seinem Glück siegte meistens das Bedürfnis nach Bestechung, auch hier in Yahannochia. Er fand ein sauberes Zimmer vor, ein Bett, das eines Königs würdig gewesen wäre, und einen überaus reichhaltig gedeckten Tisch. Er legte das Steuerhauptbuch unter das Kopfkissen, ehe er sich an den Tisch setzte. Solange das Buch nicht wieder versiegelt war, würde er es keinen Moment lang aus den Augen lassen.

Als er am nächsten Morgen, das Buch unter den Arm geklemmt, zum Stadtoberenhaus hinüberging, stand bereits eine lange Schlange ergeben Wartender davor. Kremman holte tief Luft und verfiel in einen besonders harten, entschlossenen Schritt, um jede Schwäche in sich zu vertreiben, jeden Anflug von Mitleid, Gutmütigkeit oder anderer Gefühlsregungen, die einem Steuererheber nicht gut anstanden. Ein anstrengender Tag wartete auf ihn, ein Tag, an dem er sich von morgens bis abends erbarmungswürdige Geschichten würde anhören müssen, und er durfte sich keinen Augenblick der Unachtsamkeit, keinen Moment des Nachgebens erlauben, ohne seine Aufgabe zu verraten, seine heilige Aufgabe der Erhebung von Steuern für den Kaiser.

So schritt er an der Reihe der Stadtleute vorbei, ohne sie eines näheren Blickes zu würdigen, nahm an dem vorbereiteten Tisch Platz, auf dem bereits jemand Schreibzeug und einen Krug Wasser bereitgestellt hatte, schlug das Steuerhauptbuch auf und rief dann den ersten Namen auf seiner Liste auf. »Garubad!«

Ein stämmiger Mann mit wettergegerbtem Gesicht und grauem Haar trat vor, ein Ausbund schierer Körperkraft, ganz in abgeschabtes Leder gekleidet, und sagte: »Das bin ich.«

»Du bist Viehzüchter?«

»Ja.«

»Welche Art Vieh züchtest du?«

»Keppo-Schafe hauptsächlich. Außerdem habe ich einige Baraq-Büffel.«

Kremman nickte. All das stand auch so in seinem Hauptbuch. Der Mann machte einen aufrechten, gottesfürchtigen Eindruck; kein schwieriger Fall. »Wie viele Keppos? Wie viele Baraqs?«

»Zwölfhundert Keppos und sieben Baraqs.«

Kremman konsultierte sein Buch. »Das heißt, die Anzahl deiner Schafe hat um den vierten Teil zugenommen; die Anzahl der Baraqs ist gleichgeblieben. Ich erhöhe deine Steuer also in dem gleichen Maße. Hast du dagegen irgendwelche Einwände?«

Der Viehzüchter schüttelte den Kopf. »Nein. Ich gebe es für den Kaiser.«

»Ich nehme es für den Kaiser«, erwiderte Kremman die traditionelle Formel und trug einen entsprechenden Vermerk ein. »Danke, du kannst gehen.«

Das war ein guter Anfang gewesen. Der Steuererheber liebte es, wenn ein Schätztag auf diese Weise begann. Er verließ sich auch hier auf seinen Instinkt, der ihm sagen würde, wann er jemanden auf seine Stichprobenliste setzen mußte und wann er ihm glauben konnte.

Es wurde ein arbeitsreicher, aber alles in allem ein erfreulicher Tag. Natürlich gab es die üblichen herzzerreißenden Klagen über verdorbene Ernten, verendetes Vieh, gestorbene Kinder und davongelaufene Männer, aber nicht so oft wie sonst, und manche der Geschichten glaubte Kremman sogar. In einem ihn selbst überraschenden Anflug von Milde verfügte er in einem Fall sogar eine Rückerstattung an eine Frau, deren Mann gestorben war. Es sollte keiner sagen, die Steuererheber seien Unmenschen. Er tat einfach seine Pflicht, nichts weiter – seine heilige Pflicht, in den Diensten des Kaisers.

Es war spätabends, als er im Schein einer Tranlampe die letzte Eintragung vornahm und den letzten Mann entließ. Zufrieden sah er auf seine zweite Liste, die fünf neue Namen enthielt. Er würde nicht länger als den morgigen Tag für die Stichproben brauchen, und dann hieß es nur noch, alle Zahlen zusammenzuzählen.

Gerade als er das Buch zugeschlagen hatte, kam der Stadtobere wieder heran in seinem unordentlichen Prunkmantel. »Wenn ich noch einmal daran erinnern dürfte, daß wir diesen Frevler im Verlies haben und...«

»Zuerst die Steuern«, beschied Kremman ihn müde und stand auf. »Zuerst die Steuern, und dann alles weitere.«

»Selbstverständlich«, nickte der alte Mann unterwürfig. »Wie Ihr meint.«

Er betrat das erste Haus ohne jede Voranmeldung. Für Stichproben war es wichtig, ohne Voranmeldung zu erscheinen, obwohl er sich in dieser Hinsicht keinen Illusionen hingab: Sein Weg durch die Gassen Yahannochias war von vielen Augen heimlich verfolgt worden, und alles, was er tat, wurde sofort flüsternd weitergetragen.

Aber diese beiden hatte er tatsächlich überrascht. Sie sprangen erschrocken auf, als er durch die Tür trat; die Frau verbarg ihr Gesicht und verschwand in ein anderes Zimmer, und der Mann baute sich wie zufällig so vor dem Steuererheber auf, daß diesem die Sicht auf die Frau genommen wurde. Kremman wußte, wieso: Eine schöne junge Frau im Haus, das veranlaßte manchen Steuererheber, zunächst eine schmerzhaft hohe Abgabe zu schätzen – um dann anzubieten, die Abgabe niedriger festzusetzen für den Fall, daß die Frau ihm ihre Gunst schenkte. Kremman hatte das jedoch noch nie getan. Abgesehen davon hatten ihm die Stadtoberen Yahannochias in weiser Voraussicht letzte Nacht eine junge Frau zugeführt, eine sehr junge Frau – man kannte seine Vorlieben –, und er war in dieser Hinsicht zufriedengestellt.

»Ich bin Kremman, Steuererheber des Kaisers«, erklärte er dem ebenso zornig wie ängstlich dreinblickenden jungen Mann. »Nach meinen Unterlagen habt ihr letztes Jahr geheiratet. Ich muß euch schätzen. Führe mich herum und zeige mir alles, was euch gehört.«

Die Frau war schon verschwunden, als sie ins Nebenzimmer traten. Der scharfe Blick des Steuererhebers fiel auf das Fenster, das nur angelehnt war. Kremman lächelte grimmig. Sie mußte durch das Fenster geflüchtet sein.

Er öffnete Schränke, schaute in Krüge, faßte prüfend in das Stroh der Nachtlager und beklopfte Holzbalken und Wände. Wie er schon erwartet hatte, fand er nichts Besonderes. Schließlich trug er eine ihm angemessen erscheinende Schätzung in seine Liste ein.

Die Erleichterung des jungen Mannes war unverkennbar. »Ich gebe es für den Kaiser!« stieß er hervor.

»Ich nehme es für den Kaiser«, erwiderte Kremman und ging.

Das Steuerhauptbuch war wieder versiegelt und in seinem Schrank eingeschlossen, die Abschrift der gültigen Steuerliste erstellt und im Änderungsbuch eingeheftet, und alles, was noch zu tun blieb, war, die Urkunde über die Erhebung zu erstellen.

Die Einziehung der Steuern besorgte die Stadt selbst, damit hatte er nichts zu tun. Seine Aufgabe war lediglich, die Höhe der Abgaben festzusetzen. Er hatte auch nichts mit dem Transport des Geldes zu tun; das würde der nächste Haarteppichhändler besorgen, der nach Yahannochia kam. Für ihn war auch die Urkunde bestimmt, denn er würde in der Hafenstadt Rechenschaft ablegen müssen über die Höhe der Beträge, die man ihm und seinem stählernen Wagen anvertraut hatte.

Die meisten Menschen glaubten, daß die Steuern an den Kaiser geschickt wurden, aber das stimmte nicht. Das Geld verließ den Planeten nie. Diese Welt entrichtete nur eine Art von Abgaben an den Hof des Kaisers, und das waren die Haarteppiche. Die Steuergelder wurden nur dazu verwendet, die Haarteppiche zu bezahlen.

Deshalb waren auch die Haarteppichhändler mit dem Transport der Steuergelder betraut; wenn sie schließlich die Hafenstadt erreichten, lieferten sie Haarteppiche ab, das restliche Geld und die Urkunden der Steuererheber. Diese Angaben wurden dann mit den Aufzeichnungen gegengerechnet, die die Gildemeister der Haarteppichknüpfer an die Hafenstadt schickten, und dann konnte festgestellt werden, ob ein Händler seine Pflicht getan oder sich ungerechtfertigt bereichert hatte.

»Die Steuern sind festgesetzt«, erklärte Kremman beiläufig, als der Stadtobere den Raum betrat. »Wenn Ihr noch irgendwelche Streitigkeiten habt, die vor einem kaiserlichen Richter zu klären sind, so ist jetzt der geeignete Zeitpunkt.«

»Wir haben keine«, erwiderte der Alte, »nur, wie gesagt, der Frevler.«

»Ach ja, Euer Frevler.« Kremman hielt mit dem Schreiben der Urkunde inne und lehnte sich zurück. »Was hat er denn angestellt?«

»Er hat allerlei gotteslästerliche Dinge gesagt, unter anderem, daß der Kaiser nicht mehr regiere, sondern gestürzt worden sei, und anderen Unsinn. Und das in Gegenwart zweier hochgeachteter Haarteppichknüpfer, die auch bereit sind, den Vorfall zu bezeugen.«

Kremman seufzte gelangweilt. »Ach, die alten Gerüchte. Diese Geschichten kursieren jetzt doch schon seit mindestens zwanzig Jahren, und es gibt immer wieder Verrückte, die meinen, sie aufwärmen zu müssen. Warum hängt ihr ihn nicht einfach? Ein Irregeleiteter, weiter nichts. Dafür gibt es das Gesetz.«

»Nun«, meinte der Stadtobere gedehnt, »wir waren uns nicht sicher, ob das Gesetz in diesem Fall Anwendung finden muß. Der Frevler ist ein Fremder, und ein seltsamer noch dazu. Wir wissen nicht, woher er kam. Er behauptet, von einer anderen Welt zu kommen, so weit entfernt, daß man sie am Himmel nicht sehen kann.«

»Das ist nichts Besonderes; das Reich des Kaisers ist groß«, warf Kremman ein.

»Und er behauptet, zu den Rebellen zu gehören, die den Kaiser gestürzt haben wollen – verzeiht meine Worte, ich gebe nur wieder, was der Fremde gesagt hat. Er sagt, er komme von einem Rebellenraumschiff, das unsere Welt umkreise...«

Der Steuererheber lachte laut auf. »Absurd! Würde ein solches Raumschiff existieren, es hätte doch sicher nicht gezögert, etwas zu seiner Befreiung zu unternehmen. Ein Verrückter, wie ich schon sagte.«

»Ja, das dachten wir uns auch«, sagte der alte Mann mit bedächtigem Nicken und zögerte einen Moment, ehe er hinzufügte: »Was uns jedoch bewog, Euer Urteil abzuwarten, war, daß wir ein Funkgerät bei dem Fremden gefunden haben.«

»Ein Funkgerät?« Kremman horchte auf.

»Ja. Ich habe es mitgebracht.« Aus den Tiefen seines Umhangs förderte der Stadtobere einen kleinen, schwarzen Metallkasten zutage, der lediglich eine Sprechmembran und einige Druckknöpfe aufwies.

Kremman nahm das Gerät in die Hand und wog es prüfend. Es war erstaunlich leicht und auffallend sauber, frei von Kratzern und Schrammen, wie sie fast alle technischen Geräte aufwiesen, die der Steuererheber jemals in seinem Leben gesehen hatte.

»Und Ihr seid sicher, daß es ein Funkgerät ist?«

»Der Fremde hat es behauptet. Ich wüßte auch nicht, was es sonst sein könnte.«

»Es ist so... klein!« Kremman hatte einmal ein Funkgerät besessen, vor vielen Jahren, einen großen, klobigen Kasten. Damals hatte er seine Steuerfestsetzungen immer direkt an die Hafenstadt gemeldet. Aber eines Tages war er in einen Sandsturm geraten, sein Reittier war gestürzt, und das kostbare Besitztum war an einem Stein zertrümmert worden.

Kremman studierte das kleine Gerät genauer. Die Schalter waren nicht beschriftet; lediglich auf der Rückseite war so etwas wie eine Nummer eingestanzt, in Schriftzeichen, die nur entfernt an die ihm vertrauten Ziffern erinnerten.

Eine eigentümliche Angst beschlich den Steuererheber, je länger er den Apparat in der Hand hielt, eine Angst, wie sie den befällt, der am Rande einer Klippe steht und in einen dunklen, unermeßlich tiefen Abgrund blicken muß. Dieses Gerät, erkannte er, war ein unwiderlegbares Argument. Es war ein Fremdkörper. Was immer es bedeutete, seine bloße Existenz bewies, daß hier Dinge vor sich gingen, die den Bereich seiner richterlichen Kompetenz überschritten.

Diese plötzliche Einsicht ließ ihn erleichtert aufatmen. Da war ein Weg, der eingeschlagen werden konnte, der ihn von aller Verantwortung befreite und zudem in völliger Übereinstimmung mit den Vorschriften war.

»Der Frevler soll in die Hafenstadt gebracht werden«, verfügte er schließlich. »Er und das Gerät.«

»Soll ich ihn vorführen lassen?« fragte der Stadtobere.

»Nein, das ist nicht nötig. Ich trage die Verfügung in die Urkunde ein. Der nächste Haarteppichhändler, der Yahannochia aufsucht, soll ihn mitnehmen und vor den Rat bringen.«

Rasch, als wollte er eventuellen Einwänden zuvorkommen, schrieb er einen entsprechenden Text an den unteren Rand der Steuerurkunde, tropfte Siegelwachs daneben und preßte sein Petschaft darauf.

Die Haarteppichräuber

Der gewaltige Troß des Händlers Tertujak wälzte sich mit seinen Wagen und Zeltkarren und berittenen Soldaten langsam über die weite Tiefebene, auf das riesige Zarrak-Felsmassiv zu, das sich endlos von Horizont zu Horizont erstreckte wie eine dunkle, unüberwindliche Wand.

Tertujak, der in seinem Wagen über den Büchern saß, spürte einen deutlichen Übergang, als die Räder des Händlerwagens aufhörten, über harten Fels und Geröll zu rumpeln und jede Vertiefung und jeden Felsbrocken auf dem Weg als harten, fast schmerzhaften Schlag an ihn weiterzugeben, und anfingen, sich durch nachgiebigen Sand zu mahlen. Er hatte diese Route oft genug in seinem Leben bereist, um ohne einen Blick aus dem Fenster zu wissen, daß der Aufstieg zum einzigen Übergang über das Zarrak-Massiv begonnen hatte, dem Paß am Fuß des Faustfelsens.

Nach kurzem Nachdenken entschied er, daß es an der Zeit war, wieder einmal nach dem Rechten zu sehen. Er wuchtete seinen massigen Körper aus den Polstern und öffnete die schmale Tür, die auf eine kleine Stehplattform neben dem Kutschbock hinausführte. Für die beträchtliche Körperfülle des Händlers war sie beinahe zu schmal, aber Tertujak quetschte sich hindurch, griff nach dem dafür vorgesehenen Haltebügel und nickte seinem Kutscher kurz zu, ehe er sich umsah.

Bestimmt würde er wieder allerhand entdecken, das ihm nicht gefiel. Seine Leute waren manchmal wie Kinder; unentwegt mußte man auf der Hut sein, durfte ihnen keine ihrer zahllosen Nachlässigkeiten durchgehen lassen, sonst entstanden Gewohnheiten daraus, die gefährlich werden konnten. Der Zug streckte sich zum Beispiel schon wieder viel zu lang hin; die Versorgungswagen fuhren, anstatt sich rings um den Haarteppichwagen zu scharen, ihm in einer langen, schiefen Kette hinterher. Schuld daran waren wie immer die Marketender, die nur zu gerne ans Ende des Trecks zurückfielen, um ungestört ihre zwielichtigen kleinen Geschäfte mit den Soldaten machen zu können und um zu demonstrieren, daß sie nicht der Befehlsgewalt des Händlers unterstanden.

Tertujak schnaubte mißbilligend durch die Nase, während er überlegte, ob es geboten war einzugreifen. Er ließ seinen Blick über die langgezogene Zarrak-Gebirgskette wandern, die sich vor ihnen auftürmte. Genau in ihrer Fahrtrichtung lag der Faustfelsen, hoch aufragend, schwarz und karstig, beinahe bedrohlich. Er hieß so aufgrund seiner Gestalt: fünf tiefe Schrunden, die von einem unzugänglichen Hochplateau aus in die Tiefe führten, und ein seitliches Gesims ließen ihn wie die Faust eines Giganten aussehen, die den einzigen Paß durch das Massiv zu bewachen schien. Sie würden neben dem angewinkelten Daumen der Faust über den Bergsattel ziehen, und von dort oben würden sie zum ersten Mal nach Jahren wieder einen Blick auf die Hafenstadt werfen können, das Ziel ihrer Reise.

Der Gefangene fiel ihm wieder ein. Kein Tag verging,

ohne daß er über diesen seltsamen Mann nachdenken mußte, den man ihm in Yahannochia überantwortet hatte. Natürlich war er nicht begeistert gewesen über die zusätzliche Last, aber er hatte ihn auch nicht ablehnen können. Jetzt saß der Gefangene vorne auf einem der Handelswagen zwischen zwei großen Ballen Stoff, gefesselt und von Soldaten bewacht, die den strikten Befehl hatten, nicht mit ihm zu reden und ihn, wenn er etwas sagen sollte, zum Schweigen zu bringen. Der Gefangene galt als Ketzer, und was immer er sagte, es mochte geeignet sein, das Herz eines frommen Menschen zu verderben.

Was hatte es wohl auf sich mit diesem Mann, daß er vor den Rat der Hafenstadt gebracht werden mußte? Das würden sie wahrscheinlich niemals erfahren.

Tertujak suchte den Blick seines Reiterkommandanten und winkte ihn mit einer kurzen Geste zu sich her.

»Was sagen deine Kundschafter?«

»Ich hätte Euch in Kürze deswegen angesprochen, Herr«, sagte der Kommandant, ein drahtiger, grauhaariger Mann namens Grom, der sein Reittier mit leichten, beinahe tänzelnden Schritten neben dem Händlerwagen hertraben ließ. »Der Aufstieg ist diesmal sehr sandig; ich glaube nicht, daß wir es vor Einbruch der Dunkelheit auch nur bis zum Paß schaffen, geschweige denn darüber hinaus.«

Das stimmte mit Tertujaks Einschätzung überein. Er schob seinen Unterkiefer etwas nach vorn, wie immer, wenn er eine Entscheidung getroffen hatte. »Laßt das Lager aufschlagen«, befahl er. »Morgen früh brechen wir im ersten Licht auf; sorgt dafür, daß dann alle bereit sind.«

»Wie Ihr es wünscht, Herr«, erwiderte Grom mit

einem Nicken und ritt davon. Während Tertujak sich wieder in seinen geräumigen Wagen zurückzog, hörte er ihn noch mit seinem Signalhorn Befehle blasen.

Das Aufschlagen des Lagers vollzog sich wie jeden Abend, und jeder, der dem Troß des Händlers angehörte, wußte genau, was er zu tun hatte. Rings um den Wagen des Händlers und den gepanzerten Haarteppichwagen formierte sich eine Wagenburg, wobei die Handelswagen einen inneren und die Versorgungswagen den äußeren Kreis bildeten. In dem Areal zwischen dem inneren und dem äußeren Ring wurden die Zelte aufgeschlagen, in denen die Reitsoldaten ihr Nachtlager fanden. Die Zugtiere, Baraq-Büffel zumeist, wurden ausgespannt und mit langen Leinen angebunden, so daß sie sich hinlegen konnten. Die Reittiere wurden zusammengetrieben; sie schliefen im Stehen. Lediglich die Fußsoldaten, die den ganzen Tag über auf irgendwelchen Wagen gelegen und unter Schutzplanen die Zeit verdöst hatten, mußten jetzt wach werden; ihre Aufgabe war es, die ganze Nacht über rings um das Lager Wache zu stehen.

Der Leibkoch des Händlers rollte seine kleine Garküche neben den großen, reichverzierten Händlerwagen. Tertujak hatte den Schlag seines Wagens geöffnet und stand abwartend in der Öffnung.

»Herr, es ist noch von dem eingesalzenen Baraqfleisch da«, begann der Koch eifrig. »Ich könnte euch Karaqui anbraten und einen Salat aus einer Bleichmondstaude bereiten, dazu einen dünnen Wein...«

»Ja, ist recht«, brummte Tertujak.

Während der Koch mit seinen Töpfen hantierte, sah Tertujak sich suchend um und versuchte zu ergründen, woher die innere Unruhe kam, die ihn heute abend erfüllte. Es dämmerte bereits; der Faustfelsen hoch über ihnen war nur mehr eine Silhouette gegen den dunkelsilbernen Himmel, der dicht über dem Horizont noch hell schimmerte und im Zenit schon schwarz war. Tertujak hörte die Stimmen der Männer, die die letzten Zelte aufbauten. Anderswo wurden bereits die Feuer angezündet. Es gab nur wenige Feuerstellen – sie mußten sparsam mit ihrem Brennmaterial umgehen –, gerade genug, um das Essen für die Leute des Zuges zu kochen. Es herrschte eine heitere, ausgelassene Stimmung. Die Strapazen des Tages waren vorüber, morgen würden sie über den Faustfelsensattel ziehen, und dann waren es nur noch wenige Tagesreisen bis zur Hafenstadt.

Drei Fußsoldaten tauchten aus der Dämmerung auf; einer von ihnen trat ehrerbietig auf den Händler zu und meldete, daß die Nachtwachen auf ihren Posten standen.

»Wer ist der Wachhabende?« fragte Tertujak. Die Aufgabe des Wachhabenden war, die ganze Nacht hindurch die Kette der Posten abzuschreiten und dafür zu sorgen, daß keiner der Soldaten einschlief.

»Donto, Herr.«

»Sag ihm, er soll heute besonders gut aufpassen«, sagte Tertujak und fügte etwas leiser hinzu: »Ich habe heute abend ein ungutes Gefühl...«

»Wie Ihr befehlt, Herr.« Der Soldat verschwand wieder, und die beiden anderen bezogen Posten neben dem Händlerwagen.

Tertujak musterte den Wagen, der hinter seinem Wohnwagen stand, doppelt so groß wie dieser, mit acht Rädern und mit Geschirr für vierundsiebzig Baraqs ausgestattet: der Haarteppichwagen. Er enthielt die größten Kostbarkeiten, die diese Karawane transportierte, die Haarteppiche, und dazu unermeßliche Mengen an Geld.

Selbst im sterbenden Licht der Abenddämmerung konnte man die Stellen erkennen, an denen die metallene Panzerung anfing zu rosten. Er würde den Wagen ausbessern lassen müssen, wenn sie in der Hafenstadt die Haarteppiche verschifft und abgerechnet hatten.

Er ging zurück in seinen Wagen, ließ sich das Essen auftragen und aß schweigend und nachdenklich.

Sie hatten es geschafft, genügend Haarteppiche zu kaufen, aber sie hatten länger dazu gebraucht, als er geplant hatte. Das hieß, sie würden später in der Hafenstadt ankommen als die anderen Händler, und dann würde er wieder nur eine der unattraktiveren Routen bekommen. Und dann würde es noch schwerer werden, auf die vorgeschriebene Zahl zu kommen, und irgendwann...

Er wollte nicht an dieses Irgendwann denken.

Mit einer abrupten Bewegung schob er den Teller von sich. Er befahl dem Koch abzuräumen und ließ sich noch eine Flasche des dünnen Weines bringen.

Im Licht einer Öllampe zog er eines seiner kostbarsten Besitztümer hervor, ein uraltes Handelsbuch, das einer seiner Vorväter vor mehreren hundert Jahren begonnen hatte. Die Blätter des Buches knisterten trocken, und die Zahlenkolonnen waren an vielen Stellen nur noch schwer zu entziffern. Trotzdem hatte ihm dieses Buch schon viele wertvolle Informationen über die verschiedenen Haarteppichrouten geliefert und über die Städte auf diesen Routen.

Erst vor einigen Jahren war ihm aufgefallen, daß ihm dieses Buch noch über etwas anderes Aufschluß geben konnte, nämlich über Veränderungen, die sich im Laufe langer Zeiträume ergeben hatten. Es waren schleichende, unmerkliche Veränderungen, die man nicht wahrnahm; erst wenn man Zahlen aus mehreren Jahrhunderten, aus beinahe zehn Generationen, verglich und hochrechnete, wurde eine Entwicklung erkennbar: Es gab immer weniger Haarteppiche. Die Zahl der Haarteppichknüpfer nahm langsam ab, ebenso die Zahl der Haarteppichhändler. Die Route, die eine Haarteppichkarawane bereisen mußte, um die traditionell vorgeschriebene Anzahl von Teppichen zu sammeln, wurde im Schnitt immer länger, und der Wettbewerb der Händler um die guten, ertragreichen Routen in den Polregionen wurde immer härter.

Tertujak konnte ausgezeichnet rechnen, wie alle Händler, und hatte außerdem die umfassende mathematische Begabung seiner Ahnen geerbt. Es bereitete ihm keinerlei Mühe, die Vergleichszahlen in aussagekräftige Kurven umzusetzen: die Kurven führten abwärts. Ja, sie stürzten regelrecht ab; der Trend nach unten hatte sich in den letzten Jahren drastisch verstärkt. Es waren die Kurven eines sterbenden Organismus.

Der vernünftige Schluß wäre gewesen, aus dem Geschäft mit den Haarteppichen auszusteigen. Nur würde er das niemals tun können. Er war durch seinen Eid an die Gilde gebunden bis ans Ende seines Lebens. Haarteppiche zu erzeugen war die heilige Aufgabe, die der Kaiser der Welt gegeben hatte – aber aus irgendwelchen Gründen schien die Kraft hinter dieser Aufgabe erloschen zu sein.

Und in diesem Zusammenhang mußte Tertujak wieder an den Gefangenen denken und an das, was über ihn erzählt wurde. Man hatte ihm allerhand hintertragen in Yahannochia. Von einer anderen Welt komme er, habe er behauptet. Und noch etwas anderes hatte er behauptet, etwas, das jedermann zutiefst schockierte und das doch unermüdlich weitergetragen wurde: daß der Kaiser, der Herr des Himmels, der Vater der Sterne, der Hüter ihrer aller Schicksal, der Mittelpunkt des Universums – daß der Kaiser nicht mehr regiere!

Tertujak sah seine deprimierenden Kurven an, und etwas in ihm dachte darüber nach, ob das die Erklärung sein konnte.

Er stemmte sich hoch und öffnete den Wagenschlag. Inzwischen war es Nacht. Man hörte das Gelächter der Soldaten, die den wenigen Frauen nachstellten, die zum Troß gehörten. Da diese Frauen ausnahmslos Marketenderinnen waren, war das keine Angelegenheit, um die der Händler sich zu kümmern hatte. Er winkte einem der beiden Wachsoldaten.

»Hole mir den Kommandanten Grom.«

»Ja, Herr.«

Grom trat kurze Zeit später ein. Den Wohnwagen des Händlers betreten zu dürfen, wenn er gerufen wurde, war das Privileg seiner Stellung. »Herr?«

»Grom, es gibt zwei Dinge, um die ich dich bitten möchte. Erstens: sorge dafür, daß sich nicht *alle* Reitersoldaten sinnlos betrinken. Ich möchte wenigstens einen Teil der Männer kampfbereit wissen. Zweitens« – Tertujak zögerte einen Moment und fuhr dann entschlossen fort: »Ich möchte, daß der Gefangene unauffällig zu mir gebracht wird.«

Grom riß die Augen auf. »Der Gefangene? *Hierher?* Zu Euch in den Wagen?«

»Ja.«

»Aber warum das?«

Tertujak schnaubte ärgerlich. »Bin ich dir Rechenschaft schuldig, Reiterkommandant?«

Der andere zuckte zusammen. Sein Rang hing allein

vom Wohlwollen des Händlers ab, und er war nicht darauf aus, ihn zu verlieren. »Vergebt mir, Herr. Es wird geschehen, wie Ihr es wünscht.«

»Warte noch eine Weile, bis die meisten schlafen. Ich will nicht, daß es Gerede gibt. Nimm zwei, drei verschwiegene Leute, um den Gefangenen zu eskortieren, und bringe eine Kette mit, um ihn hier drinnen anzubinden.«

»Ja, Herr.«

»Und denke daran: äußerste Verschwiegenheit!«

Die Zeit bis zum Eintreffen des Gefangenen verbrachte Tertujak in angespannter Ungeduld. Mehrmals war er kurz davor, einen der Wachsoldaten loszuschikken, um die Angelegenheit zu beschleunigen, und es kostete ihn eine beinahe körperliche Überwindung, sich zu zügeln.

Schließlich klopfte es an der Tür. Tertujak öffnete rasch den Wagenschlag, und zwei Soldaten brachten den Gefangenen herein. Sie ketteten ihn an einem Stützpfosten fest, worauf der Händler sie mit einem kurzen Nikken entließ.

Dann betrachtete er den Mann, der jetzt da auf einem seiner wertvollsten Felle saß. Das also war der Ketzer. Seine Kleider waren zu schmutzigen Lumpen zerrissen, sein wirrer Bart und seine verfilzten Haare starrten gleichfalls vor Dreck. Die Musterung durch den Händler ließ er mit stumpfem, gleichgültigem Blick über sich ergehen, als interessiere ihn nicht mehr, was mit ihm geschah.

»Du fragst dich vielleicht, warum ich dich habe herbringen lassen«, begann Tertujak schließlich.

Er glaubte zu sehen, wie ein Funken Interesse in den apathischen Augen des Gefangenen aufglomm.

»Die Wahrheit ist, ich weiß es selbst nicht genau.« Tertujak dachte an die Silhouette des Faustfelsens vor dem dunkelblauen Abendhimmel. »Vielleicht, weil wir morgen die Hafenstadt, unser Ziel, zum ersten Mal sehen werden. Und ich möchte dich nicht einfach an den Hafenrat ausliefern, ohne erfahren zu haben, wen ich da eigentlich transportiert habe.«

Der Mann stierte ihn nach wie vor ausdruckslos an.

»Wie heißt du?« fragte Tertujak.

Endlose Zeit schien zu vergehen, ehe der Gefangene antwortete. Seine Stimme war ein staubiges Krächzen. »Nillian... Nillian Jegetar Cuain.«

»Das sind drei Namen«, stellte der Händler verwundert fest.

»Jeder bei uns hat drei Namen.« Der Mann hustete. »Wir tragen unseren Geburtsnamen, den Mutternamen und den Vaternamen.«

In der Art, wie der Ketzer sprach, war tatsächlich ein fremdartiger Klang, den der Händler noch niemals gehört hatte auf seinen Reisen.

»Dann stimmt es also, daß du von einer anderen Welt kommst?«

»Ja.«

»Und wieso bist du hier?«

»Ich bin hier gestrandet.«

»Wo ist deine Heimatwelt?«

»Weit weg.«

»Kannst du sie mir am Himmel zeigen?«

Der Gefangene starrte Tertujak lange an, so daß der Händler schon glaubte, er habe die Frage nicht verstanden. Doch dann fragte er plötzlich: »Was weißt du über andere Welten? Was weißt du über Reisen zwischen den Sternen?«

Der Händler zuckte die Schultern. »Nicht viel.«

»Was weißt du?«

»Ich kenne die Sternenschiffe der kaiserlichen Flotte, die die Haarteppiche an Bord nehmen. Man hat mir gesagt, daß sie zwischen den Sternen reisen können.«

Der verwahrloste Mann, der von sich behauptete, von den Sternen zu kommen, schien wieder lebendig zu werden.

»Die Haarteppiche«, wiederholte er und beugte sich nach vorn, stützte die Ellbogen auf die Knie. »Wohin werden sie gebracht?«

»Zum Palast des Kaisers.«

»Woher weißt du das?«

»Ich weiß es gar nicht«, gab Tertujak zu. »Man hat es mir gesagt.«

Der Mann, der sich Nillian nannte, nickte, und Tertujak sah etwas Sand aus seinem Haar zu Boden rieseln. Er würde den Raum morgen reinigen lassen müssen. »Man hat dich belogen. Im Palast des Kaisers gibt es keinen Haarteppich. Nicht einen einzigen.«

Tertujak kniff mißtrauisch die Augen zusammen. Von einem, den man für einen Ketzer hielt, war eine solche Behauptung zu erwarten gewesen. Aber was, wenn er kein Ketzer war? »Woher weißt du das?« fragte er.

»Ich war dort.«

»Im kaiserlichen Palast?«

»Ja.«

»Vielleicht sind dir die Haarteppiche nicht aufgefallen.«

Zum ersten Mal lachte der Fremde. »Das ist unmöglich. Ich habe einen Haarteppich gesehen: das war das filigranste, aufwendigste Kunstwerk, das ich jemals im Leben zu Gesicht bekommen habe. Ein solches Kunstwerk wäre nicht unentdeckt geblieben. Und wir reden hier ja nicht von *einem* Haarteppich, wir reden von Tausenden und Abertausenden. Aber nicht ein einziger davon ist im Palast zu finden. Unsere Sprache hat nicht einmal ein *Wort* dafür!«

Konnte das wahr sein? Und wenn es eine Lüge war – was bezweckte der Mann damit?

»Man sagt«, begann Tertujak, »der Palast des Kaisers sei das größte Gebäude des Universums...«

Der Mann überlegte kurz. »Ja, das stimmt wahrscheinlich. Aber es ist deswegen nicht unübersichtlich. In jeder eurer Städte kann man sich leichter verstecken als im gesamten Sternenpalast.«

»Aber es gibt doch sicher private Räume des Kaisers, die niemandem sonst zugänglich sind?«

»Die gab es einmal.« Die Gestalt des Fremden straffte sich. »Ich sitze hier, weil ich das gesagt habe, also kann ich es ruhig wiederholen: Der Kaiser hat vor ungefähr zwanzig Jahren eurer Zeit aufgehört zu regieren.«

Tertujak starrte den Mann an, wie er da saß mit Ketten an Händen und Füßen, zerlumpt und verdreckt, und wußte, daß er nicht log. Natürlich war diese Behauptung blanke Ketzerei. Aber er spürte tief in sich eine Gewißheit, daß das, was der Fremde erzählte, nichts als die Wahrheit war.

»Dann stimmen also die Gerüchte, die hier seit zwei Jahrzehnten kursieren«, murmelte er bedächtig. »Daß der Kaiser abgedankt hat...?«

»Nun, ich würde sagen, diese Gerüchte sind sehr geschmeichelt.«

»Wie meinst du das?«

Der Blick des Gefangenen war plötzlich von stählerner Härte. »Mein Herr, ich bin ein Rebell, und ich war zeit meines Lebens ein Mitglied der Bewegung *Lautloser Wind*. Vor zwanzig Jahren haben wir die Zentralwelt angegriffen, den Palast erobert und den Kaiser gestürzt. Seither gibt es kein Kaiserreich mehr. Das mag euch gefallen oder auch nicht, aber es ist eine Tatsache.«

Der Haarteppichhändler betrachtete den Fremden unsicher. Das, was er sagte, schien ihm den Boden unter den Füßen wegziehen zu wollen.

Er wies mit einer vagen Geste zum Fenster. »Da draußen sehe ich die Sterne am Himmel, und sie leuchten noch. Man hat mir immer gesagt, daß sie das nicht könnten ohne den Kaiser.«

»Der Kaiser hat damit nichts zu tun«, versetzte der Rebell. »Das ist eine Legende.«

»Aber hat nicht der Kaiser sie ins Leben gerufen?«

»Das konnte er ebensowenig, wie ich es könnte. Er war ein Mensch wie jeder andere. Man hat euch das alles nur erzählt, um Macht über euch zu haben.«

Tertujak schüttelte den Kopf. »Aber stimmt es denn nicht, daß er seit ungezählten Jahrtausenden herrscht? Wie kann er das, ohne unsterblich zu sein?«

Der Fremde hob nur die Augenbrauen. »Nun, wie auch immer er das angestellt hat, jetzt ist er jedenfalls tot.«

»Tot?«

»Tot. Ein Rebell hat ihn während der Besetzung des Palastes in einem abgelegenen Raum gestellt und im Zweikampf erschossen.«

Tertujak fiel wieder ein, was man ihm über die Umstände der Verhaftung des Fremden erzählt hatte. Er war bei zwei Haarteppichknüpfern zu Gast gewesen und hatte plötzlich angefangen, gotteslästerliche Reden zu führen, worauf ihn die beiden verhaftet und der Ketzerei angeklagt hatten.

»Das hast du den Haarteppichknüpfern erzählt?« staunte er. »Ein Wunder, daß sie dich am Leben gelassen haben.«

»Einen Schlag auf den Schädel haben sie mir gegeben – ein Wunder, daß ich ihn überlebt habe«, knurrte der Gefangene. »Der eine der beiden fragte mich ganz begierig aus, und der andere schlich sich währenddessen von hinten an und – zack! Als ich wieder erwachte, lag ich in einem Verlies und war in Ketten.«

Tertujak begann, unruhig auf und ab zu gehen. »Du sagst, es gibt im kaiserlichen Palast keine Haarteppiche. Andererseits sehe ich, daß Jahr für Jahr Zehntausende von Haarteppichen diesen Planeten verlassen. Wohin bringen die kaiserlichen Schiffer sie, wenn nicht zum Palast?«

Der Fremde nickte. »Ich habe schon gemerkt, daß das die interessanteste Frage überhaupt ist. Und ich habe nicht den Hauch einer Antwort.«

»Vielleicht reden wir nicht von demselben Kaiser?«

»Wir reden von diesem Mann«, sagte der Gefangene und deutete auf die Photographie des Kaisers, die an der Wand hing. Tertujak hatte das Bild von seinem Vater geerbt, der es wiederum von seinem Vater geerbt hatte, und so weiter. »Kaiser Aleksandr der Elfte.«

»Kaiser Aleksandr?« Tertujak war, eigentlich zum ersten Mal an diesem Abend, wirklich verblüfft. »Ich wußte gar nicht, daß er einen Namen hat.«

»Das ist auch in Vergessenheit geraten. Er war der elfte einer Reihe von Kaisern, die alle Aleksandr hießen. Die ersten zehn sind auch ziemlich alt geworden, aber er allein hat länger regiert als die anderen alle zusammen.

Und seine Machtübernahme ist schon so unermeßlich lange her, daß es einem vorkommt, als habe er von Anbeginn der Zeit an regiert.«

»Ja.« Tertujak schüttelte den Kopf, dann nahm er seine unruhige Wanderung wieder auf. Der Fremde beobachtete ihn schweigend.

War es das? War das die Erklärung? Die Erklärung für die schwindende Zahl von Haarteppichen?

Er setzte sich wieder auf seine Sitzbank.

»Das, was du sagst«, gestand er, »löst einen Widerhall in mir aus. Aber gleichzeitig kann ich es nicht fassen. Verstehst du das? Ich vermag es nicht, mir vorzustellen, der Kaiser könne tot sein. Er scheint irgendwie in mir drinnen zu sein, ein Teil von mir.«

»Das ist eine Vorstellung vom Kaiser als einem übermenschlichen Wesen, die deine Erziehung geschaffen hat, denn du hast den Kaiser ja niemals gesehen.« Der Fremde machte sich an seinem Gürtel zu schaffen, so gut das seine Ketten zuließen. »Ich habe ein Bild bei mir, das ich eigentlich verborgen halten wollte, bis mir irgendwann einmal so etwas wie ein Prozeß gemacht wird...«

Er förderte eine Photographie zutage, die er dem Haarteppichhändler reichte. Tertujak betrachtete das Bild. Es zeigte in übelkeiterregender Deutlichkeit den Leichnam eines Mannes, der an den Beinen an einem Fahnenmast aufgehängt worden war und kopfüber nach unten baumelte. Durch seine Brust ging ein mehr als faustgroßes Loch, dessen Ränder wie von Feuer versengt waren.

Als er das Bild herumdrehte, um das Gesicht des Toten genauer in Augenschein zu nehmen, durchfuhr es ihn wie ein Blitzschlag, daß er meinte, es müsse ihm auf der Stelle das Herz stehenbleiben: Er kannte dieses Gesicht, kannte es besser als sein eigenes! Der Tote war tatsächlich der Kaiser!

Mit einem unartikulierten Stöhnen warf er das Foto von sich und sank zurück in die Kissen auf seinem Sitz. Das war unmöglich. Das war... Er griff wieder nach dem Bild, vergewisserte sich. Der Kaiser. Tot. Tot in seiner Paradeuniform, den Kaisermantel um die Schultern, würdelos an einem Fahnenmast aufgehängt.

»Du fühlst dich jetzt, als hätte dir jemand mit einem Hammer vor die Stirn geschlagen«, drang die Stimme des Rebellen wie aus weiter Ferne zu ihm. »Falls es dich tröstet: Du bist nicht der erste, dem es so geht. Diese Photographie ist wahrscheinlich heute eines der weitestverbreiteten Bilder aller Zeiten, und es ist unser wichtigstes Hilfsmittel, um die Menschen aus dem Würgegriff ihrer Fixierung auf den Kaiser als Gottheit zu befreien.«

Tertujak hörte ihn kaum. Hinter seiner Stirn war ein Gefühl wie kochendes Wasser. Sein Geist arbeitete mit wahnwitziger Geschwindigkeit, raste alle Bilder der Erinnerung durch, versuchte sie neu zu sehen und einzuordnen: alles, alles mußte neu verstanden werden. Nichts von dem galt mehr, was immer gegolten hatte.

Was redete dieser Fremde da unentwegt? Er verstand ihn nicht. Er sah nur dieses Bild und versuchte die Wahrheit in ihrem ganzen Ausmaß zu fassen: Der Kaiser war tot.

»...Lärm da draußen?«

»Was?« Tertujak löste sich aus dem Strudel seiner Gedanken und Gefühle wie aus einem Alptraum. Jetzt hörte er es auch. Von draußen drangen laute Geräusche herein, Rufe und Schreie und das Schlagen von Metall auf Metall. Es klang gefährlich.

Mit einem Satz war der Haarteppichhändler auf den Beinen und an der Tür, riß den Wagenschlag auf und streckte den Kopf hinaus. Er sah Fackeln, rennende Leute, Schatten und die dunklen Umrisse von Reittieren, die quer durch das Lager preschten. Kampfgeräusche. Er schlug die Tür wieder zu und tastete mit seiner fleischigen Pranke nach der dünnen Kette, die er um den Hals trug.

Alles zerbricht, dachte er.

»Was ist los?« fragte der Fremde.

»Räuber«, hörte sich der Händler mit unnatürlicher Ruhe sagen. »Sie überfallen das Lager.«

»Räuber?«

»Haarteppichräuber.« Er hatte also doch recht gehabt mit seinen unguten Vorahnungen. Natürlich. Hier, kurz vor dem einzigen Paß über das schier endlose Zarrak-Gebirge, hier war die ideale Stelle für einen Hinterhalt.

»Du meinst, sie wollen die Haarteppiche stehlen?«

Tertujak nickte.

»Aber was hätte das für einen Sinn? Was fangen Wüstenräuber mit Haarteppichen an?«

»Sie verkaufen sie an andere Haarteppichhändler«, erklärte Tertujak hastig, während sein Verstand fieberhaft nach einem Ausweg aus dieser Katastrophe suchte. »Es gibt eine seit ewigen Zeiten festgesetzte Zahl von Teppichen, die ein Haarteppichhändler vorweisen muß, wenn er von einer Route zurückkehrt in die Hafenstadt. Kann einer diese Zahl nicht erfüllen, dann fordert der Ehrenkodex der Händler, daß er sich selbst entleibt.«

»Und die Räuber verkaufen die erbeuteten Haarteppiche an andere Händler, die mit ihren Zahlen Schwierigkeiten haben, aber am Leben hängen?« mutmaßte der Rebell, dessen Augen jetzt hellwach glänzten.

»Genau.«

Ein Gedanke krallte sich plötzlich in den Nacken des Haarteppichhändlers, eine uralte, staubige Stimme, die sagte: Du hast dem Ketzer Gehör geschenkt, und er hat dich verführt. Du hast ihm geglaubt, du hast ihm wirklich geglaubt – nun nimm die Strafe dafür!

Tertujak hob das Foto des toten Kaisers auf und reichte es dem Gefangenen.

»Hast du keine Waffe?« fragte der und zerrte unruhig an seinen Ketten.

»Ich habe Soldaten.«

»Das scheint nicht viel zu nützen.«

Ja, dachte Tertujak. Und das wäre das Ende.

Die Kampfgeräusche kamen immer näher, wildes Gebrüll und die Hiebe von Stahl auf Stahl. Ein markerschütternder Schrei gellte, und etwas schlug gegen den Wagen, das sich anhörte wie ein menschlicher Körper. Die zerrissenen Überreste seiner dünnen Halskette entschlüpften den schreckensstarren Fingern des Händlers, fielen zu Boden und versanken zwischen den Fellen.

Einen schrecklichen Augenblick lang war alles still. Dann wurde der Wagenschlag aufgerissen, und im Schein einer rußenden Fackel sahen sie in geschwärzte, blutverschmierte Gesichter.

»Seid gegrüßt, Händler Tertujak«, dröhnte der vorderste Mann höhnisch, ein bärtiger Riese, über dessen Stirn sich eine knotige Narbe zog. »Und entschuldigt bitte, daß wir Euch so spät am Abend noch behelligen müssen...«

Er schwang sich ins Wageninnere, gefolgt von drei Spießgesellen. Das höhnische Grinsen verschwand aus seinem Gesicht, als koste es ihn zuviel Anstrengung. Er würdigte den Gefangenen nur eines beiläufigen Blickes, dann deutete er auf den Haarteppichhändler.

»Durchsucht ihn!« befahl er.

Die Männer stürzten sich auf den Händler, rissen seine Kleider auf und durchwühlten sie, zerrten an ihm herum, bis ihm fast alles in Fetzen vom Leib hing, fanden aber nicht, was sie suchten.

»Nichts.«

Der Anführer trat auf den Händler zu und sah ihn scharf an. »Wo ist der Schlüssel zum Haarteppichwagen?«

Tertujak schluckte. »Den habe ich nicht.«

»Erzähl mir keine Märchen, Fettsack.«

»Einer meiner Männer hat ihn.«

Der Bärtige lachte ungläubig auf. »Einer deiner Männer?«

»Ja. Ein Soldat, dem ich vollkommen vertraue. Ich habe ihn angewiesen zu flüchten, falls wir überfallen werden.«

»Verdammt!« Der Anführer schlug ihm unbeherrscht ins Gesicht, so daß sein Kopf zur Seite flog. Der Schlag spaltete Tertujaks Unterlippe, aber der Händler gab keinen Laut von sich.

Die anderen Männer wurden unruhig. »Was machen wir jetzt?«

»Wir nehmen den ganzen Wagen mit«, schlug einer vor, ein untersetzter Mann, dessen rechter Arm von Blut verkrustet war, das nicht sein eigenes zu sein schien. »Irgendwie kriegen wir ihn schon auf...«

»Blödsinn!« herrschte ihn der Bärtige an. »Warum, glaubst du, ist der Wagen gepanzert? Das geht nicht. Wir brauchen den Schlüssel.«

Die Räuber sahen einander an. Von draußen war immer noch vereinzelt Kampflärm zu hören.

»Wir könnten bei Tagesanbruch die ganze Umgebung absuchen«, meinte ein anderer. »Ein Mann ohne Reittier kann schließlich nicht weit kommen.«

»Woher weißt du, daß er kein Reittier hat?« fragte der Untersetzte.

»Das hätten wir doch bemerkt...«

»Seid ruhig!« befahl der Anführer mit einer barschen Handbewegung und wandte sich wieder dem Haarteppichhändler zu, von dessen Unterlippe Blut tropfte. »Ich glaube das nicht«, sagte er gefährlich leise. »Ich glaube nicht, daß ein Händler den Schlüssel zu seinem Haarteppichwagen aus der Hand gibt.« Er sah Tertujak forschend an. »Öffne deinen Mund.«

Der Händler reagierte nicht.

»Ich sage, du sollst den Mund aufmachen!« herrschte ihn der bärtige Riese an.

»Warum?« fragte Tertujak.

»Weil ich glaube, daß du uns hereinlegen willst.« Er packte das Kinn des Händlers mit einem plötzlichen, brutalen Handgriff und zwang ihn, den Mund zu öffnen.

»Ich sehe da ein paar frische Wunden in deinem Rachen«, verkündete er und blickte den Händler mitleidig an. »Ich glaube nicht an deinen Soldaten. Weißt du, was ich glaube? Ich glaube, du hast den Schlüssel verschluckt!«

Die Augen des Händlers wurden unnatürlich weit. Er war nicht mehr imstande, etwas zu sagen, und sein Blick war ein einziges Geständnis.

»Na?« säuselte der Räuber. »Habe ich nicht recht?«

Tertujak würgte keuchend.

»Ja«, brachte er hervor.

Jeder Schimmer menschlichen Erbarmens schwand

plötzlich aus den Augen des Bärtigen, während er nach hinten griff und ein Messer mit einer großen, scharfen Klinge aus dem Gürtel zog.

»Das hättest du nicht tun sollen«, sagte er leise. »Das hättest du wirklich nicht tun sollen.«

Flötenfinger

Die schmale Gasse schlief noch. Dünner Frühmorgennebel hing zwischen geduckten Giebeln, mischte sich mit kaltem Rauch aus Kaminen, in denen im Lauf der Nacht die Feuer erloschen waren, und als die ersten Sonnenstrahlen über die Firstspitzen der kleinen, schiefen Häuser kitzelten, erschien alles in ein unangemessen verträumtes, zart-dunstiges Licht getaucht. In einigen dunklen Ecken lagen, wie kleine Erdhügel, schlafende Bettler auf dem blanken Boden, bis über den Kopf in zerlumpte Decken gehüllt. Ein paar kleine Nager krabbelten benommen durch die Abfälle, satt genug, um die Schlafenden gnädig zu umrunden, und einige von ihnen wagten sich schnuppernd vor bis zu der schmalen Wasserrinne, die in der Mitte der Gasse träge vor sich hin murmelte.

Sie stoben entsetzt beiseite und schossen zurück in ihre Löcher wie an Fäden gezogen, als eine verhüllte Gestalt raschen Schrittes daherkam, keuchend, stolpernd, von Schatten zu Schatten huschend, und schließlich auf das Haus des Flötenmeisters Opur zueilte. Dann hörte man zwei dumpfe Schläge des Türklopfers.

Oben im Haus erwachte der alte Mann augenblicklich aus seinem unruhigen Schlaf, starrte zur Decke empor und fragte sich, ob das Geräusch gerade eben Traum oder Wirklichkeit gewesen war. Da klopfte es noch einmal. Also Wirklichkeit. Er schlug die Decke beiseite und schlüpfte in seine Pantoffeln, langte nach dem abgetragenen Morgenmantel und zog ihn an, ehe er zum Fenster schlurfte, um es zu öffnen. Er schaute hinab auf die Straße, die leer und verlassen dalag und nach ranzigem Fett stank wie jeden Morgen.

Aus dem Schatten unter dem Haus trat scheu ein Junge, sah zu Opur herauf und schlug dabei das Tuch zurück, mit dem er sich bis über den Kopf verhüllt hatte. Meister Opur sah blonde Locken, die ein Gesicht umrahmten, das er nie mehr in seinem Leben wiederzusehen erwartet hatte.

»Du?!«

»Helft mir, Meister«, flüsterte der magere Junge. »Ich bin geflüchtet.«

Die jähe Freude, die das Herz des alten Mannes erfüllt hatte, wich schmerzhafter Ernüchterung. Den Bruchteil eines Augenblicks lang hatte er geglaubt, es würde wieder werden wie früher.

»Warte«, sagte er. »Ich komme.«

Der Junge, was hatte er getan? Opur schüttelte traurig den Kopf, während er die Treppe hinuntereilte. Er hatte sich ins Unglück gestürzt, das hatte er. Es würde kein gutes Ende nehmen. Opur wußte es, aber etwas in ihm war bereit, das Gegenteil zu glauben.

Er schob den schweren Riegel der Tür zurück. Da stand der Junge, zitternd, und sah ihn verschreckt an aus großen, blauen Augen, die einmal vertrauensvoll und entrückt geschaut hatten. Sein Gesicht war gezeichnet von Angst und Entbehrungen.

»Komm herein«, sagte der alte Flötenmeister und wußte immer noch nicht, ob er sich freuen oder fürchten sollte. Aber als der Junge dann in den engen, dunklen Flur trat und sich unter der niedrigen Decke duckte, nahm er ihn ohne einen weiteren Gedanken einfach in den Arm.

»Meister Opur, Ihr müßt mich verstecken«, flüsterte der Junge schlotternd. »Sie sind hinter mir her. Sie jagen mich.«

»Ich werde dir helfen, Piwano«, murmelte Opur und spürte dem Klang dieses Namens nach, den er nicht mehr gebraucht hatte, seit die Gilde ausgerechnet diesen Jungen, seinen besten Schüler, den begabtesten Dreiflötenspieler seit Menschengedenken, zum Dienst bei den kaiserlichen Schiffern geschickt hatte.

»Ich will wieder Dreiflöte spielen, Meister. Werdet Ihr mich unterrichten?« Der Unterkiefer des Jungen bebte. Er war am Ende seiner Kräfte.

Opur klopfte ihm sanft und, wie er hoffte, beruhigend auf den Rücken. »Sicher, mein Junge. Aber erst einmal mußt du schlafen. Komm.«

Er nahm das große Bild ab, das die Tür zur Kellertreppe verbarg, und stellte es beiseite. Piwano folgte ihm hinunter in den Kellerraum, dessen Boden aus festgetretenem Lehm bestand und dessen Wände roh gemauert waren. Eines der alten, staubigen Regale konnte in unsichtbaren Angeln gedreht werden und gab den Zugang zu einem zweiten, versteckten Kellerraum frei, in dem es eine Bettstatt gab, eine Öllampe und einige Vorräte. Der greise Flötenmeister versteckte nicht zum ersten Mal in seinem Leben einen Flüchtling.

Es dauerte nur Augenblicke, bis der Junge eingeschlafen war. Er schlief mit offenem Mund, und sein Atem stockte manchmal, um dann keuchend nachgeholt zu werden. Eine seiner Hände krallte sich zuckend in einen unsichtbaren Widerstand, um sich erst nach langem Krampf wieder zu lösen.

Opur nickte schließlich seufzend. Behutsam hob er die Öllampe auf und stellte sie an einen sicheren Ort. Dann ließ er den Schlafenden allein, schloß die Geheimtür und ging hinauf. Einen Augenblick erwog er, selber noch ein wenig zu schlafen, entschied sich dann aber dagegen.

Stattdessen bereitete er sich sein Frühstück in der ersten Helligkeit des Tages und verzehrte es schweigend, erledigte ein paar Hausarbeiten und ging dann hinauf in seinen Unterrichtsraum, um sich über die alten Notenschriften zu setzen.

Seine erste Schülerin an diesem Tag kam kurz vor Mittag.

»Es tut mir leid wegen des Unterrichtsgeldes«, begann sie sofort zu plappern, kaum daß er die Tür geöffnet hatte. »Ich weiß, daß es heute fällig wäre, und ich habe auch daran gedacht, schon letzte Woche und die ganze Zeit. Also, was ich damit sagen will, ist, daß ich es nicht vergessen habe...«

»Ja, ja«, nickte Opur unwillig.

»Es ist nur so, daß ich auf meinen Bruder warten muß; er muß jeden Tag in der Stadt eintreffen – eigentlich sollte er schon längst angekommen sein. Er fährt nämlich mit dem Händler Tertujak, müßt Ihr wissen, und er gibt mir immer das Geld, das ich brauche, wenn er von einer Reise zurückkommt. Und der Händler Tertujak wird schon erwartet, da könnt Ihr fragen, wen Ihr wollt...«

»Schon gut«, unterbrach der Flötenmeister ungeduldig und bedeutete ihr, die Treppe zum Unterrichtsraum hochzusteigen. »Dann zahlst du eben das nächste Mal. Wir wollen beginnen.«

Opur spürte seine eigene Unrast. Er mußte zu seiner Mitte zurückfinden, so gut er es fertigbrachte. Sie setzten sich auf zwei Kissen einander gegenüber, und nachdem die Frau ihre Dreiflöte und ihre Übungsnoten ausgepackt hatte, hieß Opur sie die Augen schließen und ihrem eigenen Atem lauschen.

Der Flötenmeister tat das gleiche. Er spürte, wie die Unruhe von ihm abfiel. Innere Sammlung war wichtig. Ohne innere Sammlung war es aussichtslos, ein derart schwieriges Instrument wie die Dreiflöte zu spielen.

Wie es seine Gewohnheit war, griff Opur zuerst nach seiner eigenen Flöte und spielte ein kurzes Stück. Danach erlaubte er seiner Schülerin, die Augen wieder zu öffnen.

»Wann werde ich so etwas spielen können, Meister?« fragte sie leise.

»Das war das PAU-LO-NO«, erklärte Opur ruhig, »das einfachste der klassischen Stücke. Es wird das erste klassische Stück sein, das du einmal spielen wirst. Aber wie alle überlieferten Flötenstücke ist es mehrstimmig – das heißt, du mußt zuerst die einstimmige Spielweise beherrschen. Laß hören, was deine Übungen machen.«

Sie setzte ihre Dreiflöte an die Lippen und blies. Nach dem Spiel Opurs klang es wie ein schauerlicher Mißton, und der greise Meister mußte wie so oft seine ganze Beherrschung aufbieten, um das Gesicht nicht zu einer gequälten Grimasse zu verziehen.

»Nein, nein, die erste Übung noch einmal. Du mußt vor allem darauf achten, den Ton *sauber* zu spielen...«

Die Dreiflöte bestand aus drei einzelnen Flöten mit je acht Löchern, die jeweils mit den Kuppen der einzelnen Fingerglieder abgedeckt werden konnten. Aus diesem Grund waren die Flöten eigentümlich s-förmig gebogen, um sie den Händen des Spielers und den unterschiedlichen Längen der Finger anzupassen. Jede Flöte bestand aus einem anderen Material, eine aus Holz, eine aus Knochen und eine aus Metall. Jede der drei Flöten gab dem Ton eine andere Klangfarbe, und alle zugleich brachten jenen unnachahmlichen Klang hervor, für den die Dreiflöte seit jeher berühmt war.

»Du mußt darauf achten, den kleinen Finger locker zu lassen, locker und beweglich. Er muß abgespreizt werden, da die Bauweise der Flöte und die Anordnung der Löcher es so verlangt, aber er darf seine Beweglichkeit nicht verlieren...«

Eine wichtige Voraussetzung für einen Dreiflötenspieler waren bewegliche, langgestreckte Finger mit ausgeprägten Fingergliedern. Insbesondere ein langer kleiner Finger war von Vorteil. Die Spielweise bestand nicht wie bei einer normalen Flöte darin, lediglich die Löcher gleichmäßig abzudecken oder freizugeben. Nur Anfänger spielten so, um sich mit den Grundlagen der Flötentechnik und der Musiklehre vertraut zu machen. Der Fortgeschrittene spielte die Dreiflöte jedoch mehrstimmig. Durch geschicktes Beugen und Abwinkeln der einzelnen Finger erzeugte er auf jeder Flöte einen anderen Ton; beispielsweise konnte er die mittleren Glieder einer Reihe von Fingern anheben, so daß die Löcher auf den beiden außenliegenden Flöten abgedeckt waren, während die Löcher auf der mittleren Flöte frei lagen.

»Gut. Probiere nun die neunte Übung. Sie enthält bereits eine kurze zweistimmige Stelle, hier. Du hebst an dieser Stelle die beiden untersten Finger ab, so daß die beiden äußeren Flöten freigegeben werden, während du auf der inneren Flöte die Löcher mit den untersten Fingergliedern abgedeckt hältst. Probiere es.«

Er war zu unduldsam heute, trotz aller Beherrschung. Sie gab sich wirklich Mühe, und wenn sie ihre Quirligkeit einmal vergaß, gelangen ihr ganz annehmbare Passagen.

»Halt, halt. Dieses Zeichen meint, daß du mit der Zunge die Blasöffnungen von zwei Flöten abdeckst und nur in eine bläst, bis hierher. Noch einmal, und achte auf den Unterschied.«

Am Schluß der Unterrichtsstunde war sie ganz glücklich, die neue Übung einigermaßen gemeistert zu haben, und Opur war erleichtert, daß es endlich überstanden war. Es gelang ihm, sie ohne weitere langatmige Konversation zu verabschieden.

Danach eilte er sofort hinunter in den Keller, um nach Piwano zu sehen.

Der Junge saß mit dem Rücken an die Wand gelehnt und verzehrte heißhungrig, was er an Eßbarem in dem Versteck vorgefunden hatte. Er schien noch nicht lange wach zu sein, aber er sah wesentlich besser aus als heute früh. Als Opur die Geheimtür öffnete, lächelte er glücklich.

»Erzähl mir alles«, forderte der alte Mann. »Der Reihe nach.«

Piwano legte das Brot beiseite und erzählte. Von der harten Ausbildung, die er hatte durchlaufen müssen, von der rauhen, grobschlächtigen Umgebung, in der er an Bord der kaiserlichen Raumschiffe hatte leben müssen. Von fremden, unwirtlichen Welten, von knochenzehrender Arbeit, von Krankheiten und von gehässigen Attacken der anderen Schiffer.

»Sie haben mich fortgejagt, wenn ich spielte, und ich versteckte mich in den Maschinenhallen, um zu spielen«, berichtete er mit bebender Stimme. »Dann zerbrachen sie meine Flöte, und als ich versuchte, mir eine zu bauen, zerbrachen sie auch die.«

Ein stählerner Ring schien sich um Opurs Brust zu legen, während er der Geschichte des Jungen zuhörte.

»Du hast dich in große Gefahr begeben, Piwano«, gab er ernst zu bedenken. »Du bist aus dem Dienst für den Kaiser geflohen. Darauf steht die Todesstrafe!«

»Meister, ich kann kein Schiffer sein!« rief Piwano. »Ich kann so nicht leben. Wenn ich nur so leben darf, dann will ich lieber sterben. Es ist nicht der Dienst für den Kaiser; natürlich liebe ich den Kaiser, aber...« Er hielt inne.

»Aber noch mehr liebst du die Flöte, nicht wahr?«

Piwano nickte. »Ja.«

Opur schwieg nachdenklich. Er wußte nicht, was richtig und was falsch war. Er selbst war alt; um sich selbst fürchtete er nicht, was auch geschehen mochte. Er fürchtete nur um den Jungen.

Die Desertion war eine schwerwiegende Sache, soweit kannte er die Gesetze der kaiserlichen Schiffer. Selbst wenn Piwano sich freiwillig stellen würde, hatte er mit einer schweren Strafe zu rechnen, wahrscheinlich mit einem mehrjährigen Strafdienst auf einem unerschlossenen Planeten. Und für einen zerbrechlichen, empfindsamen Jungen wie Piwano war das gleichbedeutend mit einem Todesurteil.

»Meister, kann ich wieder eine Flöte haben?« fragte Piwano.

Opur sah ihn an. In den Augen des Jungen schimmerte immer noch jener Glanz der absoluten, unbedingten Hingabe an etwas, das größer war als er selbst; jener Glanz, den der alte Flötenmeister schon in den Augen des Achtjährigen entdeckt hatte.

»Komm«, sagte er.

Sie stiegen hinauf in den Unterrichtsraum. Piwano sah

sich mit leuchtenden Augen um, als er wieder in dem großen Raum stand, in dem er viele Jahre seiner Kindheit zugebracht hatte; es war, als erfülle ihn eine unsichtbare Kraft mit neuem Leben.

Opur ging zu den Fenstern, die auf die Gasse hinausführten, und vergewisserte sich, daß keine Soldaten der Gilde zu sehen waren. Dann winkte er den Jungen zu sich.

»Piwano, ich bin bereit, dich zu verstecken, notfalls auch jahrelang«, erklärte er ernst. »Aber du darfst das Haus niemals verlassen, selbst wenn es draußen unverdächtig aussehen sollte – niemals. Die Gilde hat verkleidete Kundschafter, und man weiß nie, wer alles in ihrem Sold steht. Und du solltest dich möglichst auch von den Fenstern fernhalten. Du kannst unten in deinem Versteck Flöte spielen; zumindest am Tage hört man davon nichts auf der Straße. Ist das abgemacht?«

Piwano nickte.

»Falls du aber jemals in die Lage kommen solltest, fliehen zu müssen, will ich dir einen Fluchtweg erklären, den nur wenige Eingeweihte kennen.« Opur deutete auf ein etwas zurückgesetztes Gebäude, schräg gegenüber dem Haus des Flötenmeisters, eingeklemmt zwischen den Auslagen eines Korbwarenmachers und der Theke einer schmierigen dunklen Garküche. »Das ist eine Wäscherei. Dort rennst du hinein. Von vorne sieht man sofort, daß hinter dem Haus ein großer Trockenhof liegt, auf dem praktisch immer Tücher zum Trocknen aufgehängt sind. Zwischen den Tüchern sieht man dich nicht. Woran aber ein Verfolger sofort denken wird, sind die zahllosen Ausgänge, die von dem Trockenhof aus in andere Gassen führen. Du jedoch wendest sich sofort nach links und betrittst die Garküche von hinten. Dort führt eine Klappe im Boden in den Keller, und unten gibt es ein Regal ähnlich wie bei mir, das du beiseiteschwenken kannst. Dahinter liegt ein Gang, der sehr, sehr weit führt und schließlich in das unterirdische Wassersystem der Hochstadt mündet. Das heißt, selbst wenn man deinen Einstieg entdecken sollte, gibt es buchstäblich Tausende von möglichen Ausstiegen für dich.«

Piwano nickte wieder. Opur hatte erlebt, wie dieser Junge sich mit einem Blick die Noten ganzer Musikstücke eingeprägt hatte; er war sicher, daß er alles verstanden hatte und niemals vergessen würde.

Er ging hinüber zu dem Schrank, in dem er seine Noten, Bücher und Instrumente verwahrte. Nach kurzer Überlegung zog er ein zerkratztes Kästchen hervor, öffnete es und nahm eine Dreiflöte heraus, die er Piwano reichte.

»Das ist eine sehr, sehr alte Flöte, die ich seit langer Zeit aufbewahrt habe für einen besonderen Augenblick«, erklärte er. »Und ich denke, dies ist dieser Augenblick.«

Piwano hielt sie andächtig in Händen, drehte und betrachtete sie. »Irgend etwas ist anders mit ihr«, sagte er.

»Sie hat statt der Flöte aus Knochen eine aus Glas.« Opur schloß das leere Kästchen und legte es beiseite. »Das Glas ist milchig geworden vom Alter. Du wirst dich ein wenig umgewöhnen müssen, denn eine Glasflöte klingt schärfer als eine Knochenflöte.«

Vorsichtig setzte Piwano die Dreiflöte an die Lippen und umschloß die drei sich windenden Flöten mit den Fingern. Er blies einige Akkorde. Sie klangen grell und mißtönend. Der alte Mann lächelte.

»Du wirst es meistern.«

Zehn Tage später startete das kaiserliche Raumschiff. Die ganze Zeit hatte man den silbernen Koloß in der Ferne auf dem alten, zernarbten Raumhafengelände stehen sehen. An diesem Morgen aber dröhnte die Luft über der Stadt vom Singen der Raketenmotoren, und Opur und Piwano verfolgten gemeinsam vom Fenster aus, wie der metallglänzende Flugkörper über den Häusern aufstieg, schwerfällig zunächst, dann immer schneller höher und höher steigend, bis er zu einem winzigen Punkt geschmolzen war, der hoch im Himmel verschwand. Die Stille, die danach einkehrte, war wie eine Erlösung.

»Du darfst jetzt nicht leichtsinnig werden, Piwano«, mahnte der Alte. »Sie sind abgeflogen, und vor zwei Jahren werden sie nicht wiederkommen. Aber die Gilde sucht sicher weiterhin nach dir.«

Monate vergingen. Piwano fand bald zu seiner alten Virtuosität zurück; stundenlang saß er in seinem Versteck und spielte die klassischen Stücke, feilte an seiner Technik und versuchte sich an Variationen, unermüdlich und rastlos. Opur saß manchmal bei ihm und hörte ihm einfach zu, manchmal spielten sie auch zu zweit. Beibringen konnte er ihm ohnehin kaum noch etwas.

Piwano glühte vor Begeisterung. Bald war er soweit, daß er sich an die schwierigsten Stücke wagte; Stücke, die selbst Opur immer Probleme bereitet hatten. Und zur unendlichen Verblüffung des alten Flötenmeisters schaffte es der Junge sogar, sich am HA-KAO-TA zu bewähren, einem der als unspielbar geltenden klassischen Stücke.

»Was sind das für Worte unter den Noten?« fragte Piwano, als Opur ihm eine alte Handschrift vorlegte.

»Transkriptionen einer vergessenen Sprache«, sagte der Meister. »Die klassischen Dreiflötenstücke sind alle sehr alt, manche von ihnen hunderttausend Jahre und mehr. Einige Flötenmeister sagen, daß die Dreiflöte älter ist als die Sterne und daß die Welt aus ihrem Klang erschaffen wurde. Aber das ist natürlich Unsinn.«

»Weiß man, was die Worte bedeuten?«

Opur nickte. »Komm mit.«

Sie stiegen aus dem Keller hinauf in den Unterrichtsraum. Opur ging zu einem kleinen Tischchen unter dem Fenster zur Gasse und nahm den mit abgewetzten Schnitzereien verzierten Kasten, der darauf stand.

»Die alten Flötenstücke sind in Wahrheit Geschichten, geschrieben in einer alten, vergessenen Sprache. Die Worte jener Sprache sind keine Worte, wie wir sie sprechen, sondern Tonfolgen auf der Dreiflöte. In diesem Kasten verwahre ich den Schlüssel zu dieser Sprache. Er ist das Geheimnis der Flötenmeister.«

Er öffnete den Deckel des Kästchens. Seine eigene Flöte lag darin und ein Stapel alter Papiere, Notenabschriften und handschriftliche Notizen, die zum Teil vergilbt und brüchig waren.

Piwano nahm die Niederschriften, die Opur ihm reichte, und studierte sie. Er nickte leicht, als er das Prinzip verstanden hatte: die Länge der Töne, Rhythmus und Betonung folgten musikalischen Notwendigkeiten, während die Tonfolgen und Akkordreihungen für Worte und Begriffe standen.

»Zum Teil habe ich die Geschichten entziffert. Die ältesten der klassischen Stücke handeln von einem versunkenen Goldenen Zeitalter, in dem Wohlstand und Glück herrschten und in dem weise, gütige Könige regierten. Andere Stücke erzählen von einem schrecklichen Krieg, mit dem das dunkle Zeitalter begann, und sie berichten von dem letzten König, der seit tausend Jahren einsam in seinem Schloß eingesperrt lebt und nichts tut, als Tränen zu weinen um sein Volk.«

Er legte die Papiere zurück und schloß den Deckel wieder.

»Vor meinem Tod werde ich dir diesen Kasten übergeben, denn du sollst mein Nachfolger werden«, erklärte er.

Die Zeit des Jahreswechsels kam und damit die Zeit der Vorbereitungen für das alljährliche Konzert der Schüler. Opur fragte sich, ob der Kreis der Dreiflötenspieler und der wenigen Zuhörer, Verwandte meist oder Freunde, jemals so groß werden würde, daß er sie nicht mehr in seinem Unterrichtsraum unterbrachte. In den letzten Jahren schien diese Veranstaltung immer weniger Zuhörer zu finden. Aber das Konzert war wichtig, denn es gab seinen Schülern ein Ziel, und der Wettbewerb mit anderen vermittelte ihnen eine Perspektive.

Kurz vor dem Konzert eröffnete ihm Piwano, daß er auch vorspielen wollte.

»Nein«, sagte Opur entschieden. »Das ist viel zu riskant.«

»Warum?« beharrte Piwano trotzig. »Glaubst du, die Gilde wird dir einen Spion ins Publikum setzen? Du kennst doch alle Leute, die kommen werden, seit Jahren.«

»Was glaubst du, wie schnell sich das herumspricht, daß jemand das HA-KAO-TA spielt? Sei nicht leichtsinnig, Piwano.«

Piwano ballte die Fäuste. »Meister, ich *muß* spielen. Ich kann nicht ewig im Keller sitzen und nur für mich musizieren. Es ist... es ist nicht *vollständig*, versteht Ihr? Kunst ist erst Kunst, wenn sie andere Menschen erreicht. Wenn ich spiele, ohne daß es einer hört, dann macht es keinen Unterschied, ob ich spiele oder nicht.«

Der Flötenmeister spürte Ärger in sich aufsteigen, und Angst um den Jungen. Aber er kannte ihn gut genug, um zu wissen, daß Piwano letztendlich immer machen würde, was er für richtig hielt, selbst wenn es ihn das Leben kosten sollte.

»Gut, meinetwegen«, gab er nach. »Aber nur unter einer Bedingung: Du wirst keine schwierigen Stücke spielen, nichts, das auffallen könnte. Du wirst die leichten mehrstimmigen Stücke spielen, die die anderen auch beherrschen. Nichts, was über das SHEN-TA-NO hinausgeht.« Das war sein voller Ernst. Er war bereit, Piwano mit dem Hinauswurf zu drohen, falls er das nicht akzeptierte.

Aber Piwano nickte dankbar. »Einverstanden, Meister.«

Trotzdem sah Opur dem Konzert mit einem unguten Gefühl entgegen. Seine Anspannung übertrug sich auch auf seine übrigen Schüler und machte sie nervös. Noch nie zuvor waren ihm die notwendigen Vorbereitungen so schwergefallen. Unzählige Male stellte er die Reihenfolge der Darbietungen um, ebenso oft änderte er die Sitzordnung; er wurde unzufrieden mit den Kissenbezügen und zerstritt sich fast mit dem Koch aus der Garküche, der für Getränke und einen kleinen Imbiß sorgen sollte.

Dann kam der Abend des Konzerts. Opur empfing alle Besucher persönlich an der Tür, um sie zu begrüßen; oben im Unterrichtsraum wies ihnen eine seiner Schülerinnen die Sitzplätze zu. Alle kamen in ihren besten Kleidern, was allerdings bei den Leuten, die in diesem Teil der Stadt lebten, nicht viel heißen mochte. Opur hatte als kleiner Junge einmal ein Konzert miterlebt, das sein eigener Meister in der Hochstadt gegeben hatte; manchmal beschlich ihn der Verdacht, daß er bei den Konzerten, die er selbst veranstaltete, die verschwenderische Pracht des damaligen Tages zu kopieren versuchte und doch nicht mehr zustandebrachte als die Parodie eines Festes.

Wie es üblich war, sprach der Flötenmeister einige Worte zu Beginn, faßte das vergangene Jahr zusammen und erläuterte ein paar der Stücke, die auf dem Programm standen. Dann begannen die jüngsten Anfänger mit ihren Darbietungen – eine Vorgehensweise, die sich bewährt hatte, da sie am meisten unter Lampenfieber litten und man sie nicht zu lange warten lassen durfte.

Der Anfang war zäh. Der erste Schüler vergaß eine Wiederholung, kam aus dem Takt, als es ihm einfiel, und wurde dann immer schneller und schneller, um es hinter sich zu bringen. Es gab einige nachsichtig lächelnde Gesichter, und er erhielt trotzdem Applaus, als er sich mit hochrotem Kopf verneigte. Die zweite Schülerin, eine ältere Frau, überraschte selbst Opur mit einer ungewohnten Flüssigkeit ihres Vortrages; offenbar hatte sie diesmal wirklich geübt. Und allmählich wurde das Konzert geschmeidig, manchmal sogar richtig gut, und Opur spürte eine Anspannung allmählich von sich abfallen, die ihn die letzten Tage nicht hatte loslassen wollen.

Dann fing Piwano an zu spielen.

In dem Augenblick, als er seine Dreiflöte an die Lippen setzte und den ersten Ton blies, ging ein Rucken durch die Zuhörer. Plötzlich war Elektrizität im Raum. Köpfe sahen hoch und Rücken strafften sich, wie von unsichtbaren Fäden aufgerichtet. In dem Augenblick, als der erste Ton aus seiner Flöte drang, war klar, daß hier ein Stern aufging. Ringsum waren Grautöne, hier war

Farbe. Ringsum war gelungene Anstrengung, hier war mühelose Vollkommenheit. Es war, als risse eine Wolkendecke auf, und ein Strahl blanken Lichts bräche herab.

Piwano spielte das PAU-NO-KAO, ein leichtes mehrstimmiges Stück, das auch einer der anderen Schüler bereits gespielt hatte. Er spielte nichts anderes als die anderen vor ihm – aber wie er es spielte!

Selbst Opur, der ihn unendlich schwierigere Sachen hatte spielen hören und der die denkbar höchste Meinung von ihm hatte, war wie gebannt. Es war eine Offenbarung. Mit diesem einfachen Stück schien der schmächtige blonde Junge endgültig über sich hinauszuwachsen, wie in einem Quantensprung eine neue Ebene des Dreiflötenspiels zu erreichen. Mit diesem einfachen Stück deklassierte er alle anderen neben sich, verwies sie auf ihre Plätze und stellte ein für allemal klar, wer in diesem Raum ein Anfänger war und wer ein Meister. Niemand würde sich danach an irgendeines der anderen Stücke erinnern und jeder sich an dieses.

Seine Finger tanzten so unbeschwert und leicht über die Flöten, wie andere atmen oder reden, lachen oder lieben. Er begnügte sich nicht mit der Mehrstimmigkeit des Stücks, sondern nutzte es aus, daß ein und derselbe Ton auf der Metallflöte eine andere Färbung hatte als auf der Holzflöte, vertauschte Töne zwischen den Flöten und schuf so unterschwellige, gegenläufige Bewegungen; er spielte mit der Tendenz der Glasflöte, in scharfen Diskant überzukippen, wenn sie zu stark angeblasen wurde, um manchen Passagen eine Dramatik zu verleihen, die niemals zuvor jemand so zu Gehör gebracht hatte.

Die anderen *spielten* ihre Dreiflöten – dieser Mann wurde eins mit ihr, war vollkommen selbstvergessen, völlige Hingabe.

Die meisten der Zuhörer erkannten nicht, was er eigentlich machte, aber jeder spürte, daß hier etwas Unerhörtes vor sich ging, daß sie hier in diesem kleinen ärmlichen Raum gerade einen Blick in eine vergessene, wunderbare Welt taten. Gott war hier. Gott geschah. Er tanzte in einer Musik, wie sie Menschen seit Jahrtausenden nicht mehr gehört hatten, und jeder hielt den Atem an.

Und als es vorbei war und Piwano mit entrücktem Lächeln den Beifall entgegennahm, griff die Angst nach Opur.

Sie kamen zwei Tage später, kurz vor Sonnenaufgang. Ohne Vorwarnung traten sie die Haustür ein, und ehe Opur sich noch von seinem Nachtlager erhoben hatte, war das ganze Haus schon voller Soldaten, barscher Befehle und knallender Stiefel.

Ein schwarzbärtiger Hüne in der ledernen Uniform der Gildepatrouille trat auf den Flötenmeister zu.

»Seid Ihr Opur?« fragte er herrisch.

»Ja.«

»Ihr steht im Verdacht, einen entflohenen Schiffer des Kaisers zu verstecken.«

Obwohl alles in ihm zitterte, begegnete er dem Blick des Soldaten mit wagemutiger Kühle. »Ich weiß von keinem Schiffer«, erklärte er.

»So?« Der Bärtige kniff ein Auge zusammen, um ihn aus dem anderen böse zu mustern. »Nun, wir werden ja sehen. Meine Männer durchsuchen das Haus.«

Dagegen konnte er nichts einwenden. Opur konzentrierte alle Kraft darauf, seine Haltung zu bewahren und möglichst unbeteiligt zu wirken. Vielleicht hatten sie Glück.

Aber sie hatten kein Glück. Zwei Soldaten brachten einen verschreckten Piwano die Treppe herauf und präsentierten ihn dem triumphierend lachenden Kommandanten.

»Na also«, rief der. »Verlader Piwano, dritte Ladegruppe der KARA. Früher oder später kriegen wir sie alle. Und alle, alle bereuen es.«

Der Flötenmeister trat vor den Patrouillekommandanten und sank auf die Knie.

»Ich bitte Euch, habt Erbarmen«, flehte er. »Er ist ein schlechter Schiffer, aber ein guter Flötenspieler. Seine Gabe in diesem Leben sind nicht die starken Schultern eines kaiserlichen Schiffers, sondern seine Flötenfinger...«

Der Kommandant blickte abfällig auf den alten Mann hinunter. »Wenn ihn seine Flötenfinger bei seinem Dienst für den Kaiser, unseren Herrn, behindern, dann ist es unsere Pflicht, ihm zu helfen«, höhnte er und packte Piwanos rechte Hand, um sie grob auf das Treppengeländer zu zwingen. Dann griff er nach seinem schweren Holzknüppel.

Jähes Entsetzen durchfuhr Opur, als er erkannte, daß der Mann vorhatte, Piwano die Finger zu brechen. Ohne zu überlegen fuhr er hoch und rammte dem Soldaten mit aller, durch die Angst um Piwano vervielfachten Kraft in den Bauch. Der Kommandant, der mit nichts weniger gerechnet hatte als mit einem körperlichen Angriff des greisen Flötenmeisters, klappte mit einem keuchenden Laut zusammen, stolperte und fiel. Piwano kam frei.

»Lauf!«

Piwano bewegte sich plötzlich mit einer wieselflinken Behendigkeit, die Opur noch nie an seinem verträumten

Zögling bemerkt hatte, von dessen Flötenspiel einmal abgesehen. Der Junge sprang mit einem kühnen Satz über die Brüstung des Treppengeländers in die Tiefe, ehe einer der Soldaten reagiert hatte.

Opur raffte sich auf und stürzte zum Fenster, riß es auf und griff nach dem Kasten, der seine eigene Flöte enthielt. Unten stürzte Piwano gerade aus dem Haus heraus.

»Meister Piwano!« rief Opur und warf ihm den Kasten hinab.

Piwano hielt inne, fing den Kasten auf und warf seinem Meister ein letztes, unvernünftig verschmitztes Lächeln zu. Dann spurtete er los und verschwand in der breiten Tür der Wäscherei.

Die Soldaten waren ihm schon auf den Fersen. Vor der Wäscherei hielten sie inne, einer gab Befehle, und sie teilten sich, rannten davon, um die benachbarten Gassen abzuriegeln, in der Hoffnung, den Flüchtenden auf diese Weise einzukesseln.

Opur spürte die schwere Hand eines Soldaten auf seiner Schulter und schloß ergeben die Augen. Das Licht war bewahrt worden und weitergegeben an die nächste Generation. Mehr hatte er nicht tun können.

Der Archivar des Kaisers

Früher einmal war dies sein Reich gewesen. Früher, als der Kaiser noch gelebt hatte. Damals hatte hier Stille geherrscht in den großen marmornen Hallen, die die Zeugnisse der ruhmreichen Geschichte des Kaiserreiches bargen, und er hatte keinen Laut anhören müssen außer dem Schlurfen seiner eigenen Schritte und dem Geräusch seines eigenen Atems. Hier hatte er seine Tage verbracht, seine Jahre, war alt geworden im Dienst für den Kaiser.

Die Sternstunden, wenn der Kaiser selbst gekommen war, zu ihm, in das Archiv, das er für den Gottgleichen hütete! Weit hatte er immer die riesigen stählernen Tore auffahren, hell alle Lampen aufflammen lassen, um dann auf der untersten Stufe der halbrunden Treppe zu warten, bis der Wagen des Kaisers vorfuhr. Und dann hatte er bescheiden in der Vorhalle gestanden, etwas abseits neben einer der Säulen, den Blick demütig zu Boden gerichtet, und sein höchster Lohn war es, wenn der Kaiser vorbeischritt und ihm hoheitsvoll zunickte, ganz leicht nur, aber vor all den anderen. Ihm, dem Buckligen. Ihm, Emparak, seinem treuesten Diener. Ihm, der das Reich besser kannte als jeder andere Sterbliche.

Doch dann waren die neuen Herren gekommen und

hatten ihn zum Dienstboten degradiert, zum rechtlosen Verwalter einer unliebsamen Hinterlassenschaft, gerade gut genug, den kostbaren Marmor zu polieren, die gläsernen Abdeckungen zu reinigen und ausgebrauchte Leuchtelemente auszuwechseln. Wie er sie haßte! *Beauftragte des Provisorischen Rates zur Erforschung des kaiserlichen Archivs.* Sie durften kommen und gehen, wie sie wollten, in allen Unterlagen und Archivschränken wühlen und die Stille der Jahrtausende mit ihrem keifenden Geschwätz verunreinigen. Nichts war ihnen heilig. Und wenn sie mit ihm sprachen, dann immer in einer Art, mit der sie klarstellten, daß sie jung und schön und mächtig waren und er alt, häßlich und rechtlos.

Natürlich war es Absicht gewesen, ihm zwei Frauen vor die Nase zu setzen. Sie wollten ihn demütigen. Die Frauen trugen die neue Mode, die Mode der Rebellen, die viel zeigte und noch mehr ahnen ließ, und sie rückten ihm immer dicht genug auf den Leib, daß selbst er mit seinen kurzsichtigen alten Augen ihre verlockenden, kurvenreichen Körper sehen mußte, zum Greifen nahe und doch unerreichbar für einen humpelnden alten Krüppel wie ihn.

Vorhin waren sie gekommen, unangekündigt wie gewöhnlich, und hatten sich im Großen Lesesaal, dem Mittelpunkt des Archivs, breit gemacht. Emparak stand im Schatten der Säulen des Eingangsbereiches und beobachtete sie. Die rothaarige Frau saß in der Mitte. *Rhuna Orlona Pernautan.* Wie sie sich immer groß taten mit ihren dreifachen Namen, diese Rebellen! Neben ihr stand die Frau mit dem endlosen blonden Haar; soweit er wußte, war sie die Assistentin der Rothaarigen. *Lamita Terget Utmanasalen.* Und sie hatten einen Mann mitgebracht, dem Emparak noch nie vorher begegnet war.

Aber er kannte ihn aus Regierungsunterlagen. *Borlid Ewo Kenneken, Mitglied des Ausschusses für die Verwaltung des imperialen Nachlasses.*

»Wir sind viel zu spät dran!« rief die rothaarige Frau. »Er kommt in zwei Stunden, und wir haben noch nicht einmal ein Konzept. Wie stellt ihr euch das vor?«

Der Mann öffnete eine große Tasche und zog einen Stapel Akten heraus. »Es muß gehen. Und es braucht nicht perfekt zu sein. Er braucht nur einen klaren, kurzen Bericht, damit er eine Entscheidungsgrundlage hat.«

»Wie lange wird er Zeit für uns haben?« fragte die blonde Frau.

»Höchstens eine Stunde«, erwiderte der Mann. »Wir werden uns auf das Wesentliche beschränken müssen.«

Emparak wußte, daß sie ihn für einfältig und senil hielten. Jede ihrer Bewegungen, jedes ihrer Worte ihm gegenüber verrieten es ihm. Nun gut, sollten sie es glauben. Seine Zeit würde kommen.

Oh, er wußte ganz genau, wie es heute aussah im Reich. Dem Archivar des Kaisers blieb nichts verborgen. Er hatte seine Quellen und Kanäle, über die ihm alles zufloß, was er wissen mußte. Das wenigstens war ihm geblieben.

»Was ist ihm von der Vorgeschichte der Gheera-Expedition bekannt?«

»Er weiß von der Entdeckung der Sternkarten auf Eswerlund. Er war einer der Räte, die für die Aussendung der Expedition gestimmt haben.«

»Gut. Das heißt, diesen Teil können wir uns schenken. Was ist ihm von den bisherigen Berichten bekannt?«

»So gut wie nichts.« Die blonde Frau sah hilfesuchend zu ihrer Kollegin hinüber. »Meines Wissens.«

»Meines Wissens auch«, erwiderte die. »Am besten, wir stellen eine kurze Chronologie der Ereignisse dar, eine Zusammenfassung von, sagen wir, einer Viertelstunde. Dann hat er Zeit für Fragen...«

»Auf die wir natürlich vorbereitet sein sollten!« warf der Mann ein.

»Ja.«

»Fangen wir an«, schlug die Rothaarige vor. »Lamita, du könntest eine Liste führen, auf der wir mögliche Fragen festhalten, die uns zu einzelnen Punkten einfallen.«

Emparak beobachtete die blonde Frau, wie sie nach einem Schreibblock und einem Stift griff und wie ihr Haar nach vorn fiel, als sie sich vorbeugte, um Notizen zu machen. Sie gefiel ihm, natürlich, und früher hätte er... aber sie war so jung. So ahnungslos. Saß inmitten von Jahrzehntausenden großer Geschichte und spürte nichts davon. Und das konnte er niemandem verzeihen.

Wußten sie nicht, daß früher er da gesessen hatte? Emparak sah alles noch vor sich, als wäre keine Zeit vergangen seither. Dort an dem ovalen Tisch saß der Kaiser und studierte Unterlagen, die ihm sein Archivar gebracht hatte. Niemand sonst war anwesend. Emparak stand unterwürfig im Schatten der Säulen, die entlang der Halle in die Höhe ragten und die Glaskuppel stützten, von der fahles Licht herabfiel und die Szenerie in einen Schimmer tauchte, der an Ewigkeit gemahnte. Der Kaiser wendete die Seiten in seiner unnachahmlich graziösen Art, die der Gelassenheit seiner Macht entsprang, und las, ruhig und aufmerksam. Ringsum führten zehn hohe, dunkle Tore in zehn radiale Gänge, entlang derer sich Bücherregale, Datenspeicher und Archivkapseln erstreckten. An den zehn Wandflächen zwischen den Toren hingen die Porträts der zehn Vorgänger des Kaisers. Für sein eigenes Porträt war kein Platz vorgesehen, denn er hatte gesagt, er werde herrschen bis ans Ende aller Zeiten...

Und jetzt war es wohl gekommen, das Ende aller Zeiten. Diese jungen Leute versinnbildlichten es in ihrer lärmenden, oberflächlichen Geschäftigkeit. Nichts verstanden sie, nichts. Und nahmen sich selbst so ungeheuer wichtig. In ihrer grenzenlosen Überheblichkeit hatten sie es gewagt, den Gottkaiser zu entthronen, ja sogar zu töten – Emparak spürte, wie sein Herz vor Wut anfing zu rasen bei diesem Gedanken.

Er wußte, wie das Reich einmal ausgesehen hatte, und er wußte, wie das Reich jetzt aussah. Sie waren der Aufgabe nicht gewachsen, natürlich nicht. Die Menschen hungerten wieder, und Seuchen wüteten, deren Namen jahrtausendelang vergessen gewesen waren. Überall gärte es, an vielen Orten wurden blutige Kriege geführt, und alles ging vor die Hunde. Sie tranchierten den Leib des Reiches, weideten es aus bei schlagendem Herzen und zerteilten es in rohe Fetzen. Und bei all dem kamen sie sich wichtig vor und beschworen die »Freiheit«.

Der Mann lehnte sich in seinem Sessel zurück und stützte den Kopf auf die fächerförmig gegeneinandergelegten Hände. »Gut, womit fangen wir an? Ich schlage vor, mit dem Expeditionsboot, das die ersten Hinweise auf die Haarteppiche fand. Das Boot hieß KALYT-9, und der Mann, dem wir die Hinweise verdanken, hieß Nillian Jegetar Cuain.«

»Ist der Name wichtig?«

»An sich nicht. Ich habe aber gehört, er soll ein weitläufiger Verwandter des Rates sein; vielleicht wäre es gut, ihn namentlich zu erwähnen.«

»Gut. Was ist mit ihm?«

»Er ist verschollen. Der Aussage seines Begleiters zufolge landete er entgegen einem ausdrücklichen Befehl auf dem Planeten G-101/2 im Sektor HA/31. Wir haben Funkberichte von ihm und einige Fotos, allerdings keines von einem Haarteppich. Nillian entdeckte die Haarteppiche, verschwand dann aber.«

»Hat man nicht nach ihm gesucht?«

»Es gab da irgendwelche Mißverständnisse mit Befehlen, die sich überschnitten. Sein Begleiter ließ ihn im Stich und kehrte zur Basis zurück, und ein Rettungsschiff traf erst Wochen später ein und fand keine Spur mehr von Nillian.«

Die rothaarige Frau trommelte unruhig mit der Spitze ihres Schreibstiftes auf die Tischoberfläche. Emparak zuckte zusammen bei diesem Geräusch, das in seinen Ohren beinahe obszön klang. Dieser Tisch war schon alt gewesen, als die Heimatwelt dieser Frau noch nicht einmal besiedelt war.

»Ich weiß nicht, ob wir das so breittreten sollen«, meinte sie. »Es wird sicher ohnehin noch eine Untersuchung geben – das Ganze ist einfach eine unglückliche Geschichte, wie sie eben vorkommt, aber eigentlich tut sie nichts zur Sache. Wichtig ist doch nur, daß dieser Nillian die Haarteppiche entdeckte und man daraufhin begann, dieser Sache nachzugehen.«

»Genau. Wichtiger wird es sein, darzustellen, was diese Haarteppiche sind und was sie bedeuten. Es sind sehr große, extrem dicht geknüpfte Teppiche, die aus menschlichen Haaren gefertigt werden. Die Leute, die sie herstellen, nennen sich Haarteppichknüpfer. Sie verwenden ausschließlich die Haare ihrer Frauen und Töchter, und der ganze Prozeß ist so unglaublich aufwendig, daß ein Haarteppichknüpfer sein ganzes Leben daran verwenden muß, einen einzigen Teppich zu knüpfen.«

Die Blonde hob kurz die Hand. »Können wir ein Exemplar eines solchen Teppichs zeigen?« warf sie ein.

»Leider nicht«, gab der Mann zu. »Wir haben natürlich eines angefordert, und man hat es uns auch zugesagt, aber bis heute morgen – nichts. Ich hatte gehofft, das Archiv...«

»Nein«, sagte die blonde Frau sofort. »Wir haben nachgesehen. Es gibt im Archiv nichts dergleichen.«

In seinem stillen Eck bei den Säulen lächelte Emparak. Ebene 2, Gang L, Sektor 967. Selbstverständlich besaß das Archiv einen Haarteppich. Das Archiv hatte alles. Man mußte es nur finden.

Der Mann sah auf seine Uhr. »Gut, weiter. Wir müssen also klarstellen, was diese Haarteppiche sind und welch ungeheurer Aufwand dahinter steckt. Wie der soziologische Bericht ausführt, ist die gesamte planetare Bevölkerung praktisch mit nichts anderem befaßt.«

Die rothaarige Frau nickte. »Ja. Das ist wichtig.«

»Und was geschieht mit all den Haarteppichen?« fragte die Blonde.

»Das ist ein weiterer entscheidender Punkt, den wir betonen müssen. Die gesamte Herstellung der Haarteppiche ist religiös motiviert. Und damit ist die alte Staatsreligion gemeint – der Kaiser als Gott, als Erschaffer und Erhalter des Universums und so weiter.«

»*Der* Kaiser?«

»Ja. Eindeutig. Sie haben sogar Fotos von ihm. Damit ist nebenbei bewiesen, daß der von Menschen bewohnte Teil der Galaxis Gheera tatsächlich einmal Teil des Kaiserreiches war. Der ganze religiöse und machtpolitische Überbau ist derselbe wie in den bekannten Teilen des

Reiches, und die auf den Gheera-Welten verbreitete Sprache entspricht einem Dialekt unseres Paisi, wie er nach Aussage der Sprachwissenschaftler vor rund achtzigtausend Jahren gesprochen wurde.«

»Damit hätten wir einen Anhaltspunkt, wann der Kontakt zwischen Gheera und dem übrigen Reich abgerissen ist.«

»Genau. Übrigens finden sich auf vielen dieser Welten Spuren von lange zurückliegenden atomaren Explosionen – langlebige Zerfallsprodukte und so weiter –, die auf entsprechende kriegerische Auseinandersetzungen hindeuten. Datiert werden diese Spuren ebenfalls auf die Zeit vor mindestens achtzigtausend Jahren.«

»Das erhärtet die Theorie.«

»Aber was hat das nun mit den Haarteppichen zu tun?« beharrte die blonde Frau.

»Die Haarteppichknüpfer fertigen diese Teppiche als Dienst am Kaiser. Sie glauben, daß die Teppiche für den Palast des Kaisers bestimmt sind.«

Verdutztes Schweigen. »Für den Palast des Kaisers?«

»Ja.«

»Aber es gibt nichts im Palast, das man für einen Haarteppich halten könnte.«

»Eben. Das ist ja das Rätselhafte.«

»Aber...« Die blonde Frau fing an zu rechnen. »Das müssen doch ganz schön viele Teppiche sein, die da zusammenkommen. Eine ganze Welt, Einwohnerzahl schätzungsweise...«

»Es sind Unmengen«, versetzte der Mann. »Spar dir die Mühe, es kommt noch besser. Die Leute auf G-101/2 glauben, daß nur sie Haarteppiche herstellen. Sie wissen, daß das Reich des Kaisers viele Welten umfaßt, aber sie glauben, daß die anderen Welten andere Dinge für den

Palast des Kaisers liefern. Eine Art interplanetarische Aufgabenteilung.« Er betrachtete angelegentlich seine Fingernägel. »Nun, kurz darauf entdeckte die Gheera-Expedition eine zweite Welt, auf der die Leute ebenfalls Haarteppiche herstellen und ebenfalls von sich glauben, sie seien die einzigen.«

»*Zwei* Welten?« staunten die Frauen.

Der Mann sah von einer zur anderen und genoß sichtlich die erwartungsvolle Spannung in ihren Gesichtern. »Aus dem letzten Bericht der Expedition geht hervor«, fuhr er fort, jedes Wort auskostend, »daß man bis jetzt achttausenddreihundertsiebenundvierzig Planeten gefunden hat, auf denen Haarteppiche geküpft werden.«

»Achttausend...?!«

»Und ein Ende ist nicht abzusehen.« Der Mann schlug mit der flachen Hand knallend auf den Tisch. »Das ist der Punkt, den wir rüberbringen müssen. Irgend etwas geht da vor sich, und wir wissen nicht, was.«

Ich weiß es, dachte Emparak voller Genugtuung. *Auch das Archiv weiß es. Und wenn du zu suchen verstündest, könntest auch du es wissen...*

Die blonde Frau sprang auf und kam auf Emparak zu, hielt dem buckligen Archivar ihre gewaltigen Brüste fast vor das Gesicht. »Emparak, wir haben jetzt zwei Hinweise«, sagte sie und sah ihn an. »Achtzigtausend Jahre. Galaxis Gheera. Können wir dazu etwas im Archiv finden?«

»Galaxis Gheera?« krächzte Emparak. Sie hatte ihn erschreckt mit ihrer plötzlichen Annäherung, und die Nähe ihres verlockenden Körpers weckte vergessene Begierden in ihm, die ihn für einen Moment überwältigten und ihm die Sprache raubten.

»Laß ihn, Lamita!« rief die rothaarige Hexe aus dem Hintergrund. »Das habe ich auch schon oft versucht. Er hat keine Ahnung, und das Archiv ist ein einziges Chaos, ohne jede Systematik.«

Die junge Frau zuckte die Schultern und kehrte zurück an ihren Platz. Emparak starrte die Rothaarige an, kochend vor Wut. Sie wagte es. Zu Hunderten und Tausenden versagten sie bei dem Versuch, das Erbe eines Mannes wie des Kaisers anzutreten, aber sie wagte es, das Archiv ein Chaos zu nennen. Wie nannte sie das, was dieser selbsternannte Provisorische Rat da draußen anrichtete? Welches Wort hatte sie für die grenzenlose Orientierungslosigkeit der Menschen, deren Leben sie zerstört hatten, für den Verfall der Sitten, für die um sich greifende Verkommenheit? Wie wollte sie das Ergebnis ihres endlosen Versagens bezeichnen?

»Was geschieht denn nun in Gheera konkret mit den Haarteppichen?« fragte die Rothaarige. »Irgendwo müssen sie ja gestapelt werden.«

»Der Transport der Haarteppiche wird von einer großen Flotte zwar altersschwacher, aber durchweg befriedigend raumtüchtiger Schiffe bewerkstelligt«, berichtete der Mann. »Dafür ist eine eigene Kaste zuständig, die kaiserlichen Schiffer. Sie hüten wohl das technologische Erbe, während auf den Planeten selbst nur primitive postatomare Kulturen anzutreffen sind.«

»Und wohin transportieren sie die Teppiche?«

»Die Expedition konnte ihnen zu einer gigantischen Raumstation folgen, die ein planetenloses Doppelgestirn umkreist. Bei einem der beiden Sterne handelt es sich übrigens um ein Schwarzes Loch. Ich weiß nicht, ob das etwas zu sagen hat.«

»Was weiß man über diese Raumstation?«

»Nichts, außer daß sie extrem schwer bewacht und bewaffnet ist. Eines unserer Schiffe, der Leichte Kreuzer EVLUUT, wurde bei der Annäherung angegriffen und schwer beschädigt.«

Natürlich. Bis auf den heutigen Tag konnte Emparak nicht verstehen, wie die Rebellen, diese eingebildeten, naseweisen Schwächlinge, es geschafft hatten, den unsterblichen, allmächtigen Kaiser zu entmachten und das Reich an sich zu reißen. Die Rebellen konnten nicht kämpfen! Lügen, betrügen, sich verstecken und heimtückische Intrigen spinnen, das konnten sie, aber kämpfen? Es würde ihm bis ans Ende seines Lebens unbegreiflich bleiben, wie sie es geschafft hatten, die gewaltige, unbesiegbare militärische Maschinerie des Kaisers zu überwinden. Sie, deren es zehn und mehr gebraucht hätte, um einen einzigen kaiserlichen Soldaten aufzuwiegen.

»Gut.« Die Rothaarige klappte eine Mappe zu, um die Diskussion vorläufig zu beenden. »Wir sollten uns jetzt vorbereiten. Ich denke, wir stellen einen Projektor auf und halten die historischen Tafeln bereit, falls jemand nach geschichtlichen Zusammenhängen sucht.« Sie blickte in Richtung des alten Archivars. »Emparak, wir brauchen deine Hilfe!«

Er wußte, worin die Hilfe bestand. Er sollte das Projektorgerät holen und aufstellen. Nichts weiter. Dabei hätte er im Nu alle Fragen beantworten und alle Rätsel lösen können. Wenn sie nur etwas freundlicher zu ihm gewesen wären, etwas zuvorkommender, etwas anerkennender...

Aber er würde sich ihre Anerkennung nicht erkaufen. Sollten sie sich selbst abmühen. Der Kaiser hatte immer gewußt, was er tat; er würde auch hier seine Gründe gehabt haben, und es war nicht an ihm, diese in Frage zu stellen.

Emparak schlurfte aus dem Leseraum zurück in die Vorhalle und wandte sich nach rechts. Es hatte keine Eile. Im Gegensatz zu den drei jungen Leuten wußte er genau, was zu tun war.

Er stieg die breite Treppe hinab, die in die unterirdischen Bereiche des Archivs führte. Hier war das Licht gedämpft, und der Blick reichte nicht sehr weit. Sie hielten sich gerne oben auf, die jungen Frauen, zwischen den endlosen Regalen des Kuppelbaus. Hier unten hatte er sie nur selten gesehen. Wahrscheinlich war es ihnen hier unheimlich, und das konnte er sogar verstehen. Hier unten entkam man dem Atem der Geschichte nicht. Hier unten lagerten unglaubliche Artefakte, Zeugen unvorstellbarer Ereignisse, Dokumente von unschätzbarem Wert. Hier unten konnte man die Zeit mit Händen greifen.

Er schloß die Tür des kleinen Gerätcraumes am Fuß der Treppe auf. Achtzigtausend Jahre. Das sagten sie so leicht daher, diese Ahnungslosen, als sei es gar nichts. Sie sagten es, ohne daß Ehrfurcht sie überkam, ohne ein Grauen zu spüren angesichts dieses Abgrundes an Zeit. Achtzigtausend Jahre. Das war eine Spanne, in der gewaltige Reiche entstehen und wieder zerfallen und in Vergessenheit geraten konnten. Wie viele Generationen kamen und gingen in dieser Zeit, lebten ihr Leben, hofften und litten, vollbrachten Dinge, die dann wieder untergingen im erbarmungslosen Mahlstrom der Zeit! Achtzigtausend Jahre. Das sagten sie in dem gleichen Tonfall, als sprächen sie von achtzig Minuten.

Und doch war es nur ein Teil der unermeßlichen Geschichte des Kaiserreiches. Emparak nickte versonnen vor sich hin, während er den Projektionsapparat die Treppe hochschleppte. Vielleicht sollte er ihnen doch einen kleinen Hinweis geben. Nicht viel, nur einen winzigen Fetzen. Eine Spur. Nur, um zu zeigen, daß er mehr wußte als sie glaubten. Nur, damit sie etwas ahnen konnten von der Größe dieses Mannes, den sie erschossen hatten wie einen Lump. Niemals hätte das mächtige Reich so lange bestehen können ohne diesen Mann, ohne den elften Kaiser, der die Unsterblichkeit erlangt hatte. Ja, dachte Emparak. Nur eine Spur, damit sie den Rest selber finden konnten. Mehr als das würden sie nicht akzeptieren können in ihrem närrischen Stolz.

»Er muß jeden Augenblick kommen«, sagte die Rothaarige, die jetzt unaufhörlich auf ihre Uhr sah, während die anderen die Papiere ordneten. »Wie müssen wir ihn eigentlich anreden?«

»Sein Titel ist *Ratsmitglied*«, sagte die blonde Frau.

Emparak stellte den Projektor auf den Tisch und entfernte die Abdeckung.

»Er liebt Titel nicht«, warf der Mann ein. »Ihm ist es am liebsten, man redet ihn mit seinem Namen an, Jubad.«

Beim Klang dieses Namens war es Emparak, als gefröre er bis in seine Fingerspitzen zu Eis. *Berenko Kebar Jubad! Der Mann, der den Kaiser getötet hatte!*

Er wagte es. Der Mörder des Kaisers wagte sich an die Stätte, die den Ruhm des Reiches konservierte. Ein Affront. Nein, schlimmer noch: eine Gedankenlosigkeit. Dieser gewöhnliche, engstirnige Mensch war überhaupt nicht in der Lage, die Bedeutung seines Tuns, die Symbolik dieses Besuches zu erfassen. Er kam einfach hierher, um sich einen kleinen, dummen Bericht aus dem Mund von kleinen, dummen Menschen anzuhören.

Sollte er. Er, Emparak, würde dabeistehen und schweigen. Er war der Archivar des Kaisers gewesen, und das würde er bleiben bis zu seinem letzten Atemzug. Er schämte sich, daß er schon beinahe beschlossen hatte, diesen großmäuligen Emporkömmlingen in die Hände zu arbeiten. Niemals. Niemals mehr. Er würde schweigen, schweigen und den jahrtausendealten Marmor polieren, bis ihm eines Tages das Poliertuch aus der Hand fiel.

Die Rothaarige ging zum Schaltkasten in der Vorhalle und ließ einen der Torflügel auffahren. Einen nur. Emparak nickte befriedigt. Sie verstanden nichts von Stil, von Auftritt. Sie hatten keine Größe.

Der ganze Empfang des Rebellenführers wirkte auf Emparak wie eine lächerliche Imitation. Ein kleiner Wagen fuhr vor, und Jubad stieg aus, ein untersetzter, grauhaariger Mann, dessen Bewegungen fahrig und nervös wirkten und der leicht gebeugt ging, als erdrücke ihn die Last seiner Verantwortung. Wie ein zappeliger Hampelmann hastete er die Treppenstufen herauf, und ohne auf die prachtvolle Atmosphäre der Vorhalle zu achten schoß er sofort auf die Rothaarige zu, um sich von ihr in den Lesesaal führen zu lassen.

Emparak nahm seinen gewohnten Platz bei den Säulen ein und beobachtete Jubad, während dieser sich den Bericht der drei anderen anhörte. Es hieß, er leide an einer langwierigen, vielleicht unheilbaren Krankheit. Emparak war geneigt, das zu glauben, wenn er den von unterdrückten Schmerzen gezeichneten Gesichtsausdruck des Rebellenführers ansah. Es mochte Zufall sein. Vielleicht war es aber auch die Strafe des Schicksals.

»Über den endgültigen Verbleib der Haarteppiche ist

also nichts bekannt?« schlußfolgerte Jubad am Ende des Referats.

»Nein.«

»Im Inneren der Raumstation?«

»Dazu ist sie nicht groß genug«, entgegnete der Mann. »Man braucht nur das Volumen der insgesamt hergestellten Haarteppiche abzuschätzen und mit dem Volumen der Raumstation zu vergleichen – es ist um ein Vielfaches größer.«

»Vielleicht wurden die Haarteppiche überhaupt nicht aufbewahrt«, warf die blonde Frau ein. »Vielleicht werden sie vernichtet.«

»Mag sein«, sagte Jubad beiläufig. Man sah ihm an, daß ihn ganz andere Gedanken beschäftigten. »Das Schreckensbild, das mich bedrängt, ist das, daß irgendwo im Universum noch ein unentdeckter Palast des Kaisers existieren könnte, in dem sich mittlerweile die Haarteppiche zu Bergen türmen. Und wenn es einen unentdeckten Palast gibt, wer weiß, was es dort noch gibt – vielleicht unentdeckte Armeen, die seit Jahrtausenden im Tiefschlaf liegen?«

Die Rothaarige nickte. »Vielleicht einen Klon des Kaisers, der ebenfalls unsterblich ist?«

»Genau«, pflichtete Jubad ihr ernst bei. »Wir wissen nicht, wie der Kaiser es bewerkstelligt hat, nicht zu altern und diese unermeßliche Zeitspanne zu leben und zu leben. Wir wissen so vieles nicht, und an manchen ungeklärten Geheimnissen müssen wir ein mehr als akademisches Interesse haben, denn sie könnten Gefahren bergen.«

Emparak mußte widerwillig zugeben, daß dieser Jubad über einen erstaunlich wachen Verstand verfügte. Etwas von der Größe des Kaisers schien auf seinen Bezwinger abgefärbt zu haben. Und er hatte recht: über die Unsterblichkeit des Kaisers wußte nicht einmal das Archiv etwas.

Jubad blätterte die Unterlagen flüchtig durch, während ihm die anderen stumm und geduldig zusahen. Bei einem Papier blieb er hängen, las es durch und reichte es dann dem Mann. »Was hat es damit auf sich?«

»Der Stern Gheerh wurde nicht gefunden«, erklärte der. »Die Expeditionsflotte war ja zunächst damit beauftragt, die Genauigkeit der aufgefundenen Sternkarten zu überprüfen. Einige der katalogisierten Sterne trugen keine Nummern, sondern Namen, und unter diesen war der Stern Gheerh unauffindbar.«

»Was heißt unauffindbar?«

Der Mann zuckte die Schultern. »Einfach nicht da. Die Sonne samt ihren Planeten – einfach aus dem Universum gefegt.«

»Kann das etwas mit diesem vermuteten Krieg vor achtzigtausend Jahren zu tun haben?«

»Was auffällt, ist die Namensgebung. Gheerh. Gheera. Vielleicht war Gheerh die Hauptwelt eines Reiches, das Gheera genannt wurde, und wurde deswegen in diesem Krieg zerstört.«

Jubad sah zu der rothaarigen Frau hinüber. In seinen Augen glomm stilles Entsetzen. »War die Flotte des Kaiserreiches dazu imstande – ein ganzes Sonnensystem zu zerstören?«

Ja, dachte Emparak. Sie hat es oft genug getan.

»Ja«, sagte die Rothaarige.

Jubad versank wieder in Nachdenken. Er starrte auf die Papiere, als könne er ihnen so ihr Geheimnis entreißen.

»Einer der beiden Sterne des Doppelgestirns, um das

diese Raumstation kreist, ist ein Schwarzes Loch?« fragte er plötzlich.

»Ja.«

»Wie lange schon?«

Die Frauen und der Mann waren überrascht und ratlos. »Keine Ahnung.«

»Das ist doch eine ziemlich gefährliche Konstellation, nicht wahr? Der riskanteste Ort, um eine Raumstation zu errichten – unablässige, harte Strahlung, die ständige Gefahr, vom Ereignishorizont verschluckt zu werden...« Jubad musterte die anderen der Reihe nach. »Was sagen die alten Sternkarten?«

»Oh.« Die blonde Frau beugte sich über ihren tragbaren Datenspeicher und betätigte ein paar Tasten. »Sie wissen nichts von einem Schwarzen Loch. Hier ist nur der rote Riese verzeichnet. Nicht einmal ein Doppelgestirn.«

»Das hat etwas zu sagen!« Jubad stand auf. »Ich werde mich im Rat dafür verwenden, daß eine Kampfflotte nach Gheera entsandt wird mit dem Auftrag, die Raumstation anzugreifen und einzunehmen. Wir müssen das Geheimnis der Haarteppiche lüften, und ich bin der Auffassung, daß die Raumstation der entscheidende Schlüssel dazu ist.« Er nickte andeutungsweise. »Ich danke Ihnen.«

Damit rauschte er wieder hinaus zu seinem Wagen, der ihn fortbrachte.

Mit einem erleichterten Seufzer ließ sich der Mann nach hinten sinken und räkelte sich.

»Na?« rief er. »Ist doch gut gelaufen, oder?«

Die Rothaarige blickte unzufrieden vor sich auf die Tischplatte. »Das mit dem Doppelgestirn war peinlich. Das hätte uns auch selbst auffallen können.«

»Ach, Rhuna, du ewige Perfektionistin!« rief die blonde Frau. »Bist du nie zufrieden? Es wird gehandelt – mehr wollten wir doch gar nicht erreichen.«

»Das Schlimmste wäre gewesen, wenn er gesagt hätte: Unergiebige Sache, wir berufen die Gheera-Expedition zurück«, gab der Mann zu bedenken.

»Und vielleicht war es nicht so schlecht, daß er selber darauf gekommen ist«, meinte die blonde Frau. »Das hat ihn sicher mehr überzeugt, als wenn wir es ihm vorgekaut hätten.«

»Das stimmt auch wieder.« Die Rothaarige lächelte und fing an, ihre Unterlagen einzusammeln. »Also gut, Kinder, wir wollen zufrieden sein. Laßt uns einpacken und dann überlegen, wo wir feiern gehen.«

Die blonde Frau gab Emparak ein Zeichen. »Ihr könnt den Projektor wieder abbauen. Vielen Dank.«

Warum bedankte sie sich bei ihm? Und warum sah sie ihn so eigentümlich forschend an?

Emparak sagte nichts. Er nahm die Abdeckung und schlurfte zum Tisch, um sie wieder anzubringen. Die drei jungen Leute zogen ab, bepackt mit ihren Taschen und Mappen und ohne ihn eines weiteren Wortes zu würdigen.

»Du wirst sehen, wir kriegen noch raus, was es mit den Haarteppichen auf sich hat...«

Das war der letzte Satz, den Emparak hörte, und er hing noch eine Weile in der Luft, als suche er ein Echo aus den unergründlichen Tiefen des Archivs.

Emparak sah ihnen nach; sein Gesicht war ausdruckslos. Vor seinem geistigen Auge sah er den Archivschrank, der alle Antworten in sich barg, der alle Fragen beantwortet hätte.

Sucht nur, dachte er, während er das stählerne Tor wieder zufahren ließ. *Rennt euch die Köpfe ein dabei. Ihr glaubt, ihr habt ein großes Geheimnis entdeckt. Ihr habt keine Ahnung. Ihr habt noch nicht einmal gekratzt an der Geschichte des Reiches.*

Jubad

Seine linke Hand hielt die rechte vor der Brust fest – eine Geste, die sein Markenzeichen geworden war und die häufig imitiert wurde, von Epigonen wie von Neidern –, und sein Blick glitt über sonnendurchflutete Gärten und blütenstrotzende Rabatten, über glitzernde Seen und paradiesische Spazierwege – aber er sah nichts, nur die verschwommene, graue Düsternis eines versunkenen Zeitalters. Sein Wagen folgte einem Weg, der sich verspielt zwischen eindrucksvollen Bauwerken aus allen Epochen dahinschlängelte und der sie zum Zentrum des ehemaligen Kaiserpalastes führen würde – doch vor Jubads Augen stand nur der wuchtige, dunkle Säulenbau, den sie verlassen hatten.

Das Archiv des Kaisers... Er hatte es immer vermieden, das uralte Gebäude zu betreten, das Dokumente und Artefakte aus der gesamten Kaiserzeit beherbergte. Vielleicht hätte er es auch heute vermeiden sollen. Aber aus irgendeinem Grund war es ihm unausweichlich erschienen, an der Besprechung teilzunehmen, die dort stattgefunden hatte, auch wenn ihm dieser Grund nicht einmal mehr einfallen wollte.

Zuletzt war er regelrecht geflüchtet. Hatte zu allem ja und jawohl gesagt und war geflüchtet, als müsse er dem Geist des toten Herrschers entkommen. Jubad mußte plötzlich schwer und quälend Luft holen, und er bemerkte aus den Augenwinkeln einen besorgten Blick seines Fahrers. Er wollte etwas sagen, um ihn zu beruhigen, aber er wußte nicht was. Er wußte auch kaum noch, worum es überhaupt gegangen war in dem Gespräch, so sehr mußte er ankämpfen gegen Wogen der Erinnerung, die ihn zu überspülen drohten. Der Erinnerung an eine Vergangenheit, die sein Leben bestimmte.

Berenko Kebar Jubad. Sein eigener Name kam ihm längst vor wie der eines anderen Mannes, so oft hatte er ihn in Ansprachen gehört und in Geschichtsbüchern gelesen. Jubad, der Befreier. Jubad, der Bezwinger des Tyrannen. Jubad, der Mann, der den Kaiser getötet hatte.

Seit dem Ende des Kaiserreiches führte er selber das Leben eines Herrschers. Er saß im Rat der Rebellen, sprach vor dem Parlament, und wo immer er ging und was immer er sagte, stets spürte er ehrfürchtige Blicke und ehrerbietige Zuneigung. Da man auf ihn hörte, hatte er maßgeblich daran mitwirken können, die Region Tempesh-Kutaraan in die Selbständigkeit zu entlassen, und auch die Befriedung der Provinz Baquion war wenigstens zum Teil sein Werk gewesen. Aber nicht diese Leistungen waren es, an die sich spätere Generationen erinnern würden. Erinnern würde man sich an ihn für alle Zeiten als an den Mann, der den tödlichen Hieb gegen den Despoten geführt hatte.

Einer plötzlichen Eingebung folgend, ließ er den Fahrer den Wagen anhalten. »Ich werde ein Stück zu Fuß gehen«, sagte er und fügte, als er den besorgten Blick des Mannes bemerkte, hinzu: »Ich bin nicht so alt, wie ich aussehe. Das sollten Sie doch wissen.«

Vierundfünfzig war er, aber er wurde nicht selten auf

siebzig geschätzt. Und als er ausstieg, fühlte er sich fast auch so. Er blieb stehen und wartete, bis der Wagen außer Sicht war.

Dann atmete er tief durch und sah sich um. Er war allein. Allein in einem kleinen Garten, der umstanden war von blaugrünen, zartgefiederten Büschen mit dunkelroten Knospen. Irgendwo sang ein Vogel ein einsames Lied, eine immer gleiche Folge von Tönen. Es klang, als übe er emsig.

Jubad schloß die Augen, lauschte dem Vogelgesang, der ihn eher an Flötenspiel erinnerte als an die Vögel seiner Heimat, und genoß die Wärme der Sonne auf seinem Gesicht. Köstlich, dachte er, einfach nur hier zu stehen, irgendwo, und ganz unwichtig zu sein. Von niemandem beobachtet zu werden. Einfach nur zu leben.

Als er die Augen wieder öffnete, stand zu seiner Überraschung ein kleiner Junge vor ihm und starrte ihn an. Er hatte ihn nicht kommen hören.

»Du bist Jubad, stimmt's?« sagte der Junge.

Jubad nickte. »Ja.«

»Hast du gerade über ein schwieriges Problem nachgedacht?« wollte das Kind wissen. »Darum habe ich dich nämlich nicht gestört.«

»Das war sehr freundlich von dir«, meinte Jubad lächelnd. »Aber ich habe über nichts Besonderes nachgedacht. Ich habe nur dem Vogel zugehört.«

Der Junge machte große Augen. »Ehrlich?«

»Ehrlich«, versicherte Jubad.

Er betrachtete den kleinen Jungen, der sich unruhig in den Hüften wiegte und sichtlich etwas auf dem Herzen hatte. Schließlich platzte es aus ihm heraus: »Ich möchte dich etwas Wichtiges fragen!«

»So?« machte Jubad unwillkürlich. »Dann frage.«

»Stimmt es, daß du den bösen Kaiser getötet hast?«

»Ja, das stimmt. Aber das ist lange her.«

»Und er war wirklich richtig tot? Hast du genau nachgesehen?«

»Ich habe ganz genau nachgesehen«, versicherte Jubad so ernst, wie es ihm möglich war. Er hatte Mühe, ein Lachen zu verbeißen. »Der Kaiser war wirklich tot.«

Der Junge wirkte plötzlich sehr bekümmert. »Mein Vater sagt immer, daß das alles nicht wahr ist. Er sagt, daß der Kaiser noch lebt und daß er nur seinen Körper aufgegeben hat, um in den Sternen und Planeten weiterzuleben. Er hat jede Menge Bilder vom Kaiser in seinem Zimmer, und er sagt, daß du ein Schwindler bist. Stimmt das? Bist du ein Schwindler?«

Ein wohlbekannter Schmerz durchfuhr Jubad. Vergangenheit. Sie würde ihn niemals loslassen.

»Sieh mal«, erklärte er behutsam, »als dein Vater selber ein Kind war, so wie du heute, da herrschte der Kaiser noch, und dein Vater mußte wie alle Kinder in eine Priesterschule gehen. Dort haben ihm die Priester weh getan und ihm ganz, ganz schreckliche Angst eingejagt – Angst, daß er jemals etwas tun könnte, was dem Kaiser nicht gefallen würde. Und diese Angst hat ihn sein Leben lang nicht mehr verlassen. Er hat heute noch Angst – deshalb sagt er solche Dinge. Kannst du das verstehen?«

Das war fast zuviel verlangt von einem Kind, das vielleicht vier oder fünf Jahre alt sein mochte und das sich doch schon den Kopf über solche Dinge zerbrechen mußte, weil es seinen Vater liebte.

In dem kleinem Gesicht arbeitete es eine Weile ganz fürchterlich, während der Junge versuchte, zu einer Schlußfolgerung zu kommen. Doch plötzlich war alles

Grübeln wie weggefegt, und er strahlte: »Ich glaube nicht, daß du ein Schwindler bist!«

»Danke«, meinte Jubad trocken.

»Außerdem«, fuhr der Bub fröhlich fort, »hätte dich der Kaiser ja bestimmt streng bestraft, wenn er noch leben würde!« Damit hüpfte er davon, erleichtert und energiegeladen.

Jubad sah ihm nach, einigermaßen verblüfft über diese kindliche Einsicht.

»Ja«, murmelte er schließlich. »Das ist logisch gedacht.«

Als Jubad seine Wohnung betrat, saß ein Mann am Tisch, ruhig, als warte er dort schon geraume Zeit. Neben seiner Hand, die auf der Tischplatte ruhte, stand ein kleiner dunkler Koffer.

Jubad hielt einen Moment inne, dann schloß er die Tür bedächtig.

»Ist es wieder soweit?«

»Ja«, sagte der Mann.

Jubad nickte, dann machte er sich daran, alle Läden an den Fenstern zu schließen. Draußen brach bereits die Dämmerung an, und ein paar der sieben Monde standen am dunklen Himmel wie auf schwarzen Samt gebettet.

Von einem seiner Fenster hatte Jubad einen guten Blick auf die große Kuppel, die das Zentrum des Palastes bildete. Sie beherbergte die prunkvollen ehemaligen Privatgemächer des Kaisers, die heute unter Verschluß standen und nur von Wissenschaftlern mit Sondergenehmigung betreten werden durften. Vor Jahren hatte es jedoch, unglaublicherweise, Stimmen gegeben, die gewollt hatten, daß er, Jubad, dort einzog – was er selbstverständlich sofort abgelehnt hatte.

»Hat dich jemand kommen sehen?«

»Ich glaube nicht.«

»Bist du dir nicht sicher?«

Der Mann am Tisch lachte leise. »Doch. Aber das Gerücht, daß du irgendeine schwere Krankheit hast, wird sich nicht mehr aus der Welt schaffen lassen.«

Jubad schloß die letzte Lade, machte Licht und setzte sich ebenfalls an den Tisch.

»Wir sprechen von einem der wichtigsten Staatsgeheimnisse«, erklärte er ernst. »Nicht einmal der Rat darf davon erfahren.«

»Ja.« Der Mann öffnete den kleinen Koffer, nahm eine Spritze heraus und begann, eine hellblaue Flüssigkeit aufzuziehen. »Aber wie lange wirst du das noch durchhalten?«

»So lange wie möglich.«

Er weigerte sich, deswegen abergläubisch zu werden. Es war Zufall, nichts weiter. Den Virus mußte er schon in jungen Jahren irgendwo eingefangen haben, wahrscheinlich sogar bei seiner ersten Reise im Auftrag des Rebellenrates, die ihn nach Jehemba geführt hatte. Und dann hatte die Krankheit in ihm geruht, viele lange Jahre, ohne die geringsten Symptome.

Die Flüssigkeit in der Spritze wurde langsam dunkler. Sobald sie einen bestimmten dunklen, fast schwarzen Farbton erreicht haben würde, mußte sie injiziert werden. Es würde höllisch brennen, stundenlang, aber es würde den Fortschritt der Krankheit hemmen. Jubad begann, sein Hemd auszuziehen.

Ödfraß. So nannte man die Krankheit auf Jehemba. Behutsam löste Jubad die Manschette, die gesunde Haut vortäuschte. Darunter kam die Haut eines uralten Mannes zum Vorschein; faltig und rissig und welk fiel sie über harte, eingeschrumpfte Muskelstränge, die kaum dicker waren als ein kleiner Finger.

Plötzlich mußte er wieder an das Archiv denken und an den kleinen Jungen. Und an früher, an eine lange, lange zurückliegende Zeit, als der Kaiser noch gelebt und ihn, Jubad, den Rebellen, in seiner Gewalt gehabt hatte.

Es mußte ein Geheimnis bleiben. Niemand durfte erfahren, daß der rechte Arm des Berenko Kebar Jubad verdorrte – der Arm, mit dem er den Kaiser getötet hatte...

Der Kaiser und der Rebell

Er erwartete nichts mehr, nur noch seinen Tod. Und der würde furchtbar sein, furchtbar für ihn und noch furchtbarer für die, die von seinem Schweigen abhingen. Das Leben Tausender, womöglich sogar die Zukunft der gesamten Bewegung hing davon ab, daß er Schweigen bewahren konnte über die Geheimnisse, die man ihm anvertraut hatte. Und er wußte, daß er es nicht würde bewahren können.

Die Schergen des Kaisers würden mit allen Mitteln, die ihnen zu Gebote standen, versuchen, sein Schweigen zu brechen. Und das waren schreckliche Mittel, grausame Prozeduren, denen er nichts entgegenzusetzen hatte. Schmerzen erwarteten ihn, die alles übersteigen würden, was er je an Schmerzen erfahren hatte. Und Schmerzen würden nicht alles sein. Es gab andere Verfahren, trickreiche, ausgeklügelte Methoden, gegen die Willensstärke nichts ausrichtete. Sie würden ihm mit Drogen zusetzen. Sie würden Nervensonden einsetzen. Sie würden Geräte verwenden, von denen er noch nie zuvor gehört hatte, und schließlich würden sie ihn zum Sprechen bringen. Irgendwann würden sie alles erfahren, was sie wissen wollten.

Es gab nur eine Rettung, nur eine Hoffnung: Er mußte sterben, bevor sie ihn soweit hatten.

Aber das war nicht so einfach. Wenn er eine Möglichkeit gesehen hätte, seinem Leben selber ein Ende zu bereiten, er hätte nicht einen Moment gezögert. Aber sie hatten ihm alles genommen, zuerst die Giftkapsel, die jeder Rebell bei sich trug, und dann jedes andere Ausrüstungsstück, alles. Sie hatten jede seiner Körperöffnungen auf verborgene Gegenstände untersucht und ihn von Kopf bis Fuß durchleuchtet. Alles, was er nun auf dem Leib trug, war ein dünner, leichter Anzug aus einem watteartigen Stoff.

Die Zelle, in die sie ihn gesteckt hatten, war klein und völlig leer, geradezu aseptisch rein. Die Wände bestanden aus blankem, spiegelglattem Stahl, ebenso Decke und Boden. Es gab einen kleinen Hahn, aus dem lauwarmes Wasser tröpfelte, wenn er ihn öffnete, und einen fest mit dem Boden verschraubten Behälter für seine Notdurft. Das war alles. Keine Matratze, keine Decke. Er mußte auf dem blanken Boden schlafen.

Er hatte daran gedacht, sich in einer raschen, verzweifelten Aktion an den Wänden den Schädel einzurennen – rasch, ehe sie ihn daran hindern konnten. Aber eine Handbreit über den Wänden begann ein Kraftfeld, das schnelle Bewegungen unmöglich machte und das bei derartigen Versuchen wie Gummi wirkte, nur besser.

Es war warm. Wände und Boden schienen geheizt zu sein; er vermutete, daß ganz in der Nähe seiner Zelle eine große Maschine installiert war, ein Generator vielleicht, denn wenn er am Boden lag, konnte er feine Vibrationen spüren. Das Licht aus den drei Leuchtelementen in der Decke erlosch nie, und er war sicher, daß er beobachtet wurde, wenn er auch keinen Anhaltspunkt hatte, auf welche Weise.

In der Tür gab es eine halbrunde Klappe, die sich ab

und zu schloß, und wenn sie sich wieder öffnete, stand seine tägliche Mahlzeit darin. Es war immer das gleiche, ein geschmackloser, dünner Brei in einem durchsichtigen Napf. Das war das einzige, was man ihm angedroht hatte: Wenn er die Nahrung verweigerte, würde man ihn festbinden und künstlich ernähren. Also aß er. Es gab keinen Löffel, er mußte den Brei trinken. Der Napf selber war ebenfalls weich und zerbrechlich und nicht dazu geeignet, sich damit die Pulsadern aufzuschneiden oder dergleichen.

Das war die einzige Abwechslung und sein einziges Zeitmaß. Die übrige Zeit saß er meist in einer Ecke, den Rücken gegen die Wand gelehnt, und dachte nach. Die Gesichter seiner Freunde tauchten auf, wie um Abschied zu nehmen, und Episoden aus seinem Leben, als verlangten sie Rechenschaft. Nein, er bereute nichts. Er würde alles noch einmal genauso machen. Auch diesen Erkundungsflug, der sich als raffinierte Falle entpuppt hatte. Das hatte niemand ahnen können. Er hatte sich nichts zuschulden kommen lassen.

Manchmal schwiegen die Gedanken auch. Dann saß er nur da und sah sein undeutliches Spiegelbild in der Wand gegenüber und spürte einfach nur, daß er am Leben war. Er würde es nicht mehr lange sein. Jeder Moment war jetzt kostbar.

In diesen Augenblicken hatte er Frieden mit sich.

Dann gab es Momente der Angst. Die Gewißheit, daß der Tod nahe und unausweichlich ist, weckt eine animalische, jahrmillionenalte Angst, eine Angst, die sich jeder Einsicht verweigert, die jede Überlegung beiseitefegt und jede höhere Notwendigkeit überrollt, die aufsteigt aus den dunkelsten Tiefen der Seele und zu einer schrecklichen Flut wird. Wie ein Ertrinkender suchte er in diesen Stunden nach einer Hoffnung, nach einem Ausweg, und fand nur Ungewißheit.

Allmählich verlor er sein Zeitgefühl. Es wurde ihm bald unmöglich zu sagen, wie lange er schon eingesperrt war, Tage oder Monate. Vielleicht hatte man ihn vergessen. Vielleicht würde er hier einfach Jahr um Jahr eingesperrt bleiben, alt werden und sterben.

Sie kamen, als er schlief. Aber das Geräusch von Schlüsseln im Schloß seiner Zellentür ließ ihn von einer Sekunde auf die andere wach und auf den Beinen sein.

Es war also soweit. Die Tortur begann. Er zählte sechzehn Soldaten der kaiserlichen Garde, die dichtgedrängt auf dem Gang standen, alle mit Narkosegewehren bewaffnet. Sie dachten immer an alles. Er hatte keine Chance.

Einer von ihnen, ein untersetzter Mann mit schütterem Haar, das Gesicht von Härte gezeichnet, trat in den Türrahmen.

»Rebell Jubad? Mitkommen«, befahl er barsch.

Zwei Soldaten näherten sich ihm vorsichtig und legten ihm Fesseln an, so daß er nur noch ganz kleine, trippelnde Schritte machen konnte. Dann banden sie seine Handgelenke aneinander und legten ihm eine Kette um den Bauch. Jubad ließ es mit sich geschehen. Als sie ihm bedeuteten, sich in Bewegung zu setzen, gehorchte er.

Sie gingen einen Gang entlang, der hell erleuchtet war, und erreichten einen breiten Tunnel, in dem ein schwer gepanzerter Transporter sie mit geöffneten Türen erwartete. Es gab keine Gelegenheit zur Flucht und keine Gelegenheit, sich in einen Abgrund oder in tödliches Sperrfeuer zu stürzen. Sie befahlen ihm, einzusteigen, setzten sich rings um ihn herum, und die Fahrt begann.

Es schien immer nur geradeaus zu gehen, stundenlang. Manchmal fuhren sie in vollkommener Dunkelheit, dann wirkten die Gesichter der Soldaten, die ihn keinen Augenblick aus den Augen ließen, im spärlichen Licht der Armaturen wie die Fratzen von Dämonen. Einige Male mußten sie vor gefährlich schimmernden Energieschirmen anhalten und eine eingehende Inspektion durch Aufseher abwarten, die in einer gepanzerten Kabine saßen und lange Telefonate führten, ehe sie die Sperren abschalteten und die Weiterfahrt gestatteten. Die ganze Zeit wurde im Inneren des Transporters kein Wort gesprochen.

Irgendwann fuhren sie wieder durch Dunkelheit, fuhren wieder auf einen hellen Fleck in der Ferne zu – und plötzlich schoß der Transporter aus einer Öffnung in einer steilen Felswand und schwebte auf seinen Antischwerkraftfeldern geradeaus weiter, frei durch die Luft. Jubad sah sich staunend um, saugte den überwältigenden Anblick in sich auf. Sie zogen ihre Bahn hoch über einem tintenblauen, ruhigen Meer, das sich von Horizont zu Horizont erstreckte und das den gewaltigen, makellos azurnen Dom des Himmels über ihnen trug. Hinter ihnen blieb ein zerklüftetes, steil in den Ozean abfallendes Felsmassiv zurück, und vor ihnen – vor ihnen lag, gleißend im Sonnenlicht und unüberschaubar in seiner kaum fassbaren Ausdehnung, der Palast des Kaisers.

Der Sternenpalast. Jubad hatte Bilder gesehen, aber kein Bild konnte die stolze, verschwenderische Pracht dieses riesigen Bauwerks angemessen wiedergeben. Dies war der Sitz des Kaisers, des unsterblichen Herrschers über alle Menschen, und damit das Herz des Reiches. Kein Rebell, der nicht davon träumte, an diesen Ort zu gelangen – als Sieger. Jubad kam als Gefangener. Sein Blick umwölkte sich bei dem Gedanken an die Schrekken, die ihm dort bevorstehen mochten.

Der Transporter sank tiefer, bis sie so dicht über der Meeresoberfläche dahinschossen, daß man die Wellenkämme der unmerklichen Dünung mit den Händen hätte berühren können. Die Umfriedungsmauern des Palastes kamen rasch näher, wurden höher und höher. Ein Tor öffnete sich wie ein Schlund und verschluckte sie, und dahinter lag eine hohe Halle, in deren Mitte der Transporter landete.

»Du wirst der Leibgarde des Kaisers übergeben«, sagte der Kommandant.

Jubad zuckte zusammen. Das hieß nichts Gutes. Die Leibgarde des Kaisers, das waren die Ergebensten der Ausgesuchtesten, die Elite der Elite, dem Kaiser ergeben bis in den Tod und rücksichtslos gegen sich und andere. Zwölf von ihnen, gewaltige Hünen in goldenen Uniformen, die einander ähnelten wie Brüder, erwarteten ihn bereits am Landeplatz.

»Zuviel der Ehre«, murmelte Jubad beklommen.

Die Leibgardisten nahmen ihn in ihre Mitte und warteten mit reglosen Gesichtern, bis der Transporter wieder abgeflogen war. Dann bückte sich einer und nahm ihm die Fußfesseln ab. Herablassung war in dieser Geste zu spüren. Uns entkommst du auch nicht, wenn du laufen kannst, schien er ihm damit sagen zu wollen.

Sie führten ihn durch endlose Gänge. In Jubad pochte die Angst, aber er sog jeden Schritt und jeden Augenblick in sich ein. Bald schon, im nächsten Gang oder vielleicht im übernächsten, mußte sich die Tür zu dem Raum öffnen, in dem er sein Leben beenden würde. Das sterile Glitzern der Instrumente in diesem Raum würde das letzte Licht in seinen Augen sein und seine eigenen Schreie die Laute, die er mitnehmen würde in die ewige Dunkelheit...

Es ging über einige breite Treppen hinauf. Jubad registrierte es verwirrt. Unwillkürlich hatte er angenommen, die Verhörräume und Folterkammern würden in den Tiefen des Palastes liegen, in den untersten Kellern, wo niemand lebte und niemand irgendwelche Schreie hören konnte. Doch die Gardisten führten ihn in ihrem knallenden Gleichschritt über spiegelnden Marmor, durch goldgefaßte Portale und prachtvolle Hallen voller Kunstschätze aus allen Galaxien des Reiches. Sein Herz schlug wie ein Hammer in seiner Brust, als sie durch eine kleine Seitentür traten, doch dahinter war nur ein schmuckloser, weißer Raum, in dem außer einigen Sesseln und einem Tisch nur ein kleines Schaltpult stand. Sie bedeuteten ihm, stehenzubleiben, bezogen Position im Raum und an den Türen und warteten. Nichts geschah.

»Worauf warten wir?« fragte Jubad schließlich.

Einer der Gardisten wandte sich ihm zu. »Der Kaiser will dich sehen«, sagte er. »Schweig.«

Jubads Gedanken machten einen Satz vorwärts, einen Salto rückwärts und dann einen Knoten, und sein Unterkiefer fiel ihm plötzlich haltlos herab. Der Kaiser? Er spürte einen heißen Schreck in sich aufflammen. Noch nie hatte man davon gehört, daß der Kaiser in eigener Person an einem Verhör teilgenommen hätte.

Der Kaiser wollte ihn sehen. Was konnte das zu bedeuten haben?

Es dauerte eine ganze Weile, bis dem Rebellen dämmerte, was das hieß. Das hieß, daß gleich der Kaiser selbst hierher kommen würde. Hierher, in diesen Raum. Wahrscheinlich durch die Tür, die rechts und links von je zwei Soldaten bewacht wurde. Der Kaiser würde hierher kommen und dem Rebellen gegenübertreten.

In Jubad rannten die Gedanken los wie eine aufgescheuchte Herde. War das eine Chance? Wenn er den Kaiser selbst anzugreifen versuchte, würden sie ihn bestimmt töten, töten *müssen*, schnell und schmerzlos. Das war die Chance, auf die er gewartet hatte. Er würde dem Tyrannen zeigen, wie ein Rebell zu sterben verstand.

Mitten in Jubads Gedanken ging die Tür auf. Die Leibgardisten nahmen Haltung an. Gemessenen Schrittes kam ein älterer, leicht untersetzter Mann herein, der gegen die Leibgardisten wie ein Zwerg wirkte. Er hatte angegraute Schläfen und trug eine geradezu monströse Uniform, über und über mit Glitzerkram behängt. Würdevoll sah er sich um und sagte dann:

»Der Kaiser.«

Mit diesen Worten sank er auf die Knie, streckte die Arme aus und beugte sich demütig vornüber, bis er mit der Stirn den Boden berührte. Die Leibgardisten taten es ihm gleich, und schließlich war Jubad der einzige, der noch stand.

Und dann betrat der Kaiser den Raum.

Es gibt Dinge, die man vergißt, und Dinge, an die man sich erinnert, und unter diesen gibt es einige wenige Augenblicke im Leben, die einem für immer ins Gedächtnis gebrannt bleiben wie übergroße, leuchtende Bilder. Wann immer sich Jubad später die Frage stellen sollte, welches der beeindruckendste und aufwühlendste Moment seines Lebens gewesen war, so mußte er sich widerwillig immer wieder gestehen: Dieser.

Die Gegenwart des Kaisers traf ihn wie ein Hammerschlag. Natürlich kannte er dieses Gesicht; jeder Mensch kannte es, im Laufe der Jahrtausende schien die intime Kenntnis dieses Gesichts Teil des menschlichen Erbguts geworden zu sein. Er hatte Filme von ihm gesehen,

Ansprachen von ihm gehört, aber nichts davon hatte ihn vorbereitet auf – *das*...

Da war er. Der Kaiser. Seit Jahrzehntausenden Herrscher über die Menschheit, über das gesamte besiedelte Universum, alterslos und jenseits aller gewöhnlichen menschlichen Maßstäbe. Er war ein schlanker, großer Mann mit einem kraftvollen Körper und einem scharfgeschnittenen, geradezu perfekten Gesicht. Gekleidet in ein schlichtes weißes Gewand, betrat er den Raum mit unendlicher Gelassenheit, ohne die geringste überflüssige Bewegung und ohne jede Hast. Sein Blick fiel auf Jubad, und der meinte darin zu versinken wie in zwei endlos tiefen, schwarzen Brunnenschächten.

Es war überwältigend. Es war, als begegne man einer mythologischen Gestalt. *Jetzt verstehe ich, warum man ihn für einen Gott hält!* war alles, was Jubads armes Gehirn denken konnte.

»Erhebt euch.«

Auch der Klang seiner Stimme war vertraut, dunkel, nuanciert, verhalten. So sprach jemand, der jenseits von Zeit lebte. Um Jubad herum erhoben sich die Männer der Leibgarde und blieben mit demütig gesenkten Köpfen stehen. Entsetzt bemerkte Jubad, daß auch er beim Eintreten des Kaisers unwillkürlich auf die Knie gefallen war. Er sprang auf.

Der Kaiser sah Jubad wieder an. »Nehmt ihm die Fesseln ab.«

Zwei der Gardisten befreiten Jubad von den letzten Ketten, rollten sie klirrend auf und ließen sie in ihren Uniformtaschen verschwinden.

»Und nun laßt mich mit dem Rebellen allein.«

Entsetzen tauchte für einen Lidschlag in den Gesichtern der Soldaten auf, doch sie gehorchten ohne Zögern.

Der Kaiser wartete reglos, bis alle verschwunden waren und die Türen hinter sich geschlossen hatten. Dann warf er Jubad einen kurzen Blick zu, lächelte ein dünnes, unergründliches Lächeln und ging an dem Rebellen vorbei in den Raum hinein, ihm achtlos den Rücken zuwendend, als sei er gar nicht da.

Jubad schwindelte fast, so brennend pulsierte etwas in ihm, das sagte: Töte ihn! Töte ihn! Dies war eine Gelegenheit, die in tausend Jahren nicht wiederkehren würde. Er war allein mit dem Tyrannen. Er würde ihn töten, mit bloßen Händen, mit Zähnen und Fingernägeln, und das Reich von dem Dikator befreien. Er würde die Mission der Rebellen erfüllen, allein. Seine Hände ballten sich lautlos zu Fäusten, und sein Herz schlug so stark, daß er meinte, das Echo müßte im ganzen Raum widerhallen.

»Dein ganzes Denken«, sagte der Herrscher unvermittelt, »kreist jetzt nur um die Vorstellung, mich zu töten. Habe ich recht?«

Jubad schluckte. Die Luft aus seinen Lungen entwich keuchend. Was ging hier vor? Was für ein Spiel spielte der Kaiser mit ihm? Warum hatte er die Leibgarde hinausgeschickt?

Der Kaiser lächelte. »Natürlich habe ich recht. Von einer Situation wie dieser träumen die Rebellen doch seit Jahrhunderten – allein zu sein mit dem verhaßten Despoten... Ist es nicht so? Sag doch auch einmal etwas; ich würde gern hören, wie deine Stimme klingt.«

Jubad schluckte. »Ja.«

»Du würdest mich jetzt gerne töten, stimmt es?«

»Ja.«

Der Kaiser breitete die Arme aus. »Nun, Krieger, hier stehe ich. Warum versuchst du es nicht?«

Jubad kniff mißtrauisch die Augen zusammen. Er musterte den Gottkaiser, der geduldig wartend dastand in seiner schmucklosen weißen Robe, die Hände in einer Geste der Wehrlosigkeit ausgebreitet. Ja. Ja, er würde es tun. Mehr als sterben dabei konnte er nicht. Und mehr als sterben wollte er ohnehin nicht mehr.

Er würde es tun. Jetzt. Gleich, sobald er herausgefunden hatte, wie er seinen Körper dazu bewegen konnte, anzugreifen. Er sah in diese Augen, die Augen des Kaisers, des Herrn über die Elemente und die Gestirne, des allmächtigen Herrschers, und die Kraft in ihm erlahmte. Seine Arme verkrampften sich. Er keuchte. Er würde es tun. Er mußte ihn töten. Er mußte, aber sein Körper gehorchte ihm nicht.

»Du kannst es nicht«, stellte der Herrscher fest. »Das wollte ich dir zeigen. Der Respekt vor dem Kaiser ist in euch allen tief verwurzelt, sogar in euch Rebellen. Er macht es dir unmöglich, mich anzugreifen.«

Er wandte sich ab und ging hinüber zu dem kleinen Schaltpult, neben dem zwei Sessel standen, die beide zur Wand zeigten. In einer gelassenen, beinahe anmutigen Geste streckte er die Hand aus und betätigte einen Schalter, und ein Teil der Wand glitt geräuschlos beiseite und gab den Blick frei auf die riesige dreidimensionale Projektion eines Sternenpanoramas. Jubad erkannte die Umrisse des Reiches. Jeder einzelne Stern schien abgebildet zu sein, und der Widerschein der Galaxien tauchte den Raum, in dem sie standen, in ein gespenstisches Licht.

»Hier sitze ich oft stundenlang und betrachte, worüber ich Macht habe«, sagte der Kaiser. »Alle diese Sterne mit ihren Planeten sind mein. Dieser ganze unfaßbare Raum ist der Bereich, in dem mein Wille geschieht und mein Wort Gesetz ist. Aber Macht, wirkliche Macht ist niemals Macht über Dinge, nicht einmal über Sonnen und Planeten. Macht ist immer nur Macht über Menschen. Und meine Macht ist nicht nur die Macht der Waffen und der Gewalt; ich habe auch Macht über die Herzen und die Gedanken der Menschen. Billionen und Aberbillionen von Menschen leben auf diesen Planeten, und sie gehören alle mir. Keiner von ihnen verbringt einen Tag ohne einen Gedanken an mich. Sie verehren mich, sie lieben mich; ich bin der Mittelpunkt ihrer aller Leben.« Er sah Jubad an. »Niemals zuvor war ein Reich größer als das meine. Niemals zuvor hat ein Mensch mehr Macht gehabt als ich.«

Jubad starrte den Kaiser an, diesen Mann, dessen Gesichtszüge weniger Veränderungen unterworfen waren als die Sternbilder am Firmament. Warum erzählte er ihm das? Was hatte er mit ihm vor?

»Du fragst dich, warum ich dir das erzähle und was ich mit dir vorhabe«, sprach der Kaiser weiter. Jubad erschrak fast, als er sich so rasch und leicht durchschaut sah. »Und außerdem fragst du dich, ob ich womöglich Gedanken lesen kann... Nein, ich kann es nicht. Es ist auch nicht nötig. Was du denkst und fühlst, ist dir ins Gesicht geschrieben.«

Jubad spürte beinahe körperlich, wie weit er diesem uralten Mann unterlegen war.

»Ich habe übrigens auch nicht vor, dich verhören zu lassen. Du kannst dich also entspannen. Ich erzähle dir das alles, weil ich will, daß du etwas *verstehst*...« Der Herrscher blickte ihn unergründlich an. »Ich weiß bereits alles, was ich wissen will. Auch über dich, Berenko Kebar Jubad.«

Jubad konnte nicht verhindern, daß er zusammenzuckte, als er den Kaiser seinen Namen aussprechen hörte.

»Du wurdest vor neunundzwanzig Jahren auf Lukdaria geboren, einer der geheimen Stützpunktwelten der Rebellenorganisation, als erster Sohn der Ikana Wero Kebar und des Uban Jegetar Berenko. Deine ersten Einsätze als Kundschafter unternahmst du mit zwölf Jahren, wurdest dann an schweren Waffen und Schiffsgeschützen ausgebildet, zum Beibootkommandanten und dann zum Schiffskommandanten ernannt und schließlich in den Beratungsstab des Rebellenrates berufen.« Ein beinahe spöttisches Lächeln huschte über das Gesicht des Kaisers, als er Jubad fassungslos sah. »Soll ich dir noch pikante Einzelheiten deiner kleinen Affäre mit dieser jungen Navigatorin erzählen? Du warst gerade sechzehn, und sie hieß Rheema...«

Jubad war entsetzt. »Woher... woher wißt Ihr das?« stammelte er.

»Ich weiß alles über euch«, sagte der Kaiser. »Ich kenne Namen, Position und Ausrüstungsstand aller eurer Stützpunktplaneten – Lukdaria, Jehemba, Bakion und wie sie alle heißen. Ich weiß von eurer Schattenregierung auf Purat, euren Geheimbünden auf Naquio und Marnak, und ich kenne sogar euren Geheimstützpunkt Niobai. Ich kenne jeden einzelnen von euch mit Namen, ich kenne eure Ziele und ich kenne eure Pläne.«

Er hätte Jubad ebensogut ein glühendes Schwert in den Leib rammen können. Der Schreck war fast tödlich. Jubad hatte sich gewappnet für eine Folter, die ihm diese Informationen zu entreißen versuchen würde, und er war bereit gewesen zu sterben, um auch nur einen einzigen dieser Namen geheimzuhalten.

Die Beine unter ihm gaben nach. Ohne zu merken, was er tat, sank er in einen der Sessel. Nach allem, was er hinter sich hatte, war er dicht davor, die Besinnung zu verlieren.

»Ah«, sagte der Kaiser und neigte anerkennend den Kopf. »Ich sehe, du bist wahrhaftig ein Rebell...«

Es dauerte eine Weile, bis Jubad verstanden hatte, was er damit meinte: Er hatte sich gesetzt, während der Kaiser noch stand. Normalerweise wäre das als tödliche Beleidigung verstanden worden. Jubad blieb trotzdem sitzen.

»Wenn Ihr all das schon wißt«, sagte er, mühsam seine Stimme unter Kontrolle bringend, »dann frage ich mich, was Ihr von mir wollt.«

Der Kaiser sah ihn an mit Augen, die unergründlich waren wie der Abgrund zwischen den Sternen. »Ich will, daß du zurückkehrst und dafür sorgst, daß die Pläne geändert werden.«

Jubad sprang entrüstet auf. »Niemals!« rief er. »Eher sterbe ich!«

Zum ersten Mal hörte er den Kaiser laut auflachen. »Du meinst, damit bewirkst du etwas? Sei nicht dumm. Du siehst doch, daß ich alles über euch weiß. Ich könnte die gesamte Rebellenbewegung von einer Stunde auf die andere vollkommen auslöschen, bis auf den letzten Mann und ohne, daß eine Spur zurückbliebe. Ich bin der einzige, der weiß, wie viele Aufstände und Rebellionen es schon gegeben hat, und immer hat es mir gefallen, sie niederzuschlagen und auszurotten. Aber diesmal werde ich das nicht tun, denn die Rebellenbewegung spielt eine wichtige Rolle in meinen Plänen.«

»Wir lassen uns nicht zu Eurem Werkzeug machen!«

»Es mag dir nicht gefallen, aber ihr seid mein Werkzeug gewesen von Anfang an«, erwiderte der Kaiser gelassen und setzte hinzu: »Ich habe die Rebellenbewegung gegründet.«

Jubads Gedanken blieben stehen, endgültig, wie ihm schien.

»Was?« hörte er sich kraftlos murmeln.

»Du kennst die Geschichte der Bewegung«, sagte der Kaiser. »Vor rund dreihundert Jahren tauchte auf den Randwelten ein Mann auf, der aufrührerische Reden führte und es verstand, viele Leute gegen die Herrschaft des Kaisers aufzubringen. Er gründete die Keimzelle der Rebellenbewegung, und er schrieb das Buch, das über die Jahrhunderte das wichtigste Buch der Bewegung geblieben ist und dessen Titel ihr den Namen gegeben hat. Das Buch heißt *Der Lautlose Wind*, und der Name des Mannes war Denkalsar.«

»Ja.«

»Dieser Mann war ich.«

Jubad starrte ihn an. Der Boden unter ihm schien wegzubrechen, Stück um Stück.

»Nein...«

»Es war ein interessantes Abenteuer. Ich verkleidete mich und hetzte gegen das Reich, und dann kehrte ich zurück in den Palast und bekämpfte die Rebellen, die ich selber aufgestachelt hatte. Ich bin in meinem Leben unendlich oft in Verkleidungen unterwegs gewesen, aber das war die größte Herausforderung. Und ich war erfolgreich – die Rebellenbewegung wuchs und wuchs, unaufhaltsam...«

»Das glaube ich nicht.«

Der Kaiser lächelte mitleidig. »Betrachte nur einmal den Namen. Denkalsar – das ist ein Anagramm meines Namens, Aleksandr. Ist euch das niemals aufgefallen?«

Der Boden unter Jubad schien endgültig nachzugeben. Die Tiefe tat sich auf und wollte ihn verschlingen.

»Aber – warum?!« brachte er hervor. »Warum das alles?«

Er kannte die Antwort schon. Alles war nur ein Spiel gewesen, das der Kaiser in seinem Überdruß mit sich selbst gespielt hatte, um sich die Zeit zu vertreiben. Alles, woran er, Jubad, mit allen Fasern seines Seins geglaubt hatte, diente in Wahrheit dem Amüsement des unsterblichen, allmächtigen Herrschers. Er hatte die Rebellenbewegung ins Leben gerufen; er würde sie wieder auslöschen, wenn er sie satt hatte.

Es schien keine Chance zu geben, keine Hoffnung gegen seine Allgegenwart. Ihr Kampf war von Anfang an aussichtslos gewesen. Vielleicht, dachte Jubad dumpf, war er tatsächlich der Gott, für den man ihn hielt.

Der Kaiser blickte ihn lange schweigend an, aber er schien ihn nicht wirklich zu sehen. Sein Blick war abwesend. Erinnerungen, Jahrtausende alt, spiegelten sich auf seinem Gesicht.

»Es ist sehr lange her, und es mag schwer vorstellbar sein, aber auch ich war einmal ein junger Mann, so alt wie du heute«, fing er langsam an zu erzählen. »Mir war bewußt geworden, daß ich nur diesen einen Lebensfunken hatte, und was immer ich wollte, ich mußte es ergreifen, ehe er erlosch. Und ich wollte viel. Ich wollte alles. Meine Träume kannten keine Grenzen, und ich war bereit, alles zu tun, um sie Wirklichkeit werden zu lassen, mir das Äußerste abzuverlangen, um das Höchste zu erreichen. Ich wollte vollbringen, was niemals jemand vollbracht hatte; ich wollte Meister aller Klassen sein, Sieger in allen Disziplinen, ich wollte das Universum in meiner Hand halten und seine Vergangenheit und seine Zukunft dazu.«

Er machte eine vage Geste. »Die Bewußtseinsinhalte der Kaiser vor mir leben in mir weiter, und daher weiß ich, daß sie von der gleichen Einsicht getrieben waren. In meiner Jugend regierte Kaiser Aleksandr der Zehnte, und ich war entschlossen, sein Nachfolger zu werden. Ich schaffte es, in seine Schule der *Söhne des Kaisers* aufgenommen zu werden, und ich log und betrog, bestach und mordete, bis ich sein Favorit geworden war. Auf seinem Sterbebett übergab er mir die Herrschaft über das Reich, vertraute mir das Geheimnis der Langlebigkeit an und nahm mich auf in den Kreis der Kaiser.«

Jubad hing an den Lippen des Herrschers. Ihm schwindelte bei dem Versuch, sich vorzustellen, vor wie undenklich langer Zeit all das geschehen war.

»Aber es gab noch mehr zu erreichen, noch mehr zu erringen. Ich hatte Macht und ein langes Leben, und ich rang um mehr Macht und mehr Leben. Ich ruhte nicht, ehe aus Langlebigkeit nicht Unsterblichkeit geworden war. Ich führte Krieg um Krieg, um die Grenzen des Reiches weiter und weiter auszudehnen in die Unendlichkeit. Je mehr Macht ich hatte, desto gieriger wurde ich nach noch mehr Macht. Es gab kein Ende. Es war ein Fieber, das uns vorwärtstrieb. Was wir auch hatten, es gab immer die Verheißung auf noch mehr davon.«

Der Blick des Kaisers war auf die Sternenprojektion gerichtet. »Wir haben Macht errungen, wir haben sie festgehalten und ausgekostet ohne jede Rücksicht. Wir haben Kriege geführt, Völker unterdrückt oder ausgerottet und stets erbarmungslos unseren Willen durchgesetzt. Es gab niemanden, der sich uns entgegenzustellen vermochte. Wir haben Grausamkeiten begangen, gegen die alle Geschichte wie Kindermärchen klingt, Grausamkeiten, für die die Sprache keine Worte mehr hat und die keine Phantasie zu erdenken vermag. Und niemand gebot uns Einhalt. Wir sind bis zu den Hüften in Blut gewatet, und kein Blitz schmetterte uns nieder. Wir haben die Schädel zu Haufen geschichtet, und keine höhere Macht wehrte uns. Wir brachten Ströme von Menschenblut dar, und kein Gott griff ein. Da beschlossen wir, daß wir selber Götter waren.«

Jubad wagte kaum zu atmen. Er hatte das Gefühl, zu ersticken, erdrückt zu werden von dem, was er hörte.

»Wir hatten die Macht über die Leiber, und wir gingen daran, die Macht über die Herzen zu erobern. Jeder Sterbliche, unter welcher Sonne auch immer, fürchtete uns, aber das genügte uns nicht mehr: Er sollte lernen, uns zu lieben. Wir schickten Priester aus, die unseren Namen heiligten und unsere Allmacht in allen Galaxien verkündeten, und wir schafften es, die alten Götterbilder aus den Herzen der Menschen zu vertreiben und selber ihren Platz einzunehmen.«

Der Kaiser schwieg. Jubad starrte ihn regungslos an. Die Luft im Raum schien aus massivem Stahl zu bestehen.

Unendlich langsam drehte sich der Herrscher zu ihm um. »Ich habe erreicht, was ich wollte. Absolute Macht. Ewiges Leben. Alles«, sagte er. »Und nun weiß ich, daß es bedeutungslos ist.«

Jubad spürte unsagbare Öde in diesen Worten, und er erkannte mit einem Mal, daß das der Geruch des Reiches war – diese atemlose Erstarrung, diese hoffnungslose Dunkelheit. Der Atem einer Fäulnis, die nicht um sich griff, weil die Zeit stillstand.

»Die Macht ist eine Verheißung, die nur existiert, solange Hindernisse einen davon abhalten. Wir haben unermeßliche Macht angehäuft, aber wir haben das Rätsel des Seins nicht gelöst. Wir sind den Göttern näher als den einfachen Menschen, aber die Erfüllung ist ausgeblieben. Das Reich, so groß es ist, ist nur ein Staubkorn im Universum, aber es ist absehbar, daß auch noch mehr Macht uns der Erfüllung nicht näherbringen wird. Soll ich noch eine Galaxis erobern? Was kann das nützen? Wir haben niemals andere Wesen gefunden, die uns Menschen vergleichbar gewesen wären, und die Menschen leben ausnahmslos unter meiner Herrschaft. Und so herrscht seit Jahrtausenden Stillstand, nichts regt sich mehr; alles funktioniert, aber nichts Neues geschieht. Was mich anbelangt, hat die Zeit aufgehört zu existieren. Es ist gleichgültig, ob ich nun hunderttausend Jahre gelebt habe oder nur eines, es hat keinen Sinn, diesen Weg fortzusetzen. Wir haben erkannt, daß unsere Suche gescheitert ist, und wir haben beschlossen, die Menschen aus unserem Joch zu entlassen, zurückzugeben, was wir errungen haben, und nichts davon zu behalten.«

Die Worte fielen wie Hammerschläge in die Stille. Jubad wurde das Gefühl nicht los, sich in Rauch aufgelöst zu haben.

»Verstehst du, was ich damit sagen will?« fragte der Kaiser.

Ja. Nein. Nein, er verstand nichts. Er hatte aufgehört, irgend etwas verstehen zu wollen.

»Wir haben«, sagte der Kaiser, der auf irgendeine geheimnisumwitterte Weise die Erinnerungen seiner Vorgänger in sich beherbergte, »beschlossen zu sterben.«

»Zu – sterben?«

Nein. Er verstand nichts.

»Wer so viel Macht erlangt hat wie wir, der wird sie niemals wieder los«, erwiderte der Kaiser ruhig. »Daher werden wir sterben. Das Problem dabei ist, daß das Reich ohne den Kaiser nicht weiterleben kann. Die Menschen sind zu abhängig von mir. Wenn ich einfach verschwände, hätten sie keine Zukunft. Ich kann die Herrschaft nicht einfach aufgeben, ohne alle zum Tode zu verurteilen. Um dieses Problem zu lösen, habe ich die Rebellenbewegung gegründet.«

»Ah.« Jubad spürte Stimmen in sich, die anfingen zu zweifeln und das Ganze für ein undurchsichtiges Manöver des Tyrannen hielten, aber ein tiefes Wissen aus dem Grund seines Herzens sagte ihm, daß es dem Kaiser vollkommen ernst war.

»Ein geistiges Joch zu errichten ist leicht, aber es wieder aus den Köpfen der Menschen zu entfernen schwer. Die Menschen haben keine Zukunft, wenn sie meine geistige Herrschaft nicht abschütteln können. Das Ziel der Rebellenbewegung war deshalb, Menschen zu sammeln und in geistiger Freiheit zu unterweisen.«

Der Kaiser ließ die Wand vor der Projektion des Reiches wieder zufahren. »Das ist erreicht. Wir nähern uns der Endphase meines Plans, und jetzt liegt es an euch. Ihr müßt die Zentrumswelt erobern, mich töten, die Herrschaft an euch reißen und das Reich in viele einzelne, lebensfähige Teile zerschlagen. Und vor allem müßt ihr im Denken der Menschen den Glauben an mich als den Gottkaiser mit Stumpf und Stiel ausrotten.«

Jubad merkte, daß er schon eine ganze Weile den Atem angehalten hatte, und holte tief Luft. Ein übermenschlicher Druck schien von ihm zu weichen, die Atmosphäre körperlich greifbarer Dunkelheit verflüchtigte sich.

»Aber wie sollen wir das machen?« fragte er.

»Das werde ich dir jetzt erklären«, sagte der Kaiser. »Ich kenne eure Pläne; sie sind aussichtslos. Du wirst nach unserem Gespräch zurückgebracht werden in deine Zelle, und dabei wirst du fliehen können. Meine Abwehrabteilung hat alles so arrangiert, daß es für dich absolut glaubwürdig aussehen wird. Laß dich nicht täuschen, es ist alles Absicht. Sie haben es so vorbereitet, daß du auf deiner Flucht in den Besitz von geheimen Unterlagen kommen wirst, die eine Schwachstelle in der Verteidigung der Zentrumswelten aufzeigen. Auch diese Pläne sind gefälscht; würdet ihr diese vermeintliche Schwachstelle angreifen, würdet ihr in eine Falle ohne Entkommen geraten. Statt dessen werdet ihr nur einen Scheinangriff starten und euren eigentlichen Angriff auf den Stützpunkt Tauta richten. Tauta – diesen Namen mußt du dir merken. Tauta ist einer meiner Stützpunkte, von dem aus ich getarnt operiere. Dort existiert ein geheimer Dimensionstunnel, der direkt hier im Palast endet. Auf diese Weise könnt ihr die gesamte planetare Abwehr unterlaufen und den Palast von innen heraus besetzen.«

Jubad stockte der Atem. Niemals hatte jemand die Existenz eines solchen Zugangs für möglich gehalten.

»Und nun zu meinem Tod«, fuhr der Kaiser gleichmütig fort. »Du wirst mich töten. Ich werde, wenn ihr angreift, hier auf dich warten, in diesem Raum. Du wirst mich mit einem Schuß durch die Brust töten – und bereite dich vor! Du hast selbst erfahren, daß es nicht leicht ist, mich anzugreifen. Wenn wir einander das nächste Mal begegnen, mußt du es können!«

Jubad nickte fassungslos. »Ja.«

»Zwei Dinge sind wichtig«, schärfte der Herrscher ihm ein. »Zum ersten müßt ihr meinen Leichnam über alle Medienkanäle zeigen, um zu beweisen, daß ich tot bin. Stellt ihn in einer entwürdigenden Stellung zur Schau, etwa indem ihr ihn an den Füßen aufhängt. Ihr dürft keinerlei Rücksichten nehmen, das wäre verderblich. Denke daran, daß ihr vor allen anderen Dingen den Kaiserglauben erschüttern müßt. Ihr müßt zeigen, daß auch ich nur ein sterblicher Mensch war, trotz meiner langen Lebensspanne. Und ihr müßt beweisen, daß es sich tatsächlich um meinen Leichnam handelt – deswegen lasse den Kopf unversehrt. Glaube nicht, daß ihr eine leichte Aufgabe habt. Nichts ist schwerer auszurotten als eine Religion, und mag sie noch so falsch sein.«

Jubad nickte.

»Die zweite Sache betrifft uns beide, dich und mich«, fuhr der uralte Mann fort und sah den Rebellen prüfend an. »Es ist wichtig, daß du dieses Gespräch als dein Geheimnis mit ins Grab nimmst.«

»Warum?«

»Die Menschen müssen glauben, daß sie ihre Freiheit zurückerobert haben; sie müssen stolz sein können auf ihren Sieg – dieser Stolz wird ihnen über die kommenden schweren Zeiten hinweghelfen. Sie dürfen nicht erfahren, daß es nicht *ihr* Sieg war. Niemals. Sie dürfen nicht erfahren, daß sie die Freiheit schon ganz und gar verloren hatten und daß es meines Eingreifens bedurfte, um sie ihnen wiederzugeben. Um der Selbstachtung zukünftiger Generationen, um der Zukunft aller Menschen willen mußt du schweigen.«

Jubad, der Rebell, sah in die Augen des Kaisers und sah die unauslotbare Müdigkeit darin. Er nickte, und es war wie ein feierliches Versprechen.

Als die Rebellen ein halbes Jahr später den Palast eroberten, setzte sich Jubad unauffällig von seiner Kampfgruppe ab. Sie hatten die Palastwachen völlig überrascht.

Überall wurde geschossen, aber am Ausgang des Kampfes konnte es keinen Zweifel geben. Jubad erreichte unangefochten die Randbezirke des riesigen Palastes und betrat schließlich den Raum, in dem der Kaiser auf ihn wartete.

Er stand an der gleichen Stelle, an der Jubad ihn zuletzt gesehen hatte. Diesmal trug er seine offizielle Paradeuniform und um die Schultern den Kaisermantel.

»Jubad«, sagte er einfach, als der Rebell eintrat. »Bist du diesmal bereit?«

»Ja«, erwiderte Jubad.

»Dann laß es uns zu Ende bringen.«

Jubad zog seine Strahlwaffe und wog sie zögernd in der Hand. Er betrachtete den Kaiser, der ruhig dastand und ihn ansah.

»Tut es dir leid, was du getan hast?« fragte der Rebell.

Der Kaiser hob den Kopf. »Nein«, sagte er. Die Frage schien ihn zu überraschen.

Jubad sagte nichts.

»Nein«, wiederholte der Kaiser schließlich. »Nein. Ich bin in diese Welt geboren worden, ohne zu wissen, was es mit dem Leben auf sich hat. Die Macht war die einzige Verheißung, die die Erfüllung dieses Lebens versprach, und ich folgte ihr – weit genug, um zu erkennen, daß es eine falsche Verheißung ist und daß dieser Weg im Nichts endet. Aber ich habe es versucht. Wenn wir schon keine Antworten bekommen auf unsere Fragen, so ist es doch das unveräußerliche Recht jedes Lebewesens, danach zu suchen; mit allen Mitteln, auf allen Wegen und mit allen Kräften. Was ich getan habe, war mein Recht.«

Jubad erschauerte unter der Härte seiner Worte. Der Kaiser war unerbittlich gegen alle, auch gegen sich selbst.

Bis zuletzt gab er den harten Griff nicht auf, den er hunderttausend Jahre lang ausgeübt hatte. Selbst im Tod und darüber hinaus bestimmte er das Schicksal der Menschheit.

Er hat recht, erkannte Jubad bestürzt. *Er wird die Macht, die er errungen hat, nicht wieder los.*

Er spürte den Griff der Waffe schwer in seiner Hand.

»Ein Gericht würde vielleicht anders urteilen.«

»Du mußt mich töten. Wenn ich am Leben bleibe, werdet ihr scheitern.«

»Vielleicht.«

Jubad hatte sich gewappnet für den Zorn des Kaisers, doch zu seiner Überraschung las er in dessen Augen nur Ekel und Überdruß.

»Ihr Sterblichen seid glücklich«, sagte der Herrscher langsam. »Ihr lebt nicht lange genug, um zu erfahren, daß alle Dinge eitel sind und das Leben ohne Sinn. Was glaubst du, warum ich all das getan habe, all die Mühe auf mich genommen habe? Ich hätte alle Menschen mit mir in den Tod nehmen können, wenn ich das gewollt hätte. Aber ich will es nicht. Ich will nichts, nichts mehr zu tun haben mit dem Dasein.«

Von draußen drangen Schreie und die Geräusche von Schüssen herein. Die Kämpfe kamen näher.

»Schieß jetzt!« befahl der Kaiser scharf.

Und Jubad hob, reflexartig und ohne nachzudenken, seine Waffe und schoß dem Kaiser durch die Brust.

Später feierten sie ihn als Befreier, als Bezwinger des Tyrannen. Er lächelte in Kameras, nahm triumphierende Posen ein und hielt umjubelte Reden, aber bei all dem war er sich stets bewußt, den Sieger nur zu spielen. Er allein wußte, daß er kein Sieger war.

Bis ans Ende seines Lebens würde er sich fragen, ob

auch dieser allerletzte Moment zum Plan des Kaisers gehört hatte.

Einsicht allein hält der Zeit nicht stand; sie verändert sich und vergeht. Scham aber ist wie eine Wunde, die man niemals offenlegt und die darum niemals heilt. Er würde sein Versprechen halten und Stillschweigen bewahren, aber nicht aus Einsicht, sondern aus Scham. Er würde Stillschweigen bewahren wegen dieses einen Augenblicks: in dem er, der Rebell, dem Kaiser *gehorchte*...

Ich sehe dich wieder

Der Angriff war ohne Vorwarnung erfolgt. Aus dem Nichts waren die fremden Raumschiffe aufgetaucht und hatten sich der Raumstation genähert, ohne ein Erkennungszeichen abzugeben und ohne auf Anrufe zu reagieren. Und als die fliegenden Kampfroboter, die erste Verteidigungslinie der Station, das Feuer eröffneten, schossen die Fremden massiv zurück.

Sie hatten sie in die Flucht schlagen können, und sie hatten sogar eines ihrer Raumschiffe schwer beschädigt. Aber es war damit zu rechnen, daß die Fremden zurückkommen würden. Die Schäden, die der Angriff an der Station hinterlassen hatte, mußten so schnell wie möglich repariert werden, damit sie ihnen das nächste Mal gewarnt und voll einsatzbereit gegenübertreten konnten.

Ludkamon war zu Reparaturarbeiten in der Basissektion 39–201 eingeteilt worden, zusammen mit lauter gewöhnlichen Verladern, und er haßte es von Anfang an.

Basissektion 39–201, eine flache, hallenartige Baueinheit, die als vollautomatisches Containerzwischenlager diente, war von einem Schuß getroffen worden und seither außer Betrieb. Man hatte die Beschädigung der Außenhülle repariert und die Sektion wieder mit Luft geflutet, aber sie funktionierte trotzdem noch nicht.

»Alles herhören«, dröhnte der Leiter des Reparaturtrupps mit befehlsgewohnter Stimme. »Wir bilden Zweiergruppen und markieren alle Teile der Anlage, die nicht ordnungsgemäß arbeiten. Dann werden wir die Schwerkraft im Bereich reduzieren und die unzugänglichen Container von Hand entladen. Und das alles schnell, wenn ich bitten darf; das Tunnelschiff wartet!«

Das Schott fuhr auf und gab den Weg frei in die riesige, düstere Halle voller Regale und Transportschienen, von denen manche verbeult oder angeschmolzen waren. Es roch kalt und staubig.

Die Bildung von Zweiergruppen ging nicht auf, und Ludkamon zog alleine los. Es war ihm recht. Er konnte Verlader nicht ausstehen, nicht seit Iva...

Er wollte nicht daran denken. Vielleicht war es ganz gut, daß er eine Aufgabe hatte, auf die er sich konzentrieren konnte. Er zog den Markierungsstift hervor und widmete sich hingebungsvoll der Prüfung der Rollstrecken: die Walzen mit der Hand anstoßen, auf das Geräusch des Laufs hören und sie wieder anhalten. Wo sich die Walzen nicht drehten oder das Laufgeräusch verdächtig war, malte er eine Markierung an die Seite.

Und dann entdeckte er den umgestürzten Container.

Es gab jede Menge umgestürzte Container in der Halle. Dieser aber war beim Beschuß von einem Rollband gefallen, ein zerfetztes Regal-Seitenteil hatte ihn erwischt, und der Deckel des Containers war dabei aufgeschlitzt worden wie von einem Dosenöffner.

Ludkamon hielt den Atem an. Ein offener Container!

Zeit seines Lebens hatte er sich gefragt, was diese Container wohl enthielten, die hier tagtäglich zu Tausenden ankamen, um in die Tunnelschiffe umgeladen zu werden. Es war verboten, das zu wissen. Die Container – mannslang, mannsbreit und etwa hüfthoch – waren stets verschlossen und versiegelt. Und es kursierten die phantastischsten Gerüchte über ihren Inhalt.

Ludkamon sah sich nach allen Seiten um. Niemand, der ihn beachtete. Ein Schritt nur, und er würde es wissen. Ein Schritt, und er würde den Zorn des Kaisers auf sich laden.

Und wenn schon. Ein Schritt, und Ludkamon beugte sich über das klaffende Loch im Deckel des Containers.

Ein ranziger, unangenehmer Geruch schlug ihm entgegen. Seine Hand tastete über etwas Weiches, Pelziges. Was er zu packen bekam und durch das Loch herauszog, sah aus wie eine dicke Decke oder ein dünner Teppich. Es schien genau die Abmessungen des Containers zu haben. Und der Container war voll davon.

Teppiche? Merkwürdig. Ludkamon stopfte das weiche Ding zurück, so gut es ging.

»Du wolltest doch nicht etwa gerade in den Container hineinschauen?« Eine dröhnende Stimme ließ ihn zusammenfahren.

Ludkamon fuhr hoch. »Äh, nein«, stammelte er.

Der Truppleiter stand vor ihm und musterte ihn argwöhnisch von oben bis unten. »Ich wette, doch. Ludkamon, deine Neugier wird dich irgendwann den Kopf kosten!«

Der Arzt beugte sich über die klaffende Wunde, mit einem ungerührten, allenfalls leicht angewiderten Gesichtsausdruck und einer Bewegung, die deutlich verriet, daß er seine Anwesenheit hier für lästige Routine hielt. Der Schädelknochen war geplatzt, auf einer Fläche so groß wie zwei Hände, und darunter quoll die Hirnmasse hervor, grau und leblos. Er zog die Lampe, die über seinem Kopf schwebte, näher heran, so daß ihr Licht die Fraktur schattenlos ausleuchtete.

»Nun?« fragte der andere Mann. In dem großen, klinisch sterilen Raum hallte seine Stimme nach. »Er funktioniert nicht mehr.«

Der Arzt nahm seufzend eine Meßsonde aus ihrer Halterung und berührte das Gehirn damit, ohne dabei besondere Behutsamkeit an den Tag zu legen. Eine Weile beobachtete er die Instrumente. Nichts rührte sich.

»Er ist tot, kein Zweifel«, sagte er schließlich.

Der andere schnaubte verärgert. »Verheerend! Ausgerechnet jetzt!«

»Ihr rechnet damit, daß die Angreifer zurückkehren?«

»Gewarnt und stärker bewaffnet. Ja. Es hilft nichts, wir brauchen so schnell wie möglich Ersatz in der Oberen Sektion, ehe die Portalstation ein zweites Mal angegriffen wird.«

Der Arzt nickte gleichmütig. »Ich bin bereit.«

Er begann, die Versorgungsleitungen abzunehmen und die Geräte abzuschalten. Das Summen, das die ganze Zeit leise und unterschwellig in dem kühlen Raum zu hören gewesen war, verstummte.

»Ping!«

Mit einem metallischen Signalton machte die Raumüberwachung darauf aufmerksam, daß ein neuer Reflexpunkt auf den Schirmen aufgetaucht war. Der Mann an der Konsole blickte hoch. Er entdeckte den Punkt sofort, der einsam auf dem Bildschirm blinkte, und seine Hand wanderte nervös zum Alarmschalter.

Endlose Sekunden vergingen, ehe neben dem Punkt die zugehörige Identifizierung erschien und er aufhörte zu blinken. K-70113. Ein Schiff des Kaisers. Der Mann ließ den Alarmknopf los und schaltete das Funkgerät ein.

»K-70113, hier ist die Portalstation. Bordzeit ist 108. Wir haben erhöhte Alarmbereitschaft. Haltet euch bereit, von Kampfrobotern eskortiert zu werden. Ihr habt den Anflugbereich Süd-West. Ab 115 erhaltet ihr einen Leitstrahl; eure Landebucht ist Bucht 2.«

Die Stimme aus dem Lautsprecher klang ruhig und geschäftsmäßig wie immer. »Portalstation, wir haben verstanden. Anflug Süd-West, Landebucht 2, Leitstrahl ab 115. Ende.«

»Ende«, bestätigte der Mann. Sie hatten nicht nach Einzelheiten gefragt. Wahrscheinlich wußten sie noch nichts von dem Angriff der fremden Raumschiffe. Nun, sie würden es erfahren.

Von seinem Platz in der gläsernen Kabine aus konnte Ludkamon die ganze Landebucht übersehen, die riesigen Schleusentore, die Laufstege und Treppen und die haushoch aufgetürmten Stapel leerer Container. *Dem Kaiser dienen wir.* Die einzelnen Perlen der Wächterkette glitten beruhigend durch seine Finger. *Dessen Wort Gesetz ist.* Zum wer weiß wievielten Mal an diesem Tag rezitierte er das Gelübde der Portalwächter, um seine wild galoppierenden Gedanken im Zaum zu halten. *Dessen Wille unser Wille ist. Dessen Zorn furchtbar ist.* Alles ging langsamer seit dem Angriff der Fremden. Die Reparaturen waren weitgehend abgeschlossen, und es kam zu langen Wartezeiten, in denen er sich nicht anders zu helfen wußte. *Der nicht verzeiht, sondern straft. Und dessen Rache ewig währt.*

Wieder einmal ging ihm die Frage durch dem Kopf, aus welchem Grund wohl die Kugel, die man beim letzten Satz des Gelübdes erreichte, mit Pelz überzogen war, und er mußte an das eigenartige Gewebe denken, das er in dem Container gefunden hatte. Dann sah er Iva, seine Iva, die mit Feuk schäkerte, mit diesem widerwärtigen, aufgeblasenen Kerl, und die mühsam gebändigte Eifersucht kochte in ihm hoch.

Ludkamon musterte sein Spiegelbild in einem der abgeschalteten Schirme. Er sah einen schmächtigen jungen Mann, der linkisch und ungeschickt wirkte und ansonsten eine ziemlich unauffällige Erscheinung bot. Widerwillig mußte er sich eingestehen, daß er sich nicht recht erklären konnte, warum ein Mädchen wie Iva überhaupt etwas für ihn übrig hatte. Daß ihr Feuk gefiel, leuchtete ihm schon eher ein, und er fühlte einen brennenden Schmerz in seinen Eingeweiden bei diesen Überlegungen, kam sich häßlich und klein vor. Feuk war ein Verlader, groß, stark und selbstbewußt, ein Hüne mit goldenen Locken und Muskeln aus Stahl. Er, Ludkamon, hatte es in erstaunlich jungen Jahren zum Verladeaufseher gebracht – eine Stellung, die Feuk aufgrund ihrer geistigen Anforderungen auf immer verschlossen bleiben würde –, und er fühlte sich durchaus zu noch Höherem berufen. Allerdings hatte er noch nie erlebt, daß Frauen von geistigen Fähigkeiten beeindruckt gewesen wären.

Auf dem Schirm vor ihm erschien eine Meldung. Ludkamon las sie unwillig und schaltete mit einer wütenden Handbewegung die Hallenlautsprecher für die erforderliche Durchsage ein.

»Die Raumüberwachung meldet den Anflug des kaiserlichen Schiffes K-70113. Geschätzte Ankunftszeit 116.«

Bewegung kam in die Verladearbeiter. Förderbänder

wurden in Position gebracht, Zählwerke zurückgestellt, Transportkarren bereitgestellt. Über den Schleusentoren leuchtete eine Signallampe auf, um anzuzeigen, daß die Luft aus der Schleusenkammer gepumpt wurde. Das ächzende Knarren der großen Tore, die dem Vakuum standhalten mußten, dröhnte unheilverheißend durch die Halle, aber daran waren die Leute gewöhnt.

Da! Feuk hatte sie in den Hintern gekniffen, und sie hatte gelacht. Sie machte einfach, was sie wollte. Er würde nie zurechtkommen mit ihrer unbekümmerten Lebenslust. Wütend zerknüllte Ludkamon das oberste Blatt seines Schreibblocks und pfefferte das Knäuel in die Ecke.

Die Nachricht wurde über alle Medien der Portalstation in den Quartieren verbreitet. »Die Stationsführung hat bekanntgegeben, daß der Sieger der nächsten Meisterschaft in die Obere Sektion berufen wird.«

Hunderte witterten ihre Chance. Das war die Gelegenheit für jedermann, in die Führungsebene zu gelangen. Man erzählte sich wundersame Dinge über den Luxus, den man in der Oberen Sektion genoß. Gesehen hatte es noch keiner; die Obere Sektion war strikt gegen die Hauptsektion abgeschottet, und keiner, der in die Führungsebene berufen worden war, war jemals in die Niederungen zurückgekehrt. Angeblich kamen Mitglieder der Oberen Sektion sogar in den Genuß lebensverlängernder Behandlungen. Auf jeden Fall: keinen Finger mehr krumm machen. Nie wieder Container verladen. Das war die Chance.

Sie küßte ihn lang und zärtlich, und er hatte das Gefühl, sich in rosa Rauch aufzulösen. Seufzend verkrallte er sich in ihr Haar, sog ihren Duft in sich ein wie himmlischen Wohlgeruch und flüsterte mit geschlossenen Augen: »Iva, ich liebe dich.«

»Ich liebe dich auch, Ludkamon.« Sie gab ihm noch einen Kuß auf die Nasenspitze und setzte sich auf.

Er blieb mit geschlossenen Augen liegen und spürte den zarten Empfindungen in sich nach. Als er merkte, daß sie dabei war, sich anzuziehen, fuhr er ruckartig hoch.

»Was machst du? Wohin willst du?«

Sie sah auf die Uhr. »Ich bin mit Feuk verabredet.«

»Mit Feuk...?!« Er schrie es fast. »Aber – gerade hast du doch gesagt, daß du *mich* liebst!«

»Das habe ich auch so gemeint.« Sie lächelte ein Lächeln, das um Verzeihung bat. »Aber Feuk liebe ich eben auch.«

Sie küßte ihn ein letztes Mal und ging. Ludkamon sah ihr fassungslos nach. Dann ballte er die Faust und schlug auf seine Matratze ein, wieder und wieder und wieder.

Das Transferschiff hing wie ein großer, blasenförmiger Auswuchs an der Unterseite der Portalstation. Verglichen mit den kaiserlichen Schiffen, die die Portalstation umschwirrten wie Insekten ihren Stock, war es geradezu monströs groß. In einem endlosen Strom verschwanden die Container in seinen unersättlichen Laderäumen, überwacht von den Männern und Frauen in schwarzen Uniformen, die man ehrfürchtig »Tunnelfahrer« nannte.

Täglich kamen die kaiserlichen Schiffe an, landeten an einer der vierundzwanzig Landebuchten, wurden entladen und flogen mit leeren Containern wieder ab. An Spitzentagen wurden fünfzigtausend Container umgeschlagen, manchmal sogar achtzigtausend. Normal waren zehntausend Container, die jeden Tag über die endlosen Rollbänder und Transportstraßen der Ladesektion rumpelten, von den Landebuchten hin zur Dockstation des Transferschiffs.

Das rote Licht der nahen Sonne schimmerte düster auf der matten, von Partikelströmen und Mikrometeoriten zerkratzten Außenhaut der gewaltigen Portalstation. Kaum jemand sah jemals hinaus ins All. Es gab nur sehr wenige Sichtfenster, weil es kaum etwas zu sehen gab. Eine große rote Sonne, und dann dieser unheimliche dunkle Fleck im All, an dessen Rändern das Licht der fernen Sterne verzerrt wurde: der Tunnel.

Im Containerlager stellte Ludkamon sie zur Rede, hoffend, daß sie nicht merkte, wie er zitterte.

»Iva, ich mache das nicht länger mit. Du gehst von mir zu Feuk, und von Feuk kommst du wieder zu mir, immer hin und her. Ich halte das nicht aus.« Bei den letzten Worten mußte er an sich halten, damit seine Stimme nicht in hilfloses Schluchzen umkippte.

»Und?« fragte sie schnippisch. »Was willst du machen? Dich von mir trennen?«

Die bloße Vorstellung, das bloße Wort bewirkte, daß sich alles in ihm verkrampfte. Er ballte die Fäuste.

»Du mußt dich für einen von uns entscheiden!« beharrte er.

Sie setzte ein störrisches Gesicht auf. »Gar nichts muß ich.«

»Iva, ich liebe dich!«

»So, wie du das sagst, klingt das wie: Ich will dich besitzen!«

Darauf wußte Ludkamon nichts zu erwidern. Sie hatte

recht, und das machte ihn nur noch wütender. »Du wirst schon sehen!« stieß er schließlich hervor und wandte sich ab. Während er ging, hoffte er, sie werde ihn zurückrufen, aber sie tat es nicht.

Das nächste Schiff, das in der Ladebucht 2 anlegte, war die K-5404. Sie brachte überraschend nicht nur Fracht, sondern auch Ersatzmannschaften, Vorräte und Ersatzteile. Die Vorräte und Ersatzteile waren schon dringend erwartet worden, nur die Ersatzmannschaften waren ein Problem. Die K-22822, die die abgelösten Mannschaften fortbringen sollte, war noch nicht angekommen; so mußten die unbequemen, engen Notquartiere in der Maschinensektion luftgeflutet und aufgeheizt werden. Dafür konnten die Gefechtsstationen vorübergehend doppelt bemannt werden.

»Feuk!«

Ludkamon schrie es durch den ganzen Speisesaal, und es scherte ihn einen Dreck, daß Hunderte ringsum ihn hörten.

»Feuk, ich fordere dich heraus!«

Der breitschultrige Verlader drehte sich langsam um. Sein Blick glitt suchend über die Menge, und unter seiner Kleidung zeichneten sich Muskeln wie stählerne Taue ab.

»Ach ja?« knurrte er amüsiert, als er den schmächtigen Ladeaufseher auf sich zuhasten sah.

»Feuk, ich will mit dir kämpfen!« Ludkamon stand keuchend vor seinem Rivalen.

»Gern«, grinste der. »Wollen wir rausgehen, oder soll ich dich gleich hier umnieten?«

Ludkamon schüttelte den Kopf. »Ich fordere dich heraus, mit mir zusammen in der Meisterschaft zu kämpfen. Derjenige, der von uns beiden am weitesten kommt, kriegt Iva, und der andere verzieht sich.«

Im Speisesaal herrschte plötzlich gespannte Aufmerksamkeit.

Feuk überlegte. »Ich habe noch nie an einer Meisterschaft teilgenommen«, sagte er bedächtig.

»Ich auch nicht. Es ist also fair.«

Irgend jemand murmelte zustimmend.

Feuk betrachtete seinen Herausforderer abschätzend. »Naja«, meinte er dann. »So wie ich die Sache sehe, schaffst du nicht einmal die Qualifikation. Also gut.«

Ludkamon streckte die Hand aus. »Abgemacht? Bei deiner Ehre?«

»Abgemacht. Bei meiner Ehre«, erwiderte Feuk grinsend und schlug ein, drückte Ludkamons Hand so fest, daß der beinahe in die Knie ging.

Die Leute ringsum klatschten Beifall.

Die große Versammlungshalle, die genau im Schwerpunkt der Portalstation lag, wurde für die Austragung der Meisterschaft vorbereitet. Die nötigen technischen Installationen waren, wie immer, schnell geschaffen. Schwieriger waren die organisatorischen Probleme. Es bestand immer noch erhöhte Alarmbereitschaft, daher mußten die Verteidigungssysteme auch während des Turniers voll besetzt bleiben. Da andererseits für den Sieger die Aufnahme in die Obere Sektion ausgeschrieben war, gab es keine Beschränkung der Teilnehmerzahl. Jeder, der sich qualifizierte, würde kämpfen dürfen.

»Ludkamon! Bist du verrückt geworden?!«

»Nein. Ich verhindere nur, daß ich verrückt *werde*.«

Sie war außer sich vor Zorn. Ganz gegen die Vorschriften war sie während der Arbeitszeit in seine Aufsichtskabine gekommen, und nun sah die ganze Lademannschaft von unten zu, wie sie wutentbrannt vor ihm stand und ihm eine Szene lieferte. Daß man durch die Glaswände nichts hörte, machte die Sache nur noch interessanter.

»Ich habe gedacht, ich höre nicht recht. Um mich kämpfen. Ihr wollt euch um mich schlagen – danke, sehr schmeichelhaft. Und ich werde bei der ganzen Sache nicht gefragt, was?«

»Ich *habe* dich gefragt, Iva.«

»Wann?«

»Ich habe dich gefragt, für wen von uns du dich entscheidest.«

»Ich will mich aber nicht entscheiden!«

»Und darum machen wir die Sache jetzt unter uns aus.«

»Die Sache. Aha. Ich bin also eine Sache für euch. Eine Trophäe. Der erste Preis, den man sich ins Regal stellt. Oder ins Bett legt, in diesem Fall.«

»Wir wollen nur endlich klare Verhältnisse schaffen.«

»Und warum habt ihr euch nicht gleich an Ort und Stelle geprügelt?«

»Iva, Feuk ist ein Verlader und ein Schrank von einem Mann. Das wäre unfair gewesen.«

»Ludkamon, wie gut man in der Meisterschaft ist, ist zum größten Teil Veranlagung. Nur weil du Aufseher bist und Feuk ein einfacher Verlader, hast du keine größeren Chancen.«

»Eben. Es ist fair.«

Sie sah ihn fassungslos an. »Und wenn du verlierst, machst du Schluß mit mir?«

»Ja.«

»Schuft!«

»Aber ich gewinne.«

Ein unartikulierter Schrei entrang sich ihrer Kehle. »Warum habt ihr nicht um mich *gewürfelt? Das* wäre fair gewesen!« tobte sie. Dann riß sie die Tür auf und schrie durch die ganze Halle: »MÄNNER!!«

Der Beauftragte für die Qualifikation sah den jungen Mann auf dem Stuhl, der so eigentümlich nervös wirkte, prüfend an. »Wie ist dein Name?« fragte er, den Schreibstift gezückt.

»Ludkamon.«

»Position?«

»Aufseher über die Ladebucht 2.«

Der Mann konsultierte eine Liste. Ladeaufseher, das war keine verteidigungswichtige Position. Es war also nicht nötig, einen Stellvertreter nachzuweisen. Er legte das Formular beiseite und reichte dem Kandidaten den Kampfhelm. »Hast du schon einmal in einer Meisterschaft gekämpft?«

»Nein.«

Oh, Kaiser! Schon wieder so ein Glücksritter, der davon träumte, den erbärmlichen Alltäglichkeiten des Portaldienstes zu entkommen. Schon wieder einer, der sich für würdig hielt, in die geheimnisvolle Obere Sektion aufgenommen zu werden, den erhabensten Kreis, den man sich vorstellen konnte.

»Gut, ich erkläre es dir«, begann der Beauftragte geduldig. »Du mußt diesen Helm aufsetzen und dabei darauf achten, daß die Sensoren an der Vorderseite dicht an deiner Stirn aufliegen. So. Nun klappst du das Visier herunter. Was siehst du?«

»Einen gelben Ball.«

»Gut. Bewege ihn.«

»Bewegen?« fragte der junge Mann verblüfft. »Wie denn?«

»Indem du einfach *denkst*«, erklärte der Beauftragte. »Durch deine Vorstellungskraft. In der Meisterschaft kämpfst du einfach mit deinen Gedanken. Der Helm fängt diese Impulse auf und wandelt sie in Bewegungen um. Bei dieser Ausführung siehst nur du den Ball; in der Meisterschaft werden ihn die Zuschauer ebenfalls sehen. Und es bleibt natürlich nicht bei einem Ball. In der zweiten Runde werden es drei sein, dann fünf, und so weiter. Du wirst mit deinem Gegner um die Kontrolle über diese Bälle ringen, und je mehr Bälle du zu kontrollieren vermagst, desto weiter wirst du gelangen.«

»Hauptsache, ich gelange weiter als...« begann der Junge und brach ab.

Der Beauftragte horchte auf. »Als wer?«

»Nichts. Was muß ich tun?«

Nun ja. Es konnte ihm egal sein, welche Probleme der schmächtige Junge hatte. »Bewege den Ball. In einem Kreis, wenn möglich.« Der Mann kontrollierte auf einem Bildschirm, was das Helmvisier zeigte. Der Ball bewegte sich, zögernd zunächst, dann rasch sicherer werdend, in einer ungefähren Kreisbahn.

»Danke«, sagte der Mann und malte einen Haken auf das Formular. »Du bist qualifiziert.«

Die Meisterschaft, sonst eine eher wenig beachtete Veranstaltung, wurde diesmal mit großem Prunk eröffnet. Praktisch alle, die nicht durch den Alarmzustand an ihre Posten gebunden waren, hatten sich auf den Rängen der Halle versammelt; Musik erklang, bunte Farbspiele tanzten über die Decke, und die Stimmung war ausgelassen.

Der Sprecher der Führungsebene trat vor. Die Musik verstummte, die Farbspiele erloschen, es kehrte Stille ein in dem großen Rund.

»Ich darf«, sagte er, »die Meisterschaft feierlich eröffnen, indem ich unser Gelübde, das Gelübde der Portalwächter, wiederhole. Bitte sprecht mir nach.«

Ein verhaltenes Rumpeln und Grollen erscholl, als alle sich von ihren Sitzen erhoben.

»Dem Kaiser dienen wir«, begann er.

Dem Kaiser dienen wir, wiederholte der tausendstimmige Chor der Mannschaften.

»Dessen Wort Gesetz ist. Dessen Wille unser Wille ist.«

Dessen Wort Gesetz ist. Dessen Wille unser Wille ist.

»Dessen Zorn furchtbar ist. Der nicht verzeiht, sondern straft.«

Dessen Zorn furchtbar ist. Der nicht verzeiht, sondern straft.

»Und dessen Rache ewig währt.«

Und dessen Rache ewig währt.

Ein Fanfarenstoß. »Die Meisterschaft«, rief der Sprecher, »ist eröffnet!«

Während Ludkamon neben den anderen auf das Spielfeld lief, den Helm eng und drückend auf dem Kopf, suchten seine Augen die Ränge ab, ohne Iva zu finden. Es wären zu viele Gesichter. Vielleicht war sie überhaupt nicht gekommen.

Er mußte sich auf den Kampf konzentrieren. Dies war die Chance, Feuk zu schlagen; die einzige, die er hatte.

Sein erster Gegner war leicht. Auf ein Signal hin erschien zwischen ihnen ein gelber Ball, und über dem Kopf jedes Spielers leuchtete ein blaßblaues Rechteck auf. Derjenige, der den Ball unter seine Gewalt bekam und in das Rechteck über den Kopf des Gegners beförderte, hatte gewonnen. Ludkamon gewann in Sekunden.

Dann sah er sich um. Feuk stand weit entfernt, aber auch er schien gewonnen zu haben.

Also gut. Die nächste Runde.

Diesmal waren es drei Bälle, aber Ludkamon bekam sie alle in den Griff und plazierte sie ins Ziel. Wieder Sieg.

Er hielt Ausschau nach Feuk. Auch der war schon fertig und hielt seinerseits Ausschau nach ihm.

Das beunruhigte ihn. Ludkamon wischte sich den Schweiß von den Augenbrauen. Die Rufe der Zuschauer hörte er nicht, er hatte nur Augen für seinen Rivalen. Er hatte im stillen darauf gebaut, seinem Rivalen geistig überlegen zu sein, aber es schien, daß Iva recht gehabt hatte und daß hier andere Maßstäbe galten. Allmählich ahnte er, daß es kein leichter Kampf werden würde.

»Portalstation, hier ist K-6937, ein Schiff des Kaisers. Wir bitten um Einweisung.«

»K-6937, hier spricht die Raumüberwachung der Portalstation. Zur Zeit ist kein Entladen möglich. Bitte geht in Warteposition.«

»Raumüberwachung – wieso das denn?«

»Augenblicklich findet eine Große Meisterschaft statt.«

Ein anderer Kanal. »K-12002, ein Schiff des Kaisers, ruft die Portalstation.«

»K-12002, hier Raumüberwachung...«

Die Zahl der Lichtpünktchen rings um die Portalstation nahm ständig zu. In den Landebuchten ruhte die Arbeit. Lediglich die Beladung des Transferschiffes lief trotz der Meisterschaft weiter.

Elf Bälle. Ludkamons Augen brannten vom Schweiß, und der Helm schien ihm den Schädel zerquetschen zu wollen. Elf Bälle, und sie waren beide immer noch im Spiel. Über das stark gelichtete Feld der anderen Spieler hinweg warf er Feuk einen grimmigen Blick zu. Er würde nicht nachgeben. Er spürte Leidenschaft in sich brennen wie eine verzehrende Flamme.

Elf Bälle. Damit hatten sie viele bekannte, gute Spieler bereits hinter sich gelassen. Sie würden auf jeden Fall irgendwo ganz vorn im Feld enden.

Der Gedanke, daß er als Anfänger so berühmte Meisterschaftsspieler wie den Techniker Pai oder den Soldaten Buk geschlagen hatte, verunsicherte ihn für einen Moment, und das Gebilde aus elf einander zitternd umtanzenden Bällen kam für einen Moment ins Wanken.

Nur jetzt nicht in der Konzentration nachlassen. Er ballte die Fäuste, wiegte sich breitbeinig hin und her, ohne den Blick von den Spielbällen zu lassen. Sein Gegner war stark und trickreich. Seit mehr als sieben Bälle im Spiel waren, verliefen die Kämpfe hart und dauerten lange.

Der letzte Container verkantete sich an einem Zählwerk, kurz bevor er im Inneren des Transferschiffs vom Laufband rollte. Da die eingestellte Zahl noch nicht erreicht war, lief das gesamte Förderwerk leer weiter, und die umlaufenden Rollen schabten mit einem nervenzerfetzenden Geräusch an der Unterseite des unbeweglichen Containers.

Das Geräusch alarmierte ein Mitglied der Besatzung des Transferschiffes. Der Tunnelfahrer eilte herbei und versuchte, den Container aus der Verkantung zu lösen, aber gegen den unermüdlichen Druck der Transportwalzen bekam er ihn nicht alleine frei. Er holte einen zweiten Mann.

»Solche Dinge passieren immer ganz zum Schluß«, sagte der.

»Ja. Wie steht das Spiel?«

»Sieht so aus, als kämen diesmal zwei Außenseiter ins Finale. Schade, daß wir dann nicht mehr da sind.«

Der einzige Zeitplan, dem die Tunnelfahrer verpflichtet waren, war das Pulsieren des Tunnels, das man auch *Gezeiten* nannte.

Zu zweit gelang es ihnen, den Container zurück auf das Förderband zu schieben. Er rollte rumpelnd an seinen vorgesehenen Platz, und dann schaltete sich mit einem hallenden Schlag die gesamte Förderanlage ab. Urplötzlich war es still in den Gängen und Schächten, bis auf das kraftlose Surren einiger nachlaufender Walzen.

Die Halle tobte. Die Männer und Frauen standen auf ihren Sitzen und fuchtelten schreiend mit den Armen. Der Spielleiter auf seinem Hochsitz konnte sich gegen den tosenden Lärm nur mühsam verständlich machen, als er den Spielstand verkündete.

»Finale! Es treten an... Ludkamon gegen Feuk!«

Die Sensation war perfekt. Zwei Anfänger hatten es in einer Großen Meisterschaft fertiggebracht, die gesamte Prominenz auf die Plätze zu verweisen und das Finale zu erreichen. Ein Finale, das mit neunzehn Bällen einen selten hohen Schwierigkeitsgrad darstellte.

Jetzt schlage ich dich, dachte Ludkamon entschlossen. *Ein für allemal mach ich dich fertig.* Er beobachtete Feuk aus halbgeschlossenen Augen, während ihm ein Helfer hastig den Nacken massierte. Der Rivale ließ sich Wasser ins Gesicht sprühen. Sein nackter Oberkörper glänzte vor Schweiß.

Plötzlich entdeckte Ludkamon Iva unter den Zuschauern. Während ringsum alles johlte und schrie, stand sie schreckensbleich da, die Augen weit aufgerissen und die Hände vor dem Mund zusammengelegt. Als er sie sah, fiel ihm siedendheiß ein, daß der Sieger der Meisterschaft dazu ausersehen war, in die Obere Sektion berufen zu werden!

Und einer von ihnen beiden würde nach dem folgenden Kampf dieser Sieger sein!

Ein niederträchtiges Lächeln schlich sich in Ludkamons Züge. Das war genial. Das war der genialste Trick überhaupt. Er, Ludkamon, würde das Finale *absichtlich verlieren!* Damit wurde automatisch Feuk Sieger der Meisterschaft, Feuk würde also in die Obere Sektion berufen werden – und er, Ludkamon, würde Iva für sich allein haben.

Das war genial. Das war die ideale Gelegenheit, den lästigen Nebenbuhler für immer aus dem Weg zu räumen. Und das Beste war: es konnte nicht schief gehen.

»Schotten verriegelt und dicht.«

»Absorber bereit und laufen.«

»Versorgungsleitung entkoppelt, Bordversorgung läuft.«

Der Mann in seiner schwarzen Uniform beugte sich vor und betätigte eine Reihe von Schaltern. »Transferschiff an Raumüberwachung. Wir sind bereit zum Entkoppeln.«

»Hier Raumüberwachung. Ihr verpaßt das Finale der Meisterschaft.«

»Ja. Aber unsere Herzen schlagen nun einmal mit den

Gezeiten des Tunnels...« Ein geflügeltes Wort unter den Tunnelfahrern.

»Selbstverständlich. Bereit zum Entkoppeln in zehn... fünf... drei – zwei – eins – entkoppeln! Guten Flug.«

Der Mann in der schwarzen Uniform lächelte. »Danke, Portalstation!«

Sanft, ohne die geringste Erschütterung, löste sich das Transferschiff von der großen Raumstation und glitt langsam in Richtung auf den schwarzen, unheimlichen Fleck im Sternenmeer davon.

Ludkamon hatte Feuk auf jede erdenkliche Weise verhöhnt und gereizt, um seine Kampfeswut anzustacheln. Jetzt, als sie sich zum Finalkampf gegenüberstanden, streckte er ihm noch einmal die Zunge heraus, was die Zuschauer mit frenetischem Johlen quittierten und Feuk offensichtlich in rasende Wut versetzte. Gut so. Er sollte blind sein vor Zorn, blindwütig und ungestüm kämpfen. Er sollte ihn hassen, sollte alles vergessen bis auf den Wunsch, ihn, Ludkamon, zu besiegen.

Und diesen Wunsch würde er ihm erfüllen. Ludkamon grinste siegessicher.

Der Gong ertönte, und die dreidimensionalen Projektionen von neunzehn Spielbällen erschienen über dem Kampffeld.

Für einen Augenblick tauchte ein anderer Gedanke in Ludkamon auf: Wenn er kämpfte und gewann, würde er herausfinden, was es mit der Oberen Sektion auf sich hatte. Vielleicht stimmte es, was man sich erzählte – von unvorstellbarem Luxus, verlängertem Leben... Vielleicht kämpfte er hier einen ganz albernen Kampf? Die Obere Sektion, das war eine Chance, die nicht wiederkommen würde. Sie wegzuwerfen für eine wankelmütige Frau...

Mit jähem Entsetzen sah Ludkamon, wie sich plötzlich alle neunzehn Bälle in Bewegung setzten. Sie schossen auf das Zielfeld über Feuks Kopf zu und verschwanden darin, ehe Ludkamon eingreifen konnte.

Die Anspannung der Menge entlud sich in einem ohrenbetäubenden Jubel. Fanfaren schmetterten los. Der Spielleiter versuchte vergeblich, sich über die Lautsprecheranlage verständlich zu machen. Aber erst als die ersten Zuschauer über die Absperrung sprangen und auf ihn zuliefen, begriff Ludkamon, daß er, irgendwie, die Meisterschaft gewonnen hatte.

»Aber... ich habe doch überhaupt nichts gemacht!« murmelte er.

Feuk! Feuk, dieser Schurke! Jetzt war ihm alles klar. Feuk hatte genau denselben Einfall gehabt wie er – aber er hatte nicht gezögert, seine eigene Niederlage sofort selber herbeizuführen!

Ohnmächtig mußte Ludkamon mit ansehen, wie Feuk sich spöttisch grinsend vor ihm verbeugte. Er hatte ihn ausgetrickst. Ludkamon kniff die Augen zusammen. Jetzt blieb nur zu hoffen, daß die Obere Sektion ihn dafür entschädigte. Wenigstens würde er in Zukunft keinen Finger mehr krumm machen müssen.

Iva hatte Tränen in den Augen, als sie ihm gegenübertrat.

»Bist du nun zufrieden?« schluchzte sie.

»Iva«, murmelte er betreten. »Das hat niemand ahnen können...«

Sie schloß ihn in die Arme und preßte ihn mit der Verzweiflung des Abschieds an sich. »Jetzt hast du gewonnen und trotzdem verloren, du... du Idiot!«

»Das ist nicht endgültig, Iva«, flüsterte er hilflos.

»Du wirst mich bald vergessen. Du wirst in die Obere Sektion gehen und nicht mehr an mich denken.«

Er schüttelte den Kopf, und in seiner Kehle spürte er ein würgendes Gefühl. »Ich werde dich nicht vergessen. Ich sehe dich wieder. Ich sehe dich wieder, das verspreche ich.«

Allgewaltige Schwärze, zitternd und pulsierend, ein unheimlicher Mahlstrom aus undurchdringlicher Dunkelheit, der die Sterne zu verschlucken schien. Das Transferschiff war wie ein Staubkorn, als es auf den riesigen Strudel zutrieb.

»Und wieder einmal zur dunklen Welt«, sagte einer der Männer im Cockpit.

Tausendmal hatten sie den Sturz schon gewagt, aber die Tunnelfahrer hielten immer noch den Atem an.

Die Schwärze schien sich aufzublähen. Es war ein Gefühl, als kippe man über den Rand eines Katarakts. Das Transferschiff verschwand aus dem Universum.

Die Anschlüsse lagen bereit. Das Gestell, das das neue Mitglied der Oberen Sektion aufnehmen würde, war geöffnet, die Nährlösungen pulsierten gleichmäßig durch das Geflecht durchsichtiger Leitungen.

Der Arzt kontrollierte die Instrumente. Sie zeigten normale Funktion. Ein Routinefall.

Flexible silberne Schläuche führten in den halbgeöffneten Mund des Patienten, grauweiße Kabel endeten in den Nasenlöchern und in Einschnitten am kahlrasierten Hinterkopf. Augen und Ohren waren bereits entfernt und durch Steckmodule ersetzt worden. Der Blick des Arztes glitt beiläufig über den schlanken, sehnigen Körper des jungen Mannes, der nackt vor ihm auf dem

Tisch lag, und er spürte ein flüchtiges Bedauern. Dann vertrieb er diese Gedanken, setzte die Säge an und begann, den Kopf vom Rumpf zu trennen.

»Iva, du mußt ihn endlich vergessen.« Feuk hielt Ivas zarte Hände in seinen gewaltigen Pranken und sah sie hilflos an. Ihr Blick war in eine ungewisse Ferne gerichtet. »Er ist jetzt in der Oberen Sektion und gehört zur Führungsebene. Glaubst du nicht, daß er sich jederzeit melden könnte, wenn er wollte?«

Iva schüttelte langsam den Kopf. »Ich kann nicht glauben, daß er mich so schnell vergessen hat.«

Er sah durch tausend Augen und hatte tausend Arme. In seinen Gedanken hörte er die Befehle, die auszuführen waren, und allein mit seinen Gedanken dirigierte er auch die Staffeln ferngesteuerter Kampfroboter, die durch den Weltraum rings um die Portalstation kreuzten. Angeschlossen an das Computersystem der Portalstation, dessen Leitungen und Schalteinheiten die gesamte Raumstation durchzogen, sah er alles, und er würde Jahrhunderte leben.

Ich sehe dich, Iva. Durch tausend Augen sehe ich dich. Habe ich dir das nicht versprochen?

Der Palast der Tränen

Dies ist ein einsamer Planet, der einsamste Planet des Universums und sein verfluchtester Ort. Hier gibt es keine Hoffnung. Der Himmel ist allezeit bleigrau und schwer, trostlose Wolken ziehen über ihn, und bei Nacht sieht man keine Sterne, niemals. Dieser Planet hatte einmal einen Namen, aber wer erinnert sich noch an ihn? Das übrige Universum hat diese Welt vergessen, ihre Bewohner und ihr Schicksal, und auch ihren Namen.

Irgendwo auf dieser Welt gibt es eine weite, verlassene Ebene, die von Horizont zu Horizont reicht und noch weit darüber hinaus. Nichts wächst hier, nichts lebt, kein Strauch, kein Grashalm, keine Pflanze und kein Tier, alles ist grauer Fels und grauer Staub. Gäbe es jemanden, der es auf sich nehmen würde, quer über dieses Flachland zu marschieren, er würde über Tage und Wochen keine Erhebung und kein Tal finden, nichts zu essen und nichts zu trinken und keine Abwechslung außer dem Auf- und Untergang der trüben Sonnenscheibe – bis er eines Tages die Silhouette eines großen Bauwerks am Horizont erspähen würde: Dies ist der Palast der Tränen.

Hoch ragen die brüchigen Zinnen seiner Türme in den Himmel, wie das zerfallende Gebiß eines alten Kriegers, der nicht aufgibt, so lange er lebt. Von diesen Zinnen schmetterten einst prachtvoll uniformierte Trompeter ihre Fanfaren in den Abend – aber das ist so lange her...

Könnte man die Zeit zurückdrehen, weit, weit zurück, dann gäbe es die Ebene nicht. Überall, wo jetzt flachgeschabter Fels ist, stünden Häuser, zögen sich Straßen, erstreckten sich prachtvolle Plätze. Damals stand hier eine riesige Stadt, die Hauptstadt eines mächtigen Reiches. Breite Straßen führten in alle Himmelsrichtungen, weiter als das Auge reichte, und zogen Schneisen durch das Meer reicher Gebäude. Der Verkehr auf den Alleen und Plätzen hörte niemals auf, ganz gleich, ob es Tag war oder Nacht. Wirklich Nacht wurde es sowieso niemals in dieser Stadt, die stets in einen goldenen Glanz getaucht war. Ihre Bewohner waren glücklich und wohlhabend, und wann immer man den Blick zum Himmel hob, sah man die silbernen Leiber gewaltiger interstellarer Raumschiffe, die ihre wolkigen Spuren über den klaren Himmel zogen, ehe sie auf dem Handelshafen landeten oder die Lufthülle des Planeten verließen, um mit ihrer Fracht ferne Ziele anzusteuern, irgendeinen der Sterne, die millionenfach da oben funkelten und riefen.

Doch dann verloschen die Sterne...

Nichts ist mehr übrig von der Stadt, die einst unsterblich, unbezwingbar schien. Man könnte graben, soviel man wollte, und würde keine Spuren der Menschen finden, die hier einst lebten. Keine verschütteten Reste von Grundmauern, keine Hinweise auf Straßen, nichts. Es gibt nur noch Tag und Nacht, Hitze und Kälte, Regen ab und zu und immer den Wind, der ewig und ewig über das Tiefland zieht und den graubraunen Staub vor sich hertreibt, mit dem er gnadenlos und unablässig an dem steinernen Zierat des Palastes nagt, des einzigen Bauwerks, das noch steht. Damals, als es hier noch Menschen gab, galt ihnen der Palast als das schönste Bauwerk der Galaxis. Doch die zersetzenden Kräfte der Zeit lassen davon nichts mehr erahnen: Die steinernen Rosetten seiner Türme, einst zart sich entfaltenden Blüten gleichend, sind zu unförmigen grauen Klumpen abgeschliffen, und von den kunstvollen Reliefbildern an den Wänden, die zu sehen einstmals Menschen viele Lichtjahre gereist sind, ist nichts mehr übrig, nicht einmal Spuren, die verraten könnten, wo sie sich befunden haben. Der Palast liegt zerfallen und verlassen. Geborstene Mauern und eingestürzte Dächer ergeben sich dem Wind und dem Regen. Kälte und Hitze zerren an den Resten des Gemäuers, und ab und zu birst ein Stein, kollert ein Bruchstück herab. Sonst geschieht nichts. Nirgendwo in den Höfen und Quergängen kündet mehr eine Spur von menschlichem Leben.

Der einzige Gebäudeteil, der noch völlig unversehrt steht, ist der Thronsaal selbst. Mit stolzen, schlanken Fenstern überragt er alle Trümmer und Ruinenteile, und geheimnisvolle Kräfte haben die fein ziselierten Ornamente an seinen Stützstreben, den verspielten Zierat seiner Gesimse und die scharfe Kannelierung seiner Säulen vor dem Zerfall bewahrt.

Der Thronsaal ist eine gewaltige Halle, deren Gewölbe von mächtigen Pfeilern getragen wird. Vor undenklichen Zeiten sind hier verschwenderische Feste gegeben, ergreifende Reden gehalten und erbitterte Verhandlungen geführt worden. Zahlreiche Siege hat dieser Saal gesehen und ebensoviele Niederlagen. Nein – eine Niederlage zuviel...

Seither ist das mächtige Eingangsportal verschlossen und versiegelt. Die goldenen Intarsien auf der Innenseite der Türflügel sind noch erhalten, aber man kann sie nicht sehen. Sie sind verdeckt von einem riesigen Porträt, das von einer Reihe ewig leuchtender Lampen angestrahlt wird.

Der goldene Thron des Herrschers steht an der gegenüberliegenden Stirnseite auf einem Podest. Und auf diesem Thron, regungslos, sitzt das einzige lebende Wesen, das diese Mauern noch beherbergen: der Herrscher selbst. Unbewegt sitzt er da, hochaufgerichtet, die Arme auf den Lehnen liegend. Man könnte ihn für sein eigenes Standbild halten, würden nicht seine Augen müde blinzeln und sich sein Brustkorb mit dem Atem gleichmäßig heben und senken.

Von seinem Platz aus kann er durch die Fenster hinaus auf die Ebene rings um den Palast sehen, bis zum Horizont. Auf einem Tisch vor ihm stehen zwei große Monitore, die vor langer, langer Zeit einmal funktionierten und ihm Bilder weit entfernter Orte zeigten. Aber irgendwann wurden die Bilder schwächer, bis nur noch graues Flimmern auf den Schirmen zu sehen war für Jahre und Jahrhunderte. Schließlich erlosch erst der eine, später dann der andere Schirm. Seither stehen die Geräte schwarz und still und nutzlos vor dem Herrscher.

Der Blick durch die Fenster bietet ein immer gleiches Bild: eine eintönig graue Ebene, die irgend in der Ferne in den eintönig grauen Himmel übergeht. Und nachts ist der Himmel schwarz, endlos dunkel, und nicht ein einziger Stern ist zu sehen. Nichts geschieht dort draußen, nichts verändert sich.

Der Herrscher wünscht sich oft, verrückt zu werden, und oft fragt er sich, ob er es schon ist. Doch er weiß, er ist es nicht, und er wird es niemals werden.

Ab und zu fällt irgendwo ein Stein herab, und diesem

plötzlichen Geräusch schmeckt der Herrscher tagelang nach, ruft es sich wieder und wieder ins Ohr, um es ganz auszukosten, denn eine andere Abwechslung gibt es nicht.

Das Material der Fensterscheiben ist im Lauf der Äonen dem Zug der Schwerkraft gefolgt, unendlich langsam abwärts geflossen und gesunken. Im Verlauf der Jahrhunderte wurden die hohen Glasscheiben an ihrem unteren Ende dicker und an ihrem oberen Ende dünner, bis sie sich eines Tages am oberen Rand öffneten und dem Wind zuerst zögerlich pfeifenden, später triumphierend heulenden Einlaß gewährten in die bis dahin stille Thronhalle.

Immer weiter haben die Scheiben seither nachgegeben, und der Wind bläst heute durch den Saal, wie er über die Ebene bläst. Und mit sich bringt er Staub.

Staubbedeckt und unsichtbar liegt nun der kostbare kristallene Boden des Thronsaals. Staub hat sich auf die Bilder und Statuen an den Wänden gelegt, auf die gepolsterten Sitzflächen der Stühle, und auf den Körper des Herrschers selbst. Staub liegt auf seinen Armen und Händen, auf seinem Schoß, seinen Füßen und seinem Haar. Sein Gesicht ist grau von Staub, und einzig die Tränen, die aus seinen Augen rinnen, hinterlassen Spuren auf den faltigen Wangen, entlang der Nase, auf der Oberlippe und am Hals, wo sie den Kragen seines Krönungsmantels netzen, der einmal purpurrot war und der jetzt blaß und grau ist.

So sieht der Herrscher alles zerfallen rings um sich her, und er wartet mit unsagbarer Sehnsucht darauf, daß endlich auch die Maschine hinter seinem Thron aufhört zu funktionieren, wie alles andere, und ihn sterben läßt.

So sitzt er regungslos, aber nicht aus freien Stücken.

Er sitzt regungslos, weil einst alle Muskeln und alle Sehnen in seinem Körper durchtrennt wurden und alle Nervenfasern unwiderbringlich versengt. Kaum sichtbare stählerne Klammern halten seinen Schädel, sind fest verschraubt mit der Rückenlehne des Throns. Sie dringen auf der Höhe seines Hinterhauptbeins unter die Kopfhaut, sind mit dem Schläfenbein verschraubt und führen nach vorn bis unter das Jochbein, wo sie die aufrechte Haltung des Schädels fixieren. Zusätzliche Klammern halten den Unterkiefer, der sonst haltlos herabsinken würde.

Hinter dem Thron steht eine gewaltige, lautlos arbeitende Maschine, die den Körper des Herrschers seit Jahrtausenden dazu zwingt, am Leben zu bleiben. Armdicke Röhren führen von der Maschine durch die Thronlehne in den Rücken des Herrschers, unsichtbar für einen Betrachter, der den Saal betreten würde. Sie bringen den Brustkorb dazu, immer weiter zu atmen, das Herz dazu, immer weiter zu schlagen, und versorgen das Gehirn und die anderen Organe mit Nahrung und Sauerstoff.

Die Augen des Herrschers sind die einzigen Körperteile, die er noch bewegen kann. Er kann Tränen vergießen, soviel er will, und wären sie nicht verdunstet, der Saal würde unter Wasser stehen von den Tränen, die er schon geweint hat. Er kann hinsehen, wohin er will, aber seit langer, langer Zeit starrt er nur noch auf das Bild ihm gegenüber. Es ist ein grausames, höhnisches Bild, das in all den Epochen nichts von seiner Grausamkeit verloren hat: das Porträt seines Bezwingers. Der Herrscher starrt es an und wartet darauf, daß ihm Gnade widerfahren möge – wartet, wartet, wartet und weint.

Wenn wir die Sterne wieder sehen

Das Feuer in ihrer Mitte war sehr klein, kaum ausreichend, um den Inhalt des Topfes darauf gegen den Widerspruch der grimmigen Kälte am Kochen zu halten. Sie saßen in einem weiten Kreis darum herum, die Frauen und Kinder und die alten Männer der Horde, und starrten stumm in die müden Flammen, mit bedächtig kauenden Mündern. Geistesabwesend versuchten sie, den Genuß des einfachen, faden Breis auszudehnen, den sie mit bloßen Fingern aus abgeschabten Holzschalen schaufelten.

Das Licht des Feuers erhellte die kalten Felsen rings um die kleine Gruppe nur schwach. Traurig irrlichterte es auf den abgezehrten Gesichtern, in die die Strapazen lebenslanger Flucht eingegraben waren. Es war das einzige Licht in der Nacht. Der weite Himmel über ihnen war schwarz wie ein unendlich tiefer Abgrund.

Cheun war der einzige Krieger in der Runde. Schweigend aß er seinen Brei, von dem er wußte, daß er ihn nicht satt machen würde. Satt – es war Jahre her, seit er das letzte Mal satt gewesen war. Damals, als sie noch in den Tälern am Fluß gelebt hatten, Tälern mit fetten Weiden und guten Böden. Jetzt hatte der Feind diese Täler, und die Weiden waren auf immer unter der grauen Masse verschwunden, mit der er alles bedeckte, was er eroberte.

Cheun aß schneller. Er mußte zurück zu den anderen Männern, die oben am Berg Wache hielten. Sie hatten auch Hunger und warteten auf seine Rückkehr.

Aus den Augenwinkeln sah er, wie der alte Soleun seine zersprungene Schüssel beiseite stellte und sich mit einem flüchtigen Lächeln über den Bauch strich, aus alter Gewohnheit, gerade so, als sei er gesättigt und zufrieden. Cheun warf nur einen kurzen Blick hinüber. Er wußte, was jetzt kam.

»Der Himmel war nicht immer dunkel«, hub Soleun mit der dünnen Stimme des Alters an zu erzählen. »Nicht immer erdrückte Dunkelheit die Menschen, wenn die Nacht kam. Einst, vor undenklich langer Zeit, so lange her, daß der Regen längst alle Berge, die damals jung waren, ins Meer gewaschen hat – damals standen nachts Sterne am Firmament.«

Die Kinder liebten diese Erzählungen der Alten. Cheun verzog abfällig das Gesicht. Es sich zu ersparen, im Alter wieder kindisch zu werden, das allein sprach schon dafür, den Tod des Kriegers zu suchen.

»Sterne... Nach all der Zeit hat unsere Sprache noch immer das Wort dafür bewahrt«, fuhr Soleun bedächtig fort. »Obwohl kein lebendes Auge jemals einen Stern gesehen hat, wissen wir doch aus den Überlieferungen unserer Ahnen, daß ein Stern ein kleiner, schwacher Lichtpunkt am Nachthimmel ist. Und solche Sterne bedeckten den Himmel zu Tausenden und Abertausenden. Damals war das Himmelsgewölbe des Nachts ein prächtig funkelndes Gewebe aus Licht, wie kostbares Geschmeide, besetzt mit großen und kleinen Brillanten. Doch dann kamen die Feinde. Von einer anderen Welt kamen sie auf die unsere, und die Sterne erloschen. Seither ist der Himmel nachts dunkel und bedrückt unsere Seelen.«

Die Worte des Alten und der heilige Ernst, in dem er sie vortrug, lösten in Cheun etwas aus, das ihm Schauer in den Nacken steigen ließ, und er ärgerte sich darüber im gleichen Moment, in dem er es spürte.

»Seither verfolgen die Feinde uns. Schritt um Schritt treiben sie uns vor sich her, töten uns und machen unsere Welt unbewohnbar. Niemand weiß, warum sie das tun. Sie vertreiben uns und breiten das Graue Land aus, immer weiter und weiter. Dem äußeren Anschein nach sind es Menschen wie wir, aber in Wahrheit sind sie Diener des Bösen. Sie sind nicht nur unsere Feinde, sie sind Feinde des Lebens, denn sie wollen, daß eines Tages das Graue Land die ganze Welt überzieht und daß es nichts anderes mehr gibt als das Graue Land und den Palast in seiner Mitte, den man den Palast der Tränen nennt. Aber da wir wissen, daß die Feinde dem Bösen dienen, wissen wir auch, daß sie letztendlich zum Untergang verdammt sind. Das Böse hat keinen Bestand aus sich selbst heraus. Sie mögen siegen, aber sie werden untergehen und der Vergessenheit anheimfallen. Wir mögen sterben, aber wir werden ewig leben. Alle diese Schrecken werden eines Tages ein Ende haben. Eines Tages werden die Sterne wieder leuchten. Und wenn wir die Sterne wieder sehen, werden wir erlöst sein.«

Die Gesichter der Kinder hoben sich bei diesen Worten in die dunkle Höhe und erschauerten beim Anblick der lastenden Leere über ihnen. Der Blick der Älteren blieb dumpf auf den Boden gerichtet, und der Hauch ihres Atems leuchtete dunstig im Schein des kleinen Feuers.

Eines Tages. Niemand wußte, wann das sein sollte. Wahrscheinlich würde der Regen auch die Berge ringsherum vom Angesicht der Welt hinwegwaschen bis dahin.

Obwohl er seine Schale noch nicht leergegessen hatte, erhob sich Cheun mit einem zornigen Ruck. Achtlos reichte er die Schale weiter an die Frau, die neben ihm saß, und ging aus dem Kreis fort in die Dunkelheit.

Hier sah er nichts mehr. Er mußte sich von Fels zu Fels vorwärts tasten, den Berg hinauf, auf einem Weg, den er sich bei Tage genau eingeprägt hatte. Jedes Geräusch war wichtig; er registrierte jede geringe Veränderung des Echos, das seine Schritte erzeugten. Der Pfad war steil und gefährlich.

Er war außer Atem, als er im Wachlager der Männer ankam, das sie auf der dem Lager abgewandten Seite des Bergkamms errichtet hatten. Jemand begrüßte ihn mit einem Schlag auf die Schulter. Cheun griff nach der Hand und erkannte Onnen, den Führer der Horde.

»Cheun! Wie sieht es unten aus? Beruhigen sich die Alten wieder mit ihren Märchen?«

Cheun schnaubte grimmig. Er konnte die Anwesenheit der anderen Männer spüren, das Geräusch ihres Atems und ihrer Bewegungen hören. Angst lag in der Luft, und Wut – die ohnmächtige Verzweiflung, nichts tun zu können, um sich gegen den Feind zu wehren.

»Soleun erzählt die alten Legenden. Er sagt, wir brauchen nur zu warten, bis die Feinde von selber untergehen an ihrer Bosheit.«

Vereinzelt kam Gelächter aus dem Dunkel, hart und kurz, wie Gebell. Der unmerklich sacht wehende, aber beißend kalte Wind hier oben begann Cheun im Gesicht zu schmerzen. Seine Nasenlöcher schienen von innen her zu vereisen und gefühllos zu werden.

»Hat sich etwas getan an der Grenze?« fragte Cheun in die undurchdringliche Nacht.

»Nein«, sagte jemand.

Cheun tastete sich vorwärts, bis er in die Tiefe sehen konnte. Da war das andere Licht, das Licht des Feindes. Ein kaum wahrnehmbarer, dunkelblauer Lichtsaum kennzeichnete den Verlauf der befestigten Grenze. Das Licht war so diffus, daß man keine Einzelheiten erkennen konnte, nur die kantigen Umrisse kolossaler Maschinen, die entlang der Grenze aufgefahren waren.

Cheun erinnerte sich, wie er als Kind zum ersten Mal dieses Bild gesehen hatte. Zuvor war die Grenze ein endloser, unscheinbarer Zaun aus Draht gewesen, der jeden mit einem Blitzschlag tötete, der ihm zu nahe kam, und der nachts in diesem flirrenden blauen Licht glomm wie eine unablässige Drohung. Eines Tages dann waren die Maschinen angefahren gekommen, langsam, wie große Tiere aus grauem Stahl. Es war eine endlose Kolonne gewesen, und sie hatten sich nebeneinander aufgestellt, eine neben der anderen, bis schließlich die Front der fahrenden Maschinen von Horizont zu Horizont reichte.

Er war da gestanden und hatte gewartet, was nun passieren würde. Seine Horde hatte nicht gewartet; sie hatten ihre wenigen Habseligkeiten gepackt und waren fortgezogen. Aber aus der Ferne hatte er es noch gesehen: Männer kamen und bauten den Zaun ab. Und so jung wie er war, hatte Cheun doch begriffen, daß sie es taten, um den Weg freizumachen für das Graue Land, für den Feind, der sie alle töten wollte, obwohl sie ihm nichts getan hatten.

Und so war es immer weitergegangen. Immer wieder hatten sie fliehen müssen, immer höher in den Norden, und es war immer kälter geworden und das Essen immer weniger. Manchmal hatten sie gegen andere Horden kämpfen müssen, in deren Gebiet sie auf der Flucht vor dem Feind eingedrungen waren. Und jetzt waren sie am Rand des felsigen Nordmassivs angekommen. Jetzt blieb nur noch der Weg in eine tödlich kalte, unfruchtbare Einöde, wo sie zwischen kahlen Felsen und schroffen Schluchten verenden würden.

»Was denkst du, Cheun?« fragte Onnen plötzlich neben ihm.

Cheun zuckte zusammen. Er hatte den Anführer nicht herankommen hören, so war er in Gedanken und Erinnerungen versunken gewesen.

»Ich weiß nicht, wohin wir diesmal fliehen könnten«, erklärte er dann. »Uns bleibt nur noch die Felswüste und danach das ewige Eis. Es ist gleich, was wir tun – wir können nur wählen zwischen dem schnellen Tod und dem langsamen.«

»Und was wählst du?«

»Ich wähle immer den Kampf.«

Onnen schwieg eine Weile. »Ich hatte geplant, daß wir in Richtung des Sonnenaufgangs weiterziehen, wenn es wieder soweit ist. Wenn die Berichte stimmen, gibt es dort warme Täler, reichen Boden und viele gutgenährte Tiere. Aber es wäre ein langer Marsch geworden, und um ihn zu überstehen, hätten wir noch die nächste Ernte gebraucht. Der Angriff kommt zu früh. Die Feinde werden in den nächsten Tagen vorrücken und unsere letzten Felder dort unten zerstören, und wenn wir dann noch da sind, werden sie uns töten.«

»Dann bleibt uns nichts anderes, als zu fliehen und die Alten und die Schwächsten zurückzulassen«, stellte Cheun fest. Er hatte einmal seine kranke Mutter zurücklassen müssen bei einer Flucht und aus weiter Entfernung mit angesehen, wie ihre Hütte im Feuerblitz des Feindes verging.

»Ich habe einen anderen Plan«, sagte Onnen. »Wir versuchen sie aufzuhalten.«

Cheun war sich plötzlich nicht sicher, ob dies alles nicht einfach ein schlechter Traum war. Aufhalten? Was redete der Anführer da? Keine ihrer Waffen war imstande, den stählernen Kolossen des Feindes auch nur einen Kratzer beizufügen.

»Wie stellst du dir das vor?«

»Ich will einen von ihnen töten und seine Waffen erbeuten«, erklärte Onnen ruhig. »Unsere Waffen richten nichts aus gegen ihre Maschinen, aber wenn wir ihre eigenen Waffen gegen sie richten, haben wir vielleicht eine Chance.«

Es war ein Traum. Ein Alptraum. »Onnen, es sind Tausende von Maschinen. Selbst wenn wir eine davon zerstören könnten, würde das nichts ändern...«

»Aber wenn wir eine erobern und damit die anderen angreifen – das würde etwas ändern!«

»Sie sind übermächtig, Onnen. Zerstöre eine, und hundert andere kommen an ihre Stelle.«

Die Stimme des Anführers war plötzlich schneidend, unduldsam. »Sagtest du nicht, du entscheidest dich immer für den Kampf, Cheun?«

Cheun schwieg.

»Jetzt ist unsere einzige Gelegenheit zu handeln«, erklärte Onnen. Er legte seinen Arm um Cheuns Schulter, und obwohl er es nicht sehen konnte, ahnte Cheun, daß der Anführer hinab in die Ebene deutete, auf die Grenze. »Sie haben den Zaun abgebaut, der die Blitze schleudert, und ihre Maschinen stehen weit genug voneinander entfernt, daß ein Mann dazwischen durchschlüpfen kann. Und schau genau hin – zwischen manchen der Maschinen ist das Licht sehr, sehr schwach. Wir können uns im Schutz der Dunkelheit anschleichen, ins Graue Land eindringen und von hinten her angreifen –

damit rechnen sie bestimmt nicht. Wir warten, bis einer von ihnen allein unterwegs ist, und töten ihn mit einem Pfeil.«

Cheun mußte zugeben, daß Onnen sich diesen Plan gut überlegt hatte. Sie hatten tagsüber oft einzelne Personen hinter der Reihe der fahrbaren Maschinen umhergehen sehen. Das Graue Land bot zwar keinerlei Versteck, aber das war ja nicht nötig, solange es noch dunkel war. Sie würden von einer Seite angreifen, von der aus die Feinde nicht mit einem Angriff rechneten, und da die Maschinen in ihr fahlblaues Licht gehüllt standen, würden sie den Feind sehen können, dieser sie aber nicht.

Und es war besser, im Kampf zu sterben als auf dem Krankenlager.

»Ich folge dir«, sagte Cheun.

Onnen schlug ihm auf die Schulter, zufrieden, aber auch erleichtert. »Ich wußte es.«

Da das wagemutige Unterfangen nun beschlossene Sache war, zögerten sie keinen Augenblick. Onnen versammelte die Männer um sich und erklärte noch einmal, was sie tun würden. Er bestimmte einen der Jüngsten zum Wachposten, der zurückbleiben würde, ließ die wenigen Waffen überprüfen, die sie hatten – Steinäxte, Speere, Bogen und Pfeile –, und dann begannen sie den Abstieg hinab zu den Feldern.

Sie fanden den Pfad auch in der Finsternis. Finger tasteten nach vorstehenden Steinen und toten Aststummeln, nach staubigem Moos und Felsrillen. Füße glitten suchend über Geröll, fanden Stufen und Mulden und Felsvorsprünge. Jeder wußte, wann er sich ducken mußte und wo er aufpassen mußte, um nicht abzustürzen.

Cheun spürte, wie grimmige Wut in seinem Herzen aufloderte und seinen Kampfgeist anstachelte. Er hatte seinen Haß auf die Feinde oft verdrängt, weil es weh tat, sich seine Unterlegenheit, seine absolute Ohnmacht eingestehen zu müssen. Die bloße Idee, daß es möglich sein könnte, dem übermächtigen Feind wenigstens eine schmerzende Wunde zuzufügen, öffnete nun dem angestauten Haß eines ganzen Lebens die Schleusen und erfüllte ihn mit gnadenloser Energie.

Sie waren von einer anderen Welt gekommen, um zu töten und zu zerstören, und wenn es dafür jemals einen Grund gegeben hatte, so war er seit Menschengedenken in Vergessenheit geraten. Und was würde sein, wenn sie einst ihr sinnloses Werk vollbracht, wenn sie alle getötet und die ganze Welt mit ihrem grauen Gestein überzogen hatten? Vielleicht, überlegte Cheun, verhielt es sich ganz anders, als die Legenden erzählten. Vielleicht mußten sie die Feinde vernichten, um die Sterne wieder zu sehen.

Schließlich spürte er das dürre Gras der Ebene an seinen Waden. Sein Mund war trocken, und er wußte, daß es den anderen ähnlich ging. Niemand sprach ein Wort.

Sie marschierten auf das blaue Glimmen zu, über dürre, raschelnde Grasbüschel, durch verräterisch knakkende Krüppelgestrüppe und junge Stauden, die auf den Feldern wuchsen und niemals mehr reifen würden. Die Schwärze ringsum hüllte sie ein, war endlos in alle Richtungen bis auf das dunkelblaue Schimmern vor ihnen, das wie eine Naht von einem Ende der Welt zum anderen zu reichen schien. Außer dem Geräusch ihrer Schritte und ihres Atems war nichts zu hören. Alle Tiere, selbst die kleinsten Nager und die Insekten, flüchteten vor der Grenze zum Grauen Land. Nur sie marschierten darauf zu.

Als sie die Felder hinter sich hatten, hielt Onnen die Gruppe an.

»Wir müssen uns genau überlegen, wie wir vorgehen«, raunte er. »Ich denke mir, am besten gehen wir in Zweiergruppen. Jede Gruppe sucht sich einen anderen Spalt aus, um zwischen den Fahrzeugen durchzuschlüpfen, und wir treffen uns danach drüben im Grauen Land. Und wir gehen nacheinander; nicht alle auf einmal. Oder hat jemand einen besseren Vorschlag?«

Niemand sagte etwas. Hände tasteten durch die Dunkelheit, bildeten stumm Zweiergruppen.

»Also – los!« zischte der Anführer.

Die erste Gruppe huschte los. Nach einer Weile wurden die Körperumrisse der beiden jungen Krieger gegen das Grenzlicht sichtbar. Vor den Fahrzeugen des Feindes sahen sie unerwartet klein und zerbrechlich aus, und Cheun wurde erst jetzt durch den Vergleich bewußt, wie gewaltig die Maschinen waren – riesige, düstere Metallberge auf gepanzerten Rädern.

Unwillkürlich schüttelte er den Kopf. Die Feinde waren Diener des Bösen, ja, und sie waren stärker. Sie waren unendlich stark. Sie waren die Sieger, und sie würden Sieger bleiben für alle Zeiten.

Und ihnen blieb nur der ehrenvolle Tod. Wenigstens brachte er die Erlösung von ewiger Flucht und aussichtslosem Leiden.

Zwei knallende Geräusche wie Peitschenhiebe durchschnitten die frostige Nachtluft und ließen die Wartenden zusammenzucken. Entsetzt verfolgten sie, wie die beiden Krieger mit haltlos flatternden Armen zusammenbrachen.

»Halt!« Onnen schrie es, um die zweite Gruppe zu stoppen, die sich schon auf den Weg gemacht hatte.

Regungslos standen sie da und warteten. Nichts geschah, alles blieb still.

»Wir müssen uns etwas überlegen«, flüsterte Onnen schließlich. »Es scheint kein Durchkommen zu geben, obwohl der Zaun nicht mehr da ist. Wir müssen uns etwas anderes überlegen...«

Cheun streckte die Hand aus und berührte ihn am Arm. »Es hat keinen Sinn, Onnen. Wenn wir nicht in das Graue Land eindringen können, dann können wir nichts ausrichten.«

»Ich weigere mich, einfach aufzugeben!« zischte Onnen wütend. »Wir müssen noch einmal nachdenken...«

Plötzlich war ein tiefer, brummender Ton in der Luft, der langsam lauter wurde, ein Ton wie Donnergrollen in der Ferne. Cheun drehte sich einmal um sich selbst, versuchte die Quelle des Geräuschs auszumachen. Es klang bedrohlich.

»Der Angriff«, hauchte jemand. »Es geht los.«

»Sie sind noch nie nachts vorgerückt«, beharrte Onnen dickköpfig.

Ein hohes Surren kam hinzu, wie ein riesiger Mückenschwarm, der unerbittlich näherkam. Jetzt war sich Cheun sicher, daß es von der Kette der gewaltigen Fahrzeuge herrührte. Und es wurde immer lauter und schriller.

»Doch«, sagte er. »Das sind sie.«

Da brach das Licht über sie herein, unerträglich gleißend nach der vollkommenen Finsternis, überwältigend in seiner von Horizont zu Horizont reichenden Fülle. So unerwartet traf es ihre unvorbereiteten Augen, daß es heller als die Sonne zu sein schien, heller als hundert Sonnen. Cheun preßte die geballten Fäuste vor die geschlossenen Augen, und dennoch drang Licht durch die Lider, als würde es hindurchgepreßt, und schmerzte.

Und dann bebte der Boden unter seinen Füßen, und er wußte, was das bedeutete: die Maschinen des Feindes hatten sich in Marsch gesetzt und rollten jetzt vor, unaufhaltsam, auf sie zu.

»Zurück!« schrie er und stolperte rückwärts, immer noch mit geschlossenen, tränenden Augen, in denen das Licht brannte wie Feuer. Das dumpfe Grollen der grauen Kolosse erfüllte die Luft, das knirschende Mahlen ihrer Räder und das Bersten von Geäst und Gestein unter ihnen. Es war mit einem Mal so laut, daß er die anderen nicht mehr hören konnte.

Und dann waren da wieder die scharfen, gellenden Laute, denen jedesmal Schreie seiner Kameraden folgten. Cheun rannte, rannte um sein Leben und um das seiner Horde. In ihm waren Wut und Angst, und beide verliehen seinen Füßen Flügel. Kampf. Auch das konnte Kampf sein. Manchmal war Kampf, zu rennen, davonzurennen vor einem übermächtigen Feind und alles zu versuchen, um zu entkommen.

Wieder ein Knall wie ein Peitschenhieb weit hinter ihm, und dieser hatte ihm gegolten. Er spürte den jähen Schmerz wie einen Blitz in sich, der durch den ganzen Körper fuhr und ihn vorwärtsschleuderte wie ein unerwarteter Stoß in den Rücken. Unwillkürlich griff er, ohne im Laufen innezuhalten, nach der Stelle, wo der Schmerz seinen Ursprung hatte, und durch Tränen in seinen Augen sah er Blut an seiner Hand. Viel Blut.

Der Feind hatte ihn getroffen, aber er lebte noch. Nicht aufgeben. Weiterrennen. Der Feind hat einen Fehler gemacht. Auch der Feind machte einmal Fehler. Auch diese Kolosse hatten nicht unbegrenzte Macht. Er war weit genug weg gewesen, um entkommen zu können. Er würde entkommen. Er würde es schaffen. Er blutete, ja, aber das hieß nichts. Er kämpfte. Rennen. Immer weiter rennen. Er wählte immer den Kampf. Die Herausforderung. Er, der Krieger. Er, Cheun vom Stamm der Oneun. Er schaffte es bis zum Fuß der Berge, schaffte es auch noch ein Stück den Pfad hinauf, der jetzt im hellen Licht lag, bevor er zusammenbrach.

Diesmal war es soweit. Cheun lag mit geschlossenen Augen auf dem Rücken, die Hände auf seine Wunde gepreßt, und spürte, wie das Leben aus ihm rann. Mit unvermuteter Klarheit wußte er, daß er sterben würde, und es tat ihm nur leid um die Horde, die jetzt ohne ihre Krieger fliehen mußte in eine feindliche, tote Weite, in der sie alle umkommen würden.

Er hörte die Geräusche der vorrückenden Feinde, spürte das hilflose Beben des Bodens im Rücken und hörte das vieltausendfache Knistern und Brechen niedergewalzter Pflanzen. Sein Atem ging schwer. So also war es, das Ende. Sein Ende. Wenigstens würde er verblutet sein, lange ehe die Maschinen anfingen, den Berg zu erklimmen. Einsamkeit erfüllte ihn, während er keuchend dalag und sich an die letzten Funken seines Lebens klammerte. Er überlegte, ob es jemanden gab, dessen Gegenwart er sich jetzt gewünscht hätte, doch es fiel ihm niemand ein. So also war sein Ende: elend.

Und dann war auf einmal Stille, und kein Licht drang mehr durch die Lider. Cheun schlug die Augen auf. Über sich, am endlos weiten Nachthimmel, schaute er die Sterne.

Die Rückkehr

Wozu das alles? Er wußte es nicht. Nach all den Jahren, all den grausigen Entdeckungen und blutigen Ereignissen, nach all den Alpträumen...

»Kommandant Wasra?«

Er sah unwillig auf. Es war Jegulkin, der Navigator, und man sah ihm an, daß es ihm leid tat, ihn stören zu müssen.

»Ja?«

»Wir erreichen den Planeten G-101/2. Haben Sie besondere Anweisungen?«

Wasra brauchte nicht zu überlegen. So oft hatten sie in den vergangenen Monaten Planeten wie diesen angeflogen, so oft das Ende des Kaiserreiches verkündet, daß er sich manchmal fühlte wie in einem endlosen Alptraum, in dem er dazu verurteilt war, für alle Zeiten die gleichen Worte sagen und die gleichen Handbewegungen vollführen zu müssen. Nein, fiel ihm ein, diesmal war es anders; für diesen Planeten hatte er einen besonderen Befehl. Aber der machte es auch nicht leichter.

»Keine besonderen Anweisungen. Wir suchen den Raumhafen und landen dort.«

»Jawohl, Kommandant.«

Wasra starrte auf den großen Hauptschirm, der den Weltraum so zeigte, wie ihn auch das unbewehrte Auge gesehen hätte. Ein kleiner, matt leuchtender Fleck kam näher: der zweite Planet der Sonne G-101. Auch hier lebten Haarteppichknüpfer, wie auf Tausenden anderer Planeten. Planeten, die sich alle zu ähneln schienen.

Und dahinter glommen kalt und starr die Sterne, von denen jeder eine andere Sonne war oder eine andere Galaxis. Wasra fragte sich düster, ob sie es wohl jemals schaffen würden, das Kaiserreich endgültig hinter sich zu lassen, das Erbe der Kaiser endgültig loszuwerden. Es kam ihm so aussichtslos vor. Wer würde je mit Sicherheit sagen können, daß sich hinter einem dieser starren Lichtpunkte nicht ein weiterer unentdeckter Teil des Reiches verbarg, daß sich nicht eine weitere Tür zu einem weiteren, schrecklichen Geheimnis auftun konnte?

Er sah sein Spiegelbild in der Abdeckung eines Geräts und wunderte sich, wie so oft in den letzten Wochen, daß sein Gesicht immer noch jung wirkte. Die graue Uniform des Kommandanten schien ihm aus einem schwereren Stoff gemacht als die Uniformen, die er bis dahin getragen hatte, und das Abzeichen seines Ranges schien von Tag zu Tag mehr zu wiegen. Er war gerade volljährig gewesen, als er sich der Expedition unter General Karswant angeschlossen hatte, ein junger Soldat, der aufregende Dinge erleben und sich beweisen wollte. Und heute, nach nur drei Jahren in dieser riesigen Provinz, fühlte er sich uralt, so alt wie der Kaiser selber, und konnte es nicht fassen, daß man es seinem Gesicht nicht ansah.

Tausende von Landungen wie diese, so kam es ihm vor, hatten sie schon hinter sich, und es schien immer so weitergehen zu wollen.

Obwohl, nein – dieser Planet war doch etwas Besonderes. In gewissem Sinn hatte hier alles angefangen. Die SALKANTAR hatte diesen Planeten schon einmal angeflogen, in einem mühsamen, Wochen dauernden Irrflug, ausgestattet nur mit schlechten, uralten Karten. Damals war er noch ein ganz normales Besatzungsmitglied gewesen, und niemand hatte geahnt, daß ihnen blutige Kämpfe mit kaiserlichen Truppen bevorstanden, die nichts davon wußten, daß der Kaiser tot und das Kaiserreich besiegt war. Damals hatte es so ausgesehen, als sei die Expedition so gut wie abgeschlossen. Man hatte sich für die Rückkehr eingerichtet, Vorkehrungen getroffen für den großen Sprung durch den Leerraum zwischen den Galaxien. Wasra hatte Aufräumarbeiten auf dem dritten Deck geleitet, und wenn ihm einer erzählt hätte, daß er zwei Jahre später das Kommando über die SALKANTAR innehaben sollte, dann hätte er ihn ausgelacht. Und doch war es so gekommen, und diese zwei Jahre hatten unbarmherzig einen Mann aus dem Jungen gemacht, der er einmal gewesen war. Und alles hatte hier seinen Anfang genommen, auf diesem Planeten, dessen helle, trostlos sandbraune Scheibe langsam größer und runder wurde und auf dessen Oberfläche sie jetzt erste Konturen ausmachen konnten.

Wasdra erinnerte sich an das Gespräch mit General Karswant, als sei es gestern gewesen, nicht schon vor Wochen. Der bärbeißige alte Mann, vor dem sich alle fürchteten und den sie doch alle liebten, hatte ihm ein Foto gezeigt. »Nillian Jegetar Cuain«, hatte er gesagt, und eine unerklärte Traurigkeit hatte in seiner Stimme gelegen. »Ohne diesen Mann wären wir seit fast drei Jahren wieder zuhause. Ich möchte, daß Sie herausfinden, was aus ihm geworden ist.«

Dieser Mann war auf G-101/2 gelandet, einer ausdrücklichen Anweisung zum Trotz, und hatte die Haarteppiche entdeckt. Wasra hatte zuerst nicht glauben wollen, was an Gerüchten in die Mannschaftsquartiere durchsickerte, so absurd schien es; doch dann wurde der Bericht Nillians in allen Einzelheiten bestätigt. Bei den Haarteppichen, so gab die Expeditionsleitung bekannt, handele es sich um äußerst aufwendige Knüpfarbeiten aus menschlichem Haar, so aufwendig tatsächlich, daß ein Knüpfer in seinem ganzen Leben nur einen einzigen Teppich vollendete. Doch das alles wäre trotzdem kaum mehr als eine Anmerkung im Expeditionsbericht wert gewesen ohne die unerwartete Begründung: Diese Teppiche, so erklärten die Haarteppichknüpfer, waren für den Palast des Kaisers bestimmt, und ihre Herstellung war eine heilige Pflicht. Das ließ aufhorchen – denn jeder, der jemals im kaiserlichen Palast gewesen war, bestätigte, daß dort zwar die merkwürdigsten Dinge zu finden waren, aber ganz bestimmt kein Haarteppich.

Die Expeditionsflotte legte sich auf die Lauer, und nach einigen Monaten war tatsächlich ein großes, erbarmungswürdig heruntergekommenes Transportschiff erschienen, das auf dem Planeten landete und ihn nach etwa zwei Wochen wieder verließ. Sie folgten dem Schiff, verloren es wieder und fanden dafür einen weiteren Planeten, auf dem Haarteppiche geknüpft wurden, mit der gleichen religiösen Begründung. Und dann noch einen und noch einen, Dutzende bald und rasch Hunderte, und dann schwärmten die Expeditionsboote wieder aus und fanden immer noch mehr und noch mehr Welten, auf denen Haarteppiche geknüpft wurden, Horden automatischer Erkundungsroboter wurden losgeschickt und fanden auch nichts anderes, und als zehntausend solcher Welten entdeckt waren, gab man es auf, weiter zu suchen, obwohl davon auszugehen war, daß es noch mehr geben mußte...

Die Triebwerke traten in Aktion, und ihr dumpfes Donnern ließ den Boden unter ihren Füßen erzittern. Wasra griff nach dem Mikrophon des Logbuchs. »Wir landen in wenigen Augenblicken auf dem zweiten Planeten der Sonne G-101 im Planquadrat 2014-BQA-57 Sektor 36–01. Unsere Standardzeit ist 9–1-178005, letzte Eichung 2–12. Leichter Kreuzer SALKANTAR, Kommandant Jenokur Taban Wasra.«

Der Landeplatz wurde sichtbar, eine riesige befestigte Fläche, zernarbt und von altersschwachen Triebwerken verbrannt. Ein alter Raumhafen, Jahrtausende alt. Jeder dieser Planeten hatte genau einen solchen Raumhafen, und alle sahen sie gleich aus. Immer lag eine ausgedehnte, alte Stadt rund um den Landeplatz, und alle Straßen dieser Welt schienen von überallher auf diese Stadt zuzulaufen und in ihr zu enden. Und so war es auch, wie sie inzwischen wußten.

Der Klang der Triebwerke änderte sich. »Landephase!« verkündete der Pilot. Mit einem dröhnenden Schlag, der jeden, der das erste Mal mit einem Raumschiff flog, zu Tode erschreckte, setzte die SALKANTAR auf. Doch die Männer und Frauen an Bord hatten zu viel erlebt, um dieses Geräusch überhaupt noch wahrzunehmen.

Die Schotten der großen Hauptschleuse fuhren langsam vor ihnen auf, und die Laderampe senkte sich sirrend auf den zerfurchten Boden hinab. Gerüche drangen herein, schwere, übelkeitserregende Gerüche nach Fäkalien und Verwesung, nach Staub und Schweiß und Armut, die sich wie pelziger Belag in der Nase festzusetzen schienen. Wasra fragte sich wieder einmal, während er das winzige Mikrofon an seinem Kehlkopf zurechtrückte, warum alle diese Welten gleich rochen, und auch diese Frage kam ihm bei jeder Landung in den Sinn. Es schien keine Antworten zu geben, nirgendwo in dieser gottverlassenen Galaxis, nur Fragen.

Es war heiß. Die Glut der fahlen Sonne flimmerte über dem endlosen, staubgrauen Landefeld, und aus der Richtung der Stadt näherte sich eine Gruppe alter Männer, eilig und zugleich seltsam devot ausschreitend; sie waren in schwere dunkle Roben gekleidet, die zu tragen bei diesen Temperaturen eine Tortur sein mußte. Wasra trat vor, durch die offene Schleusenluke, und wartete, bis die Männer vor dem unteren Rand der Rampe angekommen waren.

Er hatte die Blicke bemerkt, mit denen sie im Näherkommen das Raumschiff gemustert hatten, das so ganz anders aussah als alle Schiffe, die sie je gesehen haben konnten. Nun musterten sie ihn, scheu, unsicher, und schließlich verneigte sich einer der Männer und sagte: »Seid gegrüßt, Schiffer. Wir hatten Euch, mit Verlaub gesagt, früher erwartet...«

Immer die gleiche Angst. Wohin sie auch kamen, überall diese uneingestandene Verstörung, weil der Abtransport der Haarteppiche, der Jahrtausende reibungslos funktioniert hatte, ins Stocken geraten war. Selbst diese Begrüßungen ähnelten sich in ermüdender Weise.

Alles war sich so ähnlich, die großen, verfallenen Raumhäfen, die hingeduckten, ärmlichen, stinkenden Städte darum herum, und die alten Männer in ihren schäbigen, düsteren Roben, die nicht begreifen wollten, die einem vom Kaiser erzählten und von seinem Reich und von anderen Planeten, auf denen Wein für die kaiserliche Tafel gegoren wurde oder Brot gebacken, von Planeten, die Kleider für ihn webten, Blumen für ihn züchteten oder singende Vögel für seine Gärten dressierten... Doch nichts davon hatten sie gefunden, nur Tausende von Welten, auf denen Haarteppiche geknüpft wurden, nichts als Haarteppiche, ein nicht endenwollender Strom von Teppichen aus menschlichem Haar, der seit Jahrtausenden durch diese Galaxis floß...

Wasra schaltete das Mikrofon ein, das seine Stimme verstärken und auf die Außenlautsprecher übertragen würde. »Ihr habt die kaiserlichen Schiffer erwartet«, erklärte er, wie er es schon oft getan und wie es sich bewährt hatte. »Wir sind es nicht. Wir sind gekommen, um euch zu sagen, daß es keine kaiserlichen Schiffer mehr gibt, daß es auch keinen Kaiser mehr gibt und daß ihr aufhören könnt, Haarteppiche zu knüpfen.« Inzwischen fiel er ganz mühelos in den Tonfall des alten Paisi, das auf allen Welten dieser Galaxis gesprochen wurde, und manchmal erschreckte ihn das fast. Wahrscheinlich würden sie seltsame Blicke ernten, wenn sie nach Hause zurückkamen.

Die Männer, allesamt hohe Würdenträger der Gilde der Haarteppichknüpfer, starrten ihn entsetzt an. Wasra nickte der Leiterin der Aufklärungsgruppe zu, und gleich darauf marschierten Männer und Frauen die Rampe hinab, abgegriffene Mappen mit Fotografien mit sich tragend oder abgenutzte Filmbetrachtungsgeräte. Sie wirkten erschöpft, wie Schlafwandler. Der Kommandant wußte, daß sie sich bemühten, nicht auszurechnen, wie viele solcher Planeten noch vor ihnen lagen.

Sie hatten – und das wenigstens bot noch ein wenig Abwechslung von der Routine – die unterschiedlichsten Reaktionen auf die Nachricht vom Ende des Kaiserreiches erlebt. Auf manchen Planeten war man froh gewesen, die Fron des Haarteppichknüpfens abwerfen zu können. Auf anderen wiederum waren sie als Ketzer mit Steinen beworfen, beschimpft und verfolgt worden. Sie hatten es mit Gildeoberen zu tun gehabt, die aus unerklärlichen Quellen schon vom Tod des Kaisers gewußt hatten, aber darum baten, es der Bevölkerung nicht kundwerden zu lassen, aus Angst um ihre Position in der Gesellschaft. Letztendlich, überlegte Wasra, hatten sie keinen Einfluß darauf, was tatsächlich geschah, wenn sie wieder fort waren. Auf vielen Welten mochten noch Jahrhunderte vergehen, ehe die alte Zeit tatsächlich ein Ende fand.

Der Auftrag des Generals fiel ihm wieder ein. Er schnaubte ärgerlich, weil er ihn fast vergessen hätte, und zog seinen Kommunikator hervor. »Kommandant hier. Vormann Stribat, bitte zu mir in die Bodenschleuse.«

Es dauerte nur Augenblicke, bis ein großer, dürrer Soldat aus einer Tür trat und sich zu einer nachlässigen Ehrenbezeigung aufbaute. »Kommandant?«

Wasra sah unwillig auf. »Laß den Blödsinn«, knurrte er. Stribat und er hatten in der ersten Zeit zusammen Dienst an Bord der SALKANTAR getan. Stribat hatte jetzt die Bodenfahrzeuge und die Fußsoldaten unter sich. Keine große Karriere. Große Karrieren sind nur etwas für Narren, dachte Wasra düster.

»Erinnerst du dich daran, daß wir schon einmal auf diesem Planeten waren?«

Stribat riß überrascht die Augen auf. »Tatsächlich? Ich habe schon seit Wochen den Verdacht, daß wir immer wieder denselben Planeten anfliegen...«

»Unsinn. Wir waren schon einmal hier, aber es ist drei Jahre her. Die SALKANTAR hatte den Auftrag, nach einem der KALYT-Boote zu suchen, das in Schwierigkeiten war.«

»Und weil wir keinen Eintauchpunkt hatten, sprangen wir wochenlang von einer Sonne zur nächsten, bis wir die richtige erwischten.« Stribat nickte nachdenklich. »Ich werde nie vergessen, wie schlecht mir damals war von den vielen Überlichtflügen so kurz hintereinander... Nillian, das war doch der Name? Einer der Piloten des KALYT-Bootes. Er landete, entdeckte die Haarteppiche und verschwand dann spurlos. Oh...?«

Wasra sah das Verstehen in den Augen des anderen aufglimmen und nickte nur. »Wir sollen herausfinden, was aus ihm geworden ist. Bemanne die gepanzerten Fahrzeuge; wir fahren in die Stadt zum Haus der Gilde.«

Wenig später kamen drei schwer gepanzerte Fahrzeuge auf ihren Raupenketten in die Bodenschleuse gerasselt. Ihre Motoren wummerten tief und stark, und es tat einem weh in der Magengrube, länger als einige Augenblicke neben ihnen stehen zu müssen.

Die Seitentür des vordersten Fahrzeugs schlug auf, und Wasra stieg ein. Die Gildeoberen auf dem Landeplatz wichen respektvoll zurück, als die drei Panzer hintereinander die Rampe herunterrollten.

»Das ist der Unterschied«, sagte Wasra, an Stribat gerichtet und doch eigentlich an niemanden bestimmtes. »Dem Kaiser galt ein Leben nichts, weniger als nichts. Und heute? General Karswant wartet an Bord der TRIKOOD, alles ist bereit für den Rückflug, um dem Rat Bericht zu erstatten über unsere Expedition – aber nein, er will nicht abfliegen, ehe er nicht weiß, was aus diesem einen Menschen geworden ist, diesem Nillian. Es ist ein gutes Gefühl, das zu wissen. Es macht mich irgendwie...« Er suchte nach dem richtigen Wort.

»Stolz«, half Stribat aus.

»Stolz, ja. Es macht mich stolz.«

Als sie den Boden erreicht hatten, ließ der Kommandant kurz anhalten. »Wir nehmen einen der Oberen mit; er soll uns zum Haus der Gilde führen.« Er stieß die Seitentür auf und winkte einem der alten Männer, der zufällig in der Nähe stand. Der Gildeobere kam heran, ohne zu zögern, und stieg bereitwillig ein.

»Ich bin ja so froh, daß Ihr endlich gekommen seid«, schwatzte er drauflos, während die kleine Kolonne sich wieder in Bewegung setzte. »Es ist sehr unangenehm für uns, müßt Ihr wissen, wenn die Schiffer des Kaisers nicht zur vereinbarten Zeit kommen, weil unsere Lager inzwischen überquellen von Haarteppichen... Oh, wir hatten das schon einmal, ich erinnere mich – ich war noch ein Kind damals. Vier Jahre hatte es gedauert, bis die kaiserlichen Schiffer wiederkamen. Das war schlimm, und es war eine harte Probe für uns. Und damals hatte die Gilde noch weit größere Lagerräume als heute, müßt Ihr wissen. Heute ist alles schwieriger als früher...«

Wasra starrte den alten, gebeugten Mann in seinem zerschlissenen Umhang an, der sich mit silbrigweißen, nahezu blinden Augen im Inneren des Fahrzeugs umschaute und dabei plapperte wie ein aufgeregtes Kind.

»Sagt«, unterbrach er ihn, »wie ist Euer Name?«

Der Alte deutete eine Verneigung an. »Lenteiman, Schiffer.«

»Lenteiman, habt Ihr gehört, was meine Leute Euch vorhin erklärten?«

Der Gildeobere zog die Stirn hoch, während seine

Augen unsicher die Richtung suchten, aus der der Kommandant sprach. Sein Mund klaffte achtlos auf und entblößte eine Reihe schwarzer Zahnstummel. Er schien nicht einmal zu verstehen, wovon die Rede war.

»Lenteiman, wir sind keine Schiffer des Kaisers. Ihr braucht auch nicht mehr auf die Schiffer zu warten, denn sie werden niemals wieder kommen – weder nach vier, noch nach vierhundert Jahren.« Obwohl ich mir da nicht einmal sicher bin, dachte Wasra. »Ihr braucht auch keine Haarteppiche für den Kaiser mehr zu knüpfen, denn der Kaiser ist tot. Das Kaiserreich gibt es nicht mehr.«

Der Alte schwieg einen Augenblick, als müsse er sich das Gehörte durch den Kopf gehen lassen. Dann drang ein kollerndes Kichern aus seinem Schlund. Er wandte den Kopf empor, der fahlglühenden Sonne entgegen.

»Die Sonne scheint aber noch, wie? Ihr Schiffer seid ein seltsames Volk und habt seltsame Bräuche. Bei uns wäre es Ketzerei, was Ihr sagt, und Ihr ratet Euren Männern besser, daß sie ihre Zungen hüten sollen, wenn sie in die Stadt gehen. Wenn man Euch auch sicher viel nachsehen wird, weil jeder froh ist, daß Ihr endlich gekommen seid.« Er kicherte wieder.

Wasra und Stribat tauschten fassungslose Blicke.

»Manchmal habe ich das Gefühl«, murmelte Stribat, »daß Denkalsar ein Optimist war.« Denkalsar war eine beinahe mythologische Gestalt; es hieß, daß vor einigen hundert Jahren tatsächlich ein Mann dieses Namens gelebt und auch tatsächlich jenes Buch geschrieben hatte, dessen Titel die Rebellenbewegung ihren Namen verdankte: *Der lautlose Wind*. Seit dem Sturz des Kaisers war es allerdings etwas aus der Mode geraten, Denkalsar zu lesen, und Wasra war überrascht, daß Stribat ihn kannte.

»Lenteiman«, fragte er, »was macht Ihr für gewöhnlich mit Ketzern?«

Der alte Mann machte eine weite, unbestimmte Geste mit seinen kralligen Händen. »Selbstverständlich hängen wir sie, wie es das Gesetz befiehlt.«

»Sperrt Ihr sie manchmal auch nur ein?«

»In Fällen minderer Ketzerei, sicher. Aber selten.«

»Und wird Buch geführt über die Prozesse und die Gehängten?«

»Wo denkt Ihr hin? Natürlich, und alle Bücher werden verwahrt, wie es das Gesetz des Kaisers will.«

»Im Haus der Gilde?«

»Ja.«

Wasra nickte zufrieden. Er begann, das Dröhnen und Rütteln der Panzermotoren, das jede Faser seines Körpers erbeben ließ, zu genießen; es als Gefühl von überlegener, unangreifbarer Macht zu empfinden. Er kam mit drei Panzerwagen, mit Soldaten und mit Waffen, die allem, was es auf diesem Planeten gab, unerreichbar überlegen waren. Er würde das Gebäude, das das Zentrum dieser Kultur darstellte, unangefochten betreten und darin tun und lassen können, was ihm beliebte. Diese Vorstellung gefiel ihm. Sein Blick wanderte hinaus zu der hellbraunen Linie aus Hütten und niedrigen Häusern, auf die sie zufuhren, und er genoß es, ein Sieger zu sein.

Sie erreichten das Haus der Gilde, das wuchtig und ehrfurchtgebietend emporragte. Seine graubraunen Mauern, die schräg nach außen abfielen wie die Mauern eines Bunkers, hatten keine Fenster, nur schmale, schießschartenartige Öffnungen. Im Schatten des Hauses lag ein großer Platz, der ein eigenartiges Bild bot: als fände ein Jahrmarkt statt, der seit Monaten vergeblich auf Gäste wartete und auf dem sämtliche Schausteller in eine Art Halbschlaf verfallen waren. Wagen aller Art standen kreuz und quer durcheinander, große, kleine, prachtvoll geschmückte und altersschwache, häßliche gepanzerte Wagen und offene Marktwagen, und überall scharten sich große, zottelige Zugtiere und glotzten stumpf vor sich hin, während die Kutscher auf ihren Kutschböcken dösten: Es waren die Karawanen der Haarteppichhändler, die sich hier versammelten, um die Teppiche an die Gilde auszuliefern. Die Ankunft der Panzer freilich brachte Bewegung in das Bild; Köpfe ruckten hoch, Peitschen wurden geschwungen, und nach und nach rollten die Wagen beiseite, die den Weg zum großen Portal des Gildehauses versperrt hatten.

Die Portalflügel standen weit offen, trotzdem befahl Wasra, vor dem Tor anzuhalten. Er würde mit Stribat, dem Gildeoberen und einem Trupp Bewaffneter hineingehen, die anderen sollten bei den Fahrzeugen Wache halten.

»Das ist weise, hier zu halten«, krächzte Lenteiman, »denn im Innenhof ist kein Platz mehr – Ihr wißt schon, die Teppiche...«

»Lenteiman, Ihr führt uns zum Gildeältesten«, befahl Wasra.

Der Alte nickte bereitwillig. »Er wartet sicher schon ungeduldig auf Euch, Schiffer.«

Jemand stieß die Tür des Panzerwagens auf, und ein fast unerträglicher Gestank tierischer Exkremente drang herein. Wasra wartete, bis sich der Trupp versammelt hatte, der sie eskortieren sollte, ehe er ausstieg. Als er auf den staubigen Boden des Platzes trat und damit zum ersten Mal tatsächlich seinen Fuß auf den Planeten setzte, konnte er die Blicke der Menschen ringsum fast körperlich spüren. Er vermied es, sich umzusehen. Stribat trat neben ihn und dann der alte Mann, und mit einem Kopfnicken befahl der Kommandant der Eskorte, sich in Bewegung zu setzen.

Sie passierten das Tor. Ringsum herrschte eine unnatürliche, angsteinflößende Stille. Wasra meinte zu hören, wie jemand aus der Menge einem anderen zuraunte, daß sie nicht aussähen wie kaiserliche Schiffer. Mochten die alten Männer der Gilde auch schwer von Begriff sein und sich mit allen Fasern ihres Seins gegen die Wahrheit sträuben – die Menschen aus dem Volk ahnten immer nur zu genau, was vor sich ging und was ihr Erscheinen zu bedeuten hatte.

Hinter dem Tor lag ein kleiner Hof. Wahrscheinlich heißt er auch hier *der Zählhof*, dachte Wasra, als er den gepanzerten Transportwagen sah, der von einigen Männern entladen wurde. Ehrfurchtsvoll holten sie einen Haarteppich nach dem anderen heraus und stapelten sie vor einem Mann auf, der die Tracht eines Gildemeisters trug und mit hochnäsiger Genauigkeit jedes einzelne Stück mit den Aufzeichnungen auf den Ladepapieren verglich. Dem herannahenden Trupp warf er nur einen flüchtigen, verächtlichen Blick zu; dann entdeckte er jedoch Lenteiman und beeilte sich, eine tiefe Verbeugung zu machen, ebenso wie seine Helfer. Lediglich der Haarteppichhändler, ein massiger Mann, der die ganze Prozedur mit stumpfem Blick verfolgte, rührte sich nicht.

Der Anblick des etwa kniehohen Stapels von Haarteppichen machte Wasra schaudern. Einen einzelnen Haarteppich zu sehen war schon regelrecht beklemmend, wenn man wußte, wie er gemacht worden war: daß ein

Haarteppichknüpfer sein ganzes Leben lang daran gearbeitet hatte und daß er dazu ausschließlich die Haare seiner Frauen verwendet hatte; daß er seine Jugend damit zugebracht hatte, das Grundgewebe zu flechten und die Muster zu bestimmen, deren Ausführung ihn den Rest seines Lebens kosten würde, daß er zuerst die Hauptlinien geknüpft hatte, deren Farbe durch das Haar seiner Hauptfrau bestimmt war, um dann später, wenn er Töchter oder Nebenfrauen hatte, die andersfarbigen Flächen auszufüllen, und daß er schließlich, mit gebeugtem Rücken, gichtigen Fingern und nahezu blinden Augen, den gesamten Teppich umsäumte mit gekräuselten Haaren, die er aus den Achselhöhlen der Frauen schnitt...

Ein einzelner Haarteppich war ein ehrfurchtgebietender Anblick. Ein ganzer Stapel Haarteppiche dagegen war monströs.

Ein weiteres Tor, und dahinter ein kurzer, dunkler Gang, so breit, daß er wie eine niedrige Halle wirkte. Die Soldaten der Eskorte sahen sich argwöhnisch um, und Wasra registrierte ihr Verhalten zufrieden.

Sie erreichten den Innenhof, und jetzt wurde klar, warum es so dunkel war in dem Durchgang: Im Innenhof stapelten sich die Haarteppiche zu Bergen. Wasra hatte einen Anblick wie diesen erwartet, dennoch stockte ihm der Atem. Säuberlich aufeinandergetürmt zu übermannshohen Stößen lagen die Haarteppiche, Lage auf Lage, und einer dieser Türme stand neben dem anderen, von einem Eck des Hofes bis zum anderen. Die Ausbeute eines Planeten, in drei Jahren. Man durfte nicht darüber nachdenken, wenn man nicht verrückt werden wollte.

Er trat an einen der Türme heran, versuchte zu zählen. Zweihundert Teppiche pro Stapel mußten es sein, mindestens. Er schätzte die Ausdehnungen des Innenhofes, überschlug die Zahlen im Kopf. Fünfzigtausend Haarteppiche. Er spürte Übelkeit in sich hochsteigen, eine Panik, die ihn zu überwältigen drohte.

»Der Älteste?« blaffte er den Gildeoberen an, heftiger und drohender als beabsichtigt. »Wo finden wir ihn?«

»Kommt mit mir, Schiffer.«

Mit erstaunlicher Behendigkeit quetschte sich Lenteiman durch die Lücken zwischen den Teppichstapeln und der Wand des Innenhofs. Wasra bedeutete der Eskorte, nachzukommen, und folgte dem alten Mann. Er spürte einen schier übermächtigen Impuls, um sich zu schlagen, die übermannshoch aufgehäuften Haarteppiche umzustoßen, den Gildeoberen zu verprügeln. Wahnsinn, alles Wahnsinn. Sie hatten gekämpft und gesiegt, hatten alles zerschlagen, was zu zerschlagen war vom Reich des Kaisers, und trotzdem war kein Ende, ging es immer weiter und weiter. Bei jedem Schritt, den er tat, wurde irgendwo in dieser Galaxis ein Haarteppich vom Rahmen geschnitten, immer noch. Bei jedem Atemzug, den er tat, wurde, weil ein Haarteppichknüpfer nur einen einzigen Sohn haben durfte, irgendwo ein männliches Neugeborenes getötet, auf irgendeinem der zahllosen Planeten, auf denen sie noch nicht gewesen waren, oder auch auf einem der Planeten, die sie besucht hatten, ohne daß man ihnen geglaubt hätte. Es schien unmöglich, die Flut der Haarteppiche zu stoppen.

Je weiter sie vorankamen, desto durchdringender wurde der Geruch, der von den Haarteppichen ausging: ein schwerer, ranziger Geruch, der an verdorbenes Fett denken ließ und an gärende Abfälle. Wasra wußte, daß es nicht die Haare waren, die so stanken, sondern die

Imprägnierungsmittel, mit denen die Haarteppichknüpfer die Teppiche für eine erstaunlich lange Zeit haltbar machten.

Endlich erreichten sie eine weitere düstere Öffnung in der Mauer. Eine kurze Treppe führte aufwärts. Lenteiman bedeutete ihnen, sich leise zu verhalten, und ging voraus, ehrfürchtig, als beträte er heiligen Boden.

Der Raum, in den er sie führte, war groß und dunkel, erhellt nur von dem roten Glutlicht eines Feuers, das in der Mitte des Raumes in einer metallenen Schale brannte. Die niedrige Decke zwang sie dazu, mit demütig gesenkten Köpfen zu stehen, während die erdrükkende Hitze und der beißende Rauch ihnen den Schweiß auf die Stirn trieben. Wasra tastete nervös nach der Waffe an seinem Gürtel, nur um zu spüren, daß sie da war.

Lenteiman verbeugte sich in Richtung auf das müde glühende Feuer. »Ehrwürdiger. Es ist Lenteiman, der Euch grüßt. Ich bringe Euch den Kommandanten der kaiserlichen Schiffer, der Euch zu sprechen wünscht.«

Ein Rascheln und eine undeutliche Bewegung in der Nähe des Feuers war die Reaktion. Erst jetzt erkannte Wasra eine Art Liege, die neben dem metallenen Feuergestell stand, einer Kinderwiege nicht unähnlich, und zwischen Decken und Fellen kam der Schädel und der rechte Arm eines uralten Mannes zum Vorschein. Als er die Augen öffnete, sah Wasra die Pupillen blind und silbern im Widerschein der Glut glänzen.

»Welch seltene Ehre...« flüsterte der Alte. Seine Stimme klang dünn und entrückt, als spräche er aus einer anderen Welt zu ihnen. »Ich grüße Euch, Schiffer des Kaisers. Mein Name ist Ouam. Wir haben lange auf Euch gewartet.«

Wasra wechselte einen unruhigen Blick mit Stribat. Er entschied, daß er keine Zeit damit verschwenden wollte, den Gildeältesten darüber aufzuklären, daß sie mitnichten Schiffer des Kaisers, sondern Rebellen waren. Jedenfalls nicht, solange sie ihren Auftrag nicht erfüllt hatten. Er räusperte sich.

»Seid gegrüßt, Ehrwürdiger Ouam. Mein Name ist Wasra. Ich bat darum, Euch zu sprechen, weil ich eine wichtige Frage habe.«

Ouam schien mehr dem Klang der fremden Stimme nachzulauschen als der Bedeutung der Worte. »Fragt.«

»Ich suche einen Mann namens Nillian. Ich möchte von Euch wissen, ob ein Mann dieses Namens in den letzten drei Jahren wegen Ketzerei angeklagt oder hingerichtet wurde.«

»Nillian?« Der Gildeälteste wiegte nachdenklich seinen vertrockneten Schädel. »Da muß ich in den Büchern nachsehen. Dinio?«

Wasra wollte sich gerade fragen, wie dieser blinde alte Mann es anstellen wollte, in irgendwelchen Büchern nachzusehen, als aus dem Schatten der Liege ein weiteres Gesicht zum Vorschein kam. Es war das Gesicht eines Jungen, der die Besucher kühl und abweisend musterte, ehe er sich zu dem Alten hinabbeugte, um sich etwas ins Ohr flüstern zu lassen. Er nickte beflissen, fast hündisch, und sprang auf, um irgendwo im Hintergrund des Raumes durch eine Tür zu verschwinden.

Gleich darauf kam er wieder zurück, einen dicken Folianten unter dem Arm, und hockte sich neben dem Feuergestell auf den Boden, um die Eintragungen zu studieren. Er brauchte nicht lange. Wieder beugte er sich über die Liege und flüsterte mit dem alten Mann. Ouam lächelte ein gespenstisches Totenkopflächeln.

»Wir haben diesen Namen nicht verzeichnet«, erklärte er dann.

»Sein voller Name ist Nillian Jegetar Cuain«, sagte Wasra. »Vielleicht ist er unter einem anderen Namen eingetragen.«

Der Gildeälteste hob die Augenbrauen. »Drei Namen?«

»Ja.«

»Ein merkwürdiger Mann. Daran müßte ich mich erinnern. Dinio?«

Der Junge konsultierte noch einmal die Aufzeichnungen. Als er diesmal flüsterte, hatte er offenbar mehr zu sagen.

»Auch die anderen beiden Namen sind nicht verzeichnet«, erläuterte Ouam dann. »In den letzten drei Jahren gab es überhaupt nur eine einzige Hinrichtung wegen Frevelei.«

»Und wie ist der Name?«

»Es war eine Frau.«

Wasra überlegte. »Erfahrt Ihr es, wenn in irgendeiner Stadt jemand wegen Frevelei oder Ketzerei hingerichtet wird?«

»Manchmal. Nicht immer.«

»Was ist mit Euren Verliesen? Habt Ihr Gefangene?«

Ouam nickte. »Ja, einen.«

»Einen Mann?«

»Ja.«

»Ich will ihn sehen«, forderte Wasra. Am liebsten hätte er hinzugefügt, daß er bereit war, das ganze Gildehaus in Schutt und Asche zu legen, um zu erreichen, was er wollte.

Aber es war nicht nötig zu drohen. Ouam nickte bereitwillig und sagte: »Dinio wird Euch führen.«

Die Verliese lagen im entlegensten Teil des Gildehauses. Dinio führte sie elende, enge Treppen abwärts, das Buch mit dem Verzeichnis der Hinrichtungen und Gefangennahmen an sich gepreßt wie einen Schatz. An den Wänden bröckelte braunfleckiger Putz, und je tiefer sie kamen, desto durchdringender wurde der Gestank nach Urin und Fäulnis und Krankheit. Irgendwann nahm der Junge eine Fackel und zündete sie an, und Stribat hatte die Lampe eingeschaltet, die er vor der Brust trug.

Schließlich erreichten sie das erste große Gitter, das von einem bleichen, aufgedunsenen Kerkermeister bewacht wurde. Er starrte ihnen mit dumpfem Blick entgegen, und falls ihn der zahlreiche Besuch wunderte, war es ihm jedenfalls nicht anzumerken.

Dinio befahl ihm, den Zugang zu den Verliesen aufzuschließen, und Wasra ließ zwei Soldaten der Eskorte zur Bewachung des offenstehenden Gitters zurück.

Es ging einen düsteren Gang entlang, erhellt nur von den Fackeln, die im Vorraum brannten. Rechts und links standen die Türen zu unbesetzten Verlieszellen offen. Stribat ließ seine Lampe wandern. In jeder Zelle hing ein großes, farbiges Bild des Kaisers. Die Gefangenen wurden jeweils an der gegenüberliegenden Wand angekettet, außer Reichweite des Bildes, und die Gnade völliger Dunkelheit wurde ihnen verwehrt: durch vergitterte Entlüftungsschächte drang gerade soviel Licht von oben herein, daß sie ihre Zeit damit verbringen mußten, das Bild des Kaisers anzustarren.

Dinio und der fette Kerkermeister, der noch unangenehmer stank als das verrottete Stroh, das den Boden bedeckte, waren vor der einzigen besetzten Zelle stehengeblieben. Stribat leuchtete durch die Luke in der Tür.

Sie sahen eine dunkle Gestalt mit langem Haar, die zusammengekrümmt am Boden lag, die Arme an die Wand gekettet.

»Aufschließen«, befahl Wasra grimmig. »Und kettet ihn los.«

Der Mann wachte auf, als sich der Schlüssel im Schloß drehte. Als die Tür aufschwang, saß er schon aufrecht und sah ihnen ruhig entgegen. Sein Haar schimmerte weiß wie Silber, und Stribats Lampe enthüllte, daß der Gefangene viel zu alt war, um Nillian sein zu können.

»Kettet ihn los«, wiederholte Wasra. Der Kerkermeister zögerte. Erst als Dinio nickte, zog er die Schlüssel hervor und öffnete die Handschellen des alten Mannes.

»Wer seid Ihr?« fragte Wasra.

Der Mann sah ihn an. Trotz aller Verwahrlosung strahlte er Würde und eine friedvolle Stille aus. Er mußte ein paarmal ansetzen, ehe er ein Wort herausbrachte; offenbar hatte er seit Jahren nicht gesprochen. »Mein Name ist Opur«, sagte er. »Ich war einmal ein Flötenmeister.«

Damit sah er traurig hinab auf seine Hände, die grotesk verstümmelt aussahen. Irgendwann einmal mußte jeder einzelne seiner Finger gebrochen gewesen sein, und alle Brüche waren irgendwie, ohne Schiene und ohne Behandlung, wieder zusammengewachsen.

»Was hat er getan?« wollte Wasra wissen.

Der Kerkermeister, den er dabei ansah, glotzte nur blöde, und an seiner Stelle antwortete der Junge mit kalter Herablassung: »Er hat einem Deserteur bei sich im Haus Unterschlupf gewährt.«

»Einem Deserteur?«

»Ein kaiserlicher Schiffer. Ein Verlader der KARA, des letzten Schiffes, das hier landete.«

Das mußte das Schiff gewesen sein, das sie vor drei Jahren als erstes verfolgt hatten. Um es zu verlieren und die nächste Welt zu entdecken, auf der die Menschen Haarteppiche knüpften und glaubten, sie seien die einzigen. »Was geschah mit dem Deserteur?«

Dinios Gesichtsausdruck blieb abweisend. »Er ist immer noch flüchtig.«

Wasra betrachtete den Jungen einen Moment lang nachdenklich und überlegte, welche Position er wohl bekleiden mochte. Dann entschied er, daß ihn das nicht wirklich interessierte, und wandte sich dem Gefangenen zu. Zusammen mit Stribat half er ihm aufzustehen und erklärte ihm dann: »Ihr seid frei.«

»Nein, das ist er nicht!« protestierte Dinio wütend.

»Er ist frei!« wiederholte Wasra scharf und warf dem Jungen einen so drohenden Blick zu, daß dieser zurückwich. »Noch ein Wort dagegen, und ich lege dich übers Knie und prügle dich windelweich.«

Er übergab Opur in die Obhut von zwei Soldaten seiner Eskorte, denen er auftrug, ihn zum Schiff mitzunehmen, um ihn medizinisch behandeln zu lassen, und ihn dann an einen Ort seiner Wahl zu bringen. Falls er sich auf diesem Planeten nicht sicher fühlen sollte, war Wasra entschlossen, ihn mitzunehmen zur nächsten Haarteppichknüpferwelt, die sie anfliegen würden.

Dinio verfolgte den Abmarsch der Soldaten und des Flötenmeisters mit zornigem Schnauben, wagte aber nichts mehr zu sagen. Statt dessen nahm er sein Buch unaufhörlich von einem Arm in den anderen, als wisse er nicht, wohin damit, und preßte es sich schließlich vor die Brust wie einen Schild. Ein kleines weißes Etwas rutschte dabei aus den Seiten und segelte sanft zu Boden.

Wasra bemerkte es und hob es auf. Es war eine Photographie, die den Kaiser zeigte.

Den *toten* Kaiser.

Der Kommandant starrte das Bild verblüfft an. Er kannte dieses Bild. Er hatte genau das gleiche Bild in der Tasche. Jeder Angehörige der Rebellenflotte trug eine Photographie des toten Kaisers bei sich, für den Fall, daß er in die Situation kam, jemandem beweisen zu müssen, daß der Kaiser tatsächlich gestürzt und tot war.

»Woher hast du das?« fragte er den Jungen.

Dinio setzte sein störrischstes Gesicht auf, umklammerte sein Buch noch fester und sagte nichts.

»Das muß Nillian gehört haben«, meinte Wasra zu Stribat und hielt die weiße Rückseite der Photographie in den Lichtkegel von dessen Brustlampe. »Tatsächlich. Siehst du das?«

Die Schrift auf der Rückseite war abgegriffen und verwischt und so blaß, daß sie fast nicht mehr existierte, aber an einer Stelle konnte man sich einbilden, die Silbe *Nill* zu erkennen. Wasra sah Dinio an, mit einem Blick, der Bäume zu fällen und Kinderschädel zu spalten versprach. »Woher stammt dieses Bild?«

Dinio schluckte unbehaglich und brummte schließlich: »Ich weiß es nicht. Es gehört Ouam.«

»Ouam wird es doch wohl kaum von irgendeiner Wanderung mitgebracht haben.«

»Ich weiß nicht, woher er es hat!«

Wasra und Stribat wechselten einen Blick, und es war fast wieder wie früher, als jeder wußte, was der andere dachte.

»Es interessiert mich«, meinte der Kommandant dann, »was uns Ouam dazu zu erzählen weiß.«

Auf dem Rückweg hörten sie unheimliche, klagende

Laute durch die düsteren Gänge des Gildehauses hallen, und unwillkürlich beschleunigte sich ihr Schritt. Als sie die Treppe zu den Gemächern des Gildeältesten hinaufstiegen – hastig diesmal, nicht ehrerbietig –, erwartete sie kein Rauch und kein glutrotes Dämmerlicht mehr, sondern strahlende Helligkeit und klare Luft.

Der Raum war wie verwandelt. Ein Mann ging langsam von Fenster zu Fenster und stieß die Läden auf, und immer neue Kaskaden blendend hellen Lichts brachen herein. Durch die offenen Fenster sahen die Haarteppiche aus wie ein wogendes Meer, das gegen die Fensterbrüstung brandete.

Das Feuer in dem metallenen Dreifuß war gelöscht, und Ouam lag tot in seiner Liege, die blinden Augen geschlossen, die dürren Hände vor der Brust gefaltet. Die Liege war kleiner, als Wasra sie in Erinnerung hatte, und trotzdem wirkte der uralte, knochige Leichnam des Gildeältesten darin kaum größer als ein Kind.

Hinter den beiden Raumfahrern kamen Leute der Gilde die Treppe heraufgeschlurft. Sie umrundeten die die beiden Fremden desinteressiert, ließen sich an der Liege des toten Ouam nieder und stimmten ein verhaltenes Wehklagen an. Ein Echo dieses Wehklagens kam durch die Fenster von draußen herein und breitete sich aus, im ganzen Gildehaus, in der ganzen Stadt. Auch der Mann, der die Fensterläden geöffnet und damit vertrieben hatte, was der Rauch und der Gestank von Jahren gewesen sein mußte, gesellte sich zu den Trauernden und bot den Rebellen das denkwürdige Schauspiel eines Mannes, der von einem Herzschlag zum nächsten von emsiger Geschäftigkeit in untröstlichem Kummer verfiel.

Hastige, wilde Schritte auf der Treppe ließen Wasra

erschrocken herumfahren. Es war Dinio, der atemlos die Stufen heraufgerannt kam, außer sich vor Verzweiflung. Ohne rechts oder links zu schauen stürzte er auf die Liege des toten Gildeältesten zu, warf sich davor zu Boden und brach in bittere Tränen aus. Es waren die einzigen Klagelaute im Raum, die wahrhaftig klangen.

Wasra sah noch einmal die Photographie in seiner Hand an, dann steckte er sie in die Tasche. Er tauschte einen Blick mit Stribat, und wieder verstanden sie sich ohne Worte.

Als sie wieder vor dem Gildehaus standen, ging die Sonne unter, glutrot wie geschmolzenes Metall. Die beiden Panzer auf dem Platz schimmerten in ihrem Licht wie kostbare Edelsteine. Der ritualhafte Singsang der heulenden und jammernden Gildemeister ließ die Szenerie wie ein Traumbild wirken.

»Das ist Nillians Photo, nicht wahr?« fragte Stribat.

»Ja.«

»Das heißt, er war hier.«

Wasra beobachtete die Händler, die ihre Stände für die Nacht schlossen und ab und zu nachdenkliche Blicke zum Gildehaus herüberwarfen. »Ich weiß nicht, ob es das heißt.«

»Vielleicht ist er entkommen, hat eine nette Frau kennengelernt und lebt seither glücklich irgendwo auf diesem Planeten«, überlegte Stribat laut.

»Ja, vielleicht.«

»Drei Jahre... Er kann schon zwei Kinder haben inzwischen. Wer weiß, vielleicht hat er sogar selber angefangen, einen Haarteppich zu knüpfen?«

Er ist tot, dachte Wasra, mach dir nichts vor. Sie haben ihn umgebracht und verscharrt, weil er etwas gegen den

Kaiser gesagt hat. Den unsterblichen Kaiser. Verdammt, es hatte nur einen einzigen Tag gedauert, ihn zu stürzen, aber die zwanzig Jahre seither kämpften sie jeden Tag aufs neue, ihn auch zu besiegen.

»Das Landungsboot!« platzte Stribat heraus und zupfte ihn aufgeregt am Ärmel. »Wasra! Was ist mit dem Landungsboot?«

»Welchem Landungsboot?«

»Dieser Nillian muß mit einem Landungsboot gekommen sein. Und das können wir aufspüren!«

»Das hat man längst gefunden, schon damals«, erklärte Wasra. »Und man hat verkleidete Kundschafter ausgesandt, die sich umgehört haben. Nillian war wegen Ketzerei gefangengenommen worden, und ein Haarteppichhändler hatte ihn mitgenommen in die Hafenstadt. Daraufhin hat man sich in der Hafenstadt umgesehen, aber Nillian ist niemals hier angekommen.« Wasra hatte die Berichte von damals studiert. Sie waren nicht besonders gründlich gemacht worden – es hätte sogar erheblicher Anstrengungen bedurft, um auch nur die Stadt wiederzufinden, in deren Nähe Nillian gelandet war – und auch nicht sehr ergiebig. Die Haarteppiche waren als nette Kuriosität betrachtet worden, und ansonsten hatte sich jeder im Geiste schon auf dem Heimflug gesehen. Die Stimmung damals war gewesen: *Er hatte den Befehl, nicht zu landen, und er ist trotzdem gelandet – das hat er nun davon.*

»Wäre es nicht sinnvoll gewesen, wenn uns der Partner Nillians begleitet hätte?«

»Sicher«, nickte Wasra. Er spürte eine Woge von Erschöpfung, die sich in seinem Körper ausbreitete, und wußte, daß es mehr war als nur ein körperliches Phänomen. Es nahm kein Ende. Nichts nahm ein Ende. »Nur ist er tot. Er war bei den Freiwilligen, die den ersten Sturm auf die Portalstation unternahmen, und einer dieser fliegenden Kampfroboter hat ihn erwischt.«

Stribat gab einen unartikulierten Laut von sich, der wohl so etwas wie Verwunderung ausdrücken sollte. »Wie kommt ein KALYT-Pilot dazu, sich freiwillig zu einem Kampfeinsatz zu melden?« Als Wasra nichts erwiderte, grunzte er eine Weile weiter, wie es manchmal seine Art war, wenn er nachdachte. »Und wie kommt der General dazu, ihn zu akzeptieren?«

Wasra hörte nicht auf sein Gemurmel. Gedankenverloren starrte er den gewaltigen Rumpf der SALKANTAR an, der sich in der Ferne mächtig in den Himmel erhob, dunkel gegen die untergehende Sonne und entlang der Umrißlinie silbern schimmernd. Wie alle Raumschiffe gehörte es in den Weltraum; auf der Oberfläche eines Planeten wirkte es wie ein Fremdkörper.

Und doch, dachte der Kommandant mißmutig, würde die SALKANTAR noch lange hier stehenbleiben. General Karswant würde nicht eher zur Zentralwelt aufbrechen, bevor er nicht von ihm, Kommandant Wasra, etwas über das Schicksal Nillians erfahren hatte. Und solange der General dem Rat der Rebellen nicht Bericht erstattetete, konnte dieser nicht entscheiden, was zu tun war. Und solange keine Entscheidung gefallen war, würde die Flut der Haarteppiche weitergehen, würden sie überall diese obszönen Stapel, diese Berge, diese Unmengen von Haarteppichen ansehen müssen.

»Heißt das, wir sollen jetzt den ganzen Planeten absuchen?« fragte Stribat ahnungsvoll.

»Hast du eine bessere Idee?«

»Nein, aber ist der Aufwand zu rechtfertigen? Ich meine, angenommen, Nillian lebt – dann hätte er sich doch sicher bis hierher in die Hafenstadt durchgeschlagen. Hier ist der Raumhafen; wenn überhaupt, dann hat er hier Chancen, gefunden zu werden. Oder aber er ist tot, und dann ist er doch wahrhaftig nicht das einzige Opfer, das diese Expedition zu beklagen hat.«

»Er hat das Phänomen der Haarteppiche entdeckt.«

»Ja, und?« Stribat warf dem Kommandanten einen prüfenden Seitenblick zu, als wolle er sich versichern, ob er ihm das, was er zu sagen hatte, zumuten konnte. »Ich will dir nicht deinen Stolz nehmen, Wasra, aber könnte es vielleicht sein, daß General Karswants Motive nicht ganz so edel sind, wie du glauben möchtest?«

Wasra horchte auf. »Wie meinst du das?«

»Vielleicht will er hauptsächlich einem ganz bestimmten Ratsmitglied einen Gefallen tun?«

»Einem ganz bestimmten Ratsmitglied?«

»Ratsmitglied Berenko Kebar Jubad.«

Wasra sah den Kameraden forschend an, während er angestrengt überlegte, was dieser ihm wohl zu sagen versuchte. Jubad war es gewesen, der damals beim Sturm auf den Sternenpalast den Kaiser gestellt und im Zweikampf erschossen hatte, und seit jener Zeit genoß er einen geradezu legendären Ruf.

»Was hat Jubad damit zu tun?«

»Jubads Vater«, sagte Stribat langsam, »hieß Uban Jegetar Berenko...«

Er hätte ihn genausogut ohrfeigen können. Wasras Unterkiefer klappte haltlos herab. »Jegetar!« wiederholte er mühsam. »Nillian Jegetar Cuain. Die beiden sind verwandt...«

»Offensichtlich.«

»Und du meinst, Karswant wartet *deswegen*...?«

Stribat zuckte nur die Schultern.

Wasra hob den Kopf, starrte in den dunkel werdenden Himmel, in dessen Zenit die ersten Sterne auftauchten. Die Sterne, die dem Kaiser gehörten. Es nahm kein Ende. War der Kaiser tot? Oder war es schon soweit, daß sie seinen Bezwinger zum nächsten Kaiser machten?

»Wir kehren zurück zum Schiff«, stieß er schließlich hervor. Er hatte plötzlich das Gefühl, es nicht einen Augenblick länger hier auszuhalten, nicht ausgerechnet hier, im Tor zum Zählhof. »Sofort.«

Stribat gab den Soldaten der Eskorte hastig ein Zeichen, und sofort sprangen die Motoren der beiden Panzerwagen an, dumpf und markerschütternd. Die Zugtiere, die schon ausgeschirrt waren und sich zum Schlafen aneinandergelegt hatten, hoben ruckartig die Köpfe und stierten herüber.

Jeder auf dem Platz ging bereitwillig zur Seite, als sie losfuhren. Sie folgten der Spur des dritten Panzerwagens, der schon vorausgefahren war mit dem Mann, den sie befreit hatten. Dem Flötenmeister. Eine Weile kreisten Wasras Gedanken um diesen Begriff, und er versuchte sich vorzustellen, was das sein mochte. Dann, als das Vibrieren des Sitzes auf seinen Körper übergriff, erinnerte er sich wieder an das Gefühl, mit dem er hierher gefahren war: Stärke und Überlegenheit hatte er empfunden, und er hatte es genossen. Die Macht und ihre Versuchungen – es schien, als würden sie es niemals lernen, auch nach zweihundertfünfzigtausend Jahren Kaiserreich nicht.

Er beugte sich vor und griff nach dem Mikrophon der Kommunikationseinheit. Als er den diensthabenden Funker der SALKANTAR erreichte, befahl er: »Schikken Sie einen Mehrfachfunkspruch an die TRIKOOD, General Jerom Karswant. Text: Nillian Jegetar Cuain ist mit an Sicherheit grenzender Wahrscheinlichkeit tot. Alle Anzeichen deuten darauf hin, daß er religiöser Lynchjustiz zum Opfer gefallen ist. Guten Heimflug, und meine besten Empfehlungen an die Zentralwelt. Gezeichnet Kommandant Wasra und so weiter.«

»Sofort?« fragte der Funker.

»Ja, sofort.«

Als er sich zurücklehnte, fühlte er sich eigensinnig und trotzköpfig, und es fühlte sich gut an. Es war wie kaltes Feuer in seinen Adern. Morgen würde er die Aufklärungsgruppe in der ganzen Stadt ausschwärmen lassen, damit sie jedem, den sie kriegen konnten, erzählten, was in dieser Galaxis vor sich ging. Und daß der Kaiser tot war. Himmel, er konnte es plötzlich kaum erwarten, den nächsten dieser verdammten Haarteppichplaneten anzufliegen und den Leuten die Wahrheit ins Gesicht zu schleudern.

Er bemerkte, daß Stribat ihn von der Seite ansah, mit einem Lächeln, das sich ganz langsam auf seine Lippen schlich. Vielleicht tauchte dieser Nillian eines Tages doch noch auf, wer konnte das schon wissen? Aber im Moment zählte, daß Karswant endlich zur Zentralwelt aufbrach, um dem Rat zu berichten. Daß die Dinge in Bewegung kamen. Wenn sie ihm eines Tages den Kommandantenrang wieder abnahmen, dann würde das nichts daran ändern, daß er gehandelt hatte, wie er es für richtig gehalten hatte.

Wasra lächelte, und es war das Lächeln eines freien Mannes.

Die ewige Rache

Sieben Monde standen am Himmel. Die Nacht war klar und wolkenlos, und die Himmelskuppel wölbte sich wie schwarzblauer Kristall über einer unwirklichen Landschaft.

Sich vorzustellen, daß diese ganze Welt einmal ausschließlich dem Amüsement und der Zerstreuung eines einzigen Mannes gedient hatte! Abgesehen von den ausgedehnten unterirdischen Verliesen und Verteidigungsanlagen, natürlich. Lamita stand oft abends hier, auf dem kleinen Balkon vor ihrem Zimmer, und versuchte zu verstehen.

Jenseits der Palastmauern erstreckte sich das Meer, ruhig und silbern im Licht der Monde. Am Horizont, so weit entfernt, daß man bei Nacht die Trennungslinie zwischen Wasser und Land nicht mehr ausmachen konnte, wölbten sich sanfte, bewaldete Hügel. Der ganze Planet war ein einziger, kunstvoll angelegter Park. Sie wußte, daß es außer dem großen Palast noch zahllose kleinere Schlösser und andere Landsitze gab, auf denen sich der Kaiser seinen Vergnügungen hingegeben hatte.

Nun, das war schon lange Vergangenheit. Heute tagte der Rat der Rebellen im großen Thronsaal, und die zahllosen Helfer der Provisorischen Regierung bevölkerten den riesigen Sternenpalast. Es war durchaus nicht unumstritten, daß sich die Regierung auf der ehemaligen Zentralwelt befand. In dieser paradiesischen Umgebung, hieß es, seien ihre Mitglieder den wirklichen Problemen der Menschen auf den anderen Welten zu weit entrückt, um sinnvolle Entscheidungen treffen zu können. Es waren praktische Gründe, warum der Provisorische Rat seinen Sitz vorläufig dennoch hier behielt: hier liefen alle Kommunikationseinrichtungen in einzigartiger Weise zusammen.

Ein harmonischer Glockenton erklang. Das war das Ferngespräch, auf das sie wartete. Lamita verließ eilig den Balkon und ging zu dem Vielzweckgerät neben ihrem Bett. Auf dem Sichtschirm leuchtete das Symbol des intergalaktischen Netzes.

»Es besteht Sprechverbindung mit Itkatan«, informierte sie eine wohlklingende, aber eindeutig künstliche Stimme. »Teilnehmerin ist Pheera Dor Terget.«

Sie betätigte die entsprechende Taste. »Hallo, Mutter. Hier ist deine Tochter Lamita.«

Der Bildschirm blieb dunkel. Wieder einmal keine Sichtverbindung. In letzter Zeit schienen Sichtverbindungen nur noch bei Gesprächen in andere Galaxien zustandezukommen.

»Lamita, Schatz!« Die Stimme ihrer Mutter hatte bei manchen Worten einen unangenehmen metallischen Beiklang. »Wie geht es dir?«

»Naja, wie soll es einem hier schon gehen? Gut natürlich.«

»Ach, ihr auf eurer Insel der Glückseligkeit. Wir sind hier schon froh, daß die Wasserversorgung wieder funktioniert und daß die Kämpfe im Nordsektor abgeklungen sind. Vielleicht haben die sich dort endlich gegenseitig den Garaus gemacht; darüber wäre niemand besonders traurig.«

»Etwas Neues von Vater?«

»Es geht ihm gut. Wir haben wieder Medikamente bekommen, und sein Zustand hat sich stabilisiert. Wenn er fünf Jahre jünger wäre, könnte man operieren, meinte der Arzt neulich. Aber nun muß es eben so gehen...« Sie seufzte. Ein Seufzer über dreißigtausend Lichtjahre Entfernung. »Erzähl von dir, Kind. Was gibt es Neues?«

Lamita zuckte die Schultern. »Morgen bin ich eingeladen, an einer Großen Sitzung des Rates teilzunehmen. Als Beobachterin. Der Kommandant der Gheera-Expedition ist zurückgekommen und wird Bericht erstatten.«

»Gheera? Ist das nicht diese Reichsprovinz, von der man nicht einmal wußte, daß es sie gibt?«

»Ja. Sie war achtzigtausend Jahre lang verschollen, und die Menschen dort haben anscheinend die ganze Zeit nichts anderes gemacht, als Teppiche aus Frauenhaar herzustellen«, sagte Lamita und fügte sarkastisch hinzu: »Und was immer die Expedition an weiteren Merkwürdigkeiten herausgefunden hat, von mir wird man erwarten, daß ich herausfinde, was das alles zu bedeuten hat.«

»Arbeitest du nicht mehr mit Rhuna zusammen?«

»Rhuna wird neue Statthalterin von Lukdaria. Gestern ist sie abgeflogen. Ich bin jetzt allein für das kaiserliche Archiv zuständig.«

»Statthalterin?« In der Stimme ihrer Mutter schwang deutliche Mißgunst mit. »Unglaublich. Als wir damals den Kaiserpalast stürmten, konnte sie wahrscheinlich gerade laufen. Und heute macht sie große Karriere.«

Lamita atmete tief ein. »Mutter, das gilt für mich

genauso. Ich war damals vier.« Die alten Rebellen schienen sich schwer an den Gedanken gewöhnen zu können, daß nun, da der unsterbliche Kaiser nicht mehr regierte, in Zukunft eine Generation der anderen folgen würde.

Interstellares Schweigen. Jede Sekunde kostete ein kleines Vermögen. »Ja, das ist wohl der Lauf der Dinge«, seufzte ihre Mutter schließlich. »Dann bist du jetzt also ganz allein in deinem Museum.«

»Es ist kein Museum, es ist ein Archiv«, verbesserte Lamita. Sie spürte die unterschwellige Herabsetzung in den Worten ihrer Mutter und ärgerte sich, obwohl sie sich vorgenommen hatte, sich nicht mehr provozieren zu lassen. »Abgesehen davon ist es wirklich lächerlich. Eine Viertelmillion Jahre Geschichte des Kaiserreiches, und ich ganz allein mittendrin – dabei könnte man im Archiv Antworten auf Fragen finden, die wir noch nicht einmal gestellt haben...«

Warum konnte ihre Mutter sie nur immer zur Weißglut treiben, indem sie die Hälfte von dem, was sie sagte, überhörte? »Und sonst? Bist du ansonsten auch allein?«

»Mutter!« Diese Leier wieder. Wahrscheinlich würde eine weitere Million Jahre vergehen, und Eltern würden ihre Kinder immer noch ihr Leben lang bevormunden.

»Ich frage doch nur...«

»Und du kennst meine Antwort. Du wirst es erfahren, falls ich einmal ein Kind bekommen sollte. Meine Männergeschichten bis dahin gehen nur mich etwas an – in Ordnung?«

»Kind, ich will mich bestimmt nicht in dein Leben einmischen; es würde mich nur beruhigen zu wissen, daß du nicht allein...«

»Mutter? Können wir bitte das Thema wechseln?«

Der Provisorische Rat hatte außergewöhnlich viele Beobachter zu dieser Sitzung eingeladen. Das war zu erwarten gewesen, ging es doch um den ersten Bericht über den Abschluß einer aufsehenerregenden Mission in der wiederentdeckten Provinz des Kaiserreiches. Da der Rat im ehemaligen Thronsaal tagte, der, wie es sich für den zeremoniellen Mittelpunkt des Reiches gehörte, von atemberaubender Ausdehnung und Ausstattung war, stellte das weiter kein Problem dar.

Lamita zwängte sich zwischen zwei alten Ratsmitgliedern hindurch auf der Suche nach dem Sitzplatz, den man ihr zugewiesen hatte. Sicher in einer der hinteren Reihen. Satzfetzen verfolgten sie, bauten ein Bild der Stimmung.

»...im Moment wirklich andere Sorgen als uns um einen obskuren Kult in einer verlorengegangenen Galaxis zu kümmern.«

»Ich halte das für ein Manöver von Jubad und Karswant, um ihren Einfluß im Rat...«

In den hinteren Reihen war nichts. Sie hielt ihre Einladung fest umklammert und ärgerte sich über ihre Unsicherheit angesichts all dieser alten Helden der Rebellion.

Zu ihrem Schrecken fand sie ihr Namensschild ganz vorn, unmittelbar hinter dem Halbrund der Tische, an denen die Räte saßen. Man schien tatsächlich Wert darauf zu legen, daß sie sich eine Meinung bildete. Sie setzte sich unauffällig und sah sich um. Mitten im Halbrund, vor dem Projektor, stand ein großer Tisch. Schräg gegenüber entdeckte sie Borlid Ewo Kenneken, mit dem sie in der Gheera-Angelegenheit seit einiger Zeit zu tun hatte. Er gehörte dem Verwaltungsausschuß für den imperialen Nachlaß an und war, was das Archiv betraf, in manchen Belangen so etwas wie ihr Vorgesetzter. Er nickte lächelnd herüber, und Lamita bemerkte wieder einmal, daß sein Blick sich nur sehr zögernd vom Anblick ihrer Figur löste.

Der Gong wurde geschlagen, um den baldigen Beginn der Sitzung anzukündigen. Lamita betrachtete das mannshohe und überreich verzierte Instrument fasziniert. Eines Tages würde der Sitz der Regierung woanders und der alte Kaiserpalast ein Museum sein, das faszinierendste Museum des Universums.

Sie entdeckte die gedrungene Gestalt eines Generals in voller Uniform, der in Begleitung einiger Offiziere eben den Saal betrat. Er wirkte bullig, bärbeißig und von unerschütterbarer Selbstsicherheit. Das mußte Jerom Karswant sein, der die Gheera-Expedition befehligt hatte. Er legte eine Handvoll Datenträger auf dem kleinen Tischchen neben der Projektionseinrichtung ab, ordnete sie sorgfältig und setzte sich dann in seinen Sessel.

Der zweite Gong. Lamita bemerkte, daß Borlid schon wieder zu ihr herübersah. Jetzt ärgerte sie sich, daß sie ein Kleid trug, das ihre Brüste betonte. Zum Glück erhob sich der Vorsitzende des Provisorischen Rates, um die Sitzung zu eröffnen und General Karswant das Wort zu erteilen, und Borlids Blickrichtung folgte der allgemeinen Aufmerksamkeit.

Karswant stand auf. Die Augen in seinem grimmig dreinblickenden Gesicht funkelten hellwach.

»Ich will Ihnen zunächst zeigen, worum es geht«, begann er und gab zweien seiner Begleiter einen Wink. Diese hoben eine große, mannslange Rolle vom Boden auf den Tisch und breiteten sie behutsam darauf aus.

»Verehrte Räte, meine Damen und Herren – ein Haarteppich!«

Die Köpfe ruckten nach vorn.

»Am besten kommen Sie einfach alle einmal kurz hierher an den Tisch, um sich dieses erstaunliche Kunstwerk aus der Nähe anzusehen. Der gesamte Teppich ist vollständig aus menschlichen Haaren geknüpft, und die Knoten sitzen so unglaublich eng und dicht, daß es der Arbeit eines ganzen Menschenlebens bedurfte, um ihn herzustellen.«

Zögernd standen die ersten Sitzungsteilnehmer auf und gingen zwischen den Reihen nach vorn, um den Haarteppich in Augenschein zu nehmen und schließlich vorsichtig zu berühren. Ein allgemeines Stühlerücken setzte ein, als die übrigen diesem Beispiel folgten, und innerhalb kürzester Zeit hatte sich die Sitzung in ein aufgeregtes Durcheinander verwandelt.

Lamita staunte ehrfürchtig, als es ihr gelang, mit der Hand über die Oberfläche des Haarteppichs zu streichen. Er sah auf den ersten Blick aus wie ein Pelz, aber wenn man ihn berührte, spürte man, daß die Haare weitaus dichter und enger standen. Schwarze, blonde, braune und rote Haare waren in diesem Teppich zu vielfältigen geometrischen Mustern verarbeitet worden. Sie hatte in den Expeditionsberichten Fotos von Haarteppichen gesehen, aber es war ein überwältigendes Erlebnis, einen solchen Teppich direkt vor sich zu haben. Man spürte förmlich das Ausmaß an Hingabe und Konzentration, das auf dieses unerhörte Kunstwerk verwendet worden war.

In dem allgemeinen Gedränge stand Borlid plötzlich wie zufällig neben ihr. Der Haarteppich schien ihn nicht besonders zu interessieren.

»Wenn das hier alles vorbei ist«, raunte er ihr zu, »darf ich dich dann zum Essen einladen?«

Lamita atmete einmal ein und wieder aus. »Borlid, es tut mir leid. Ich bin gerade nicht in der Stimmung, dazu etwas zu sagen.«

»Und nach der Sitzung? Wirst du da in der Stimmung sein?«

»Das weiß ich nicht. Wahrscheinlich nicht. Außerdem bin ich mir sicher, daß ich ein schlechtes Gewissen hätte, eine Einladung von dir anzunehmen, weil ich weiß, daß du dir dann vielleicht falsche Hoffnungen machst.«

»Oh?« machte er mit gespielter Überraschung. »Habe ich mich mißverständlich ausgedrückt? Es ging nicht um einen Heiratsantrag, sondern um ein schlichtes Abendessen...«

»Borlid, bitte nicht jetzt!« mahnte sie ihn und kehrte zurück an ihren Platz.

Wie konnte er nur so von sich überzeugt sein? Sie hatte ihn als Mitarbeiter bis jetzt angenehm gefunden, aber wenn er glaubte, unwiderstehlich zu sein, war er einfach nur tölpelhaft und plump. Er schien nicht verstehen zu wollen, daß sie nichts von ihm wollte. In ihren Augen benahm er sich so jungenhaft, daß sie sich wie eine Kinderschänderin vorgekommen wäre.

Allmählich beruhigte sich das Auditorium wieder. Nachdem jeder an seinen Platz zurückgekehrt war, fuhr der General mit seinem Vortrag fort. Lamita hörte nur mit halbem Ohr zu. Das meiste, was er sagte, wußte sie bereits – wie die Haarteppiche entdeckt worden waren, Einzelheiten über den Kult, der auf den Welten von Gheera um diese Teppiche bestand, die Handelswege und die Raumschiffe, die die Haarteppiche schließlich an Bord nahmen, um sie mit zunächst unbekanntem Ziel abzutransportieren.

»Wir konnten der Spur der Haarteppiche folgen bis zu

einer großen Raumstation, die ein Doppelgestirn umkreiste, bestehend aus einer roten Riesensonne und einem Schwarzen Loch. Unseren Beobachtungen zufolge – die sich später bestätigen sollten – handelte es sich bei der Raumstation um eine Art Umladestelle für die Haarteppiche. Als wir uns der Station näherten, wurden wir jedoch so überraschend und so heftig angegriffen, daß wir uns zunächst zurückziehen mußten.«

Natürlich war Borlid attraktiv, nach allgemeinen Maßstäben. Und was man so hörte, ließ er wenig Chancen bei den weiblichen Angehörigen der Palastverwaltung ungenutzt. Lamita horchte tief in sich hinein. Das war wirklich nicht der Grund, warum sie ihn ablehnte. Es war mehr... seine Unreife. Sie fand ihn als Mann flach, unreif, uninteressant.

»Man muß dazu bedenken, daß wir bis dahin ja nur eine kleine Expeditionsflotte waren, bestehend aus einem schweren und drei leichten Kreuzern sowie fünfundzwanzig Expeditionsbooten. Wir warteten also das Eintreffen der vom Rat bewilligten Kampfverbände ab, griffen dann die Station an und besetzten sie schließlich mit relativ geringen eigenen Verlusten. Es stellte sich heraus, daß es sich bei dem Schwarzen Loch in Wirklichkeit um das Portalfeld eines riesigen Dimensionstunnels handelte, groß genug, um mit übergroßen Transportschiffen beflogen zu werden. In diesem Dimensionstunnel waren, und das seit Jahrzehntausenden, samt und sonders alle in Gheera hergestellten Haarteppiche.

Larmita wußte, daß sie, schlank, mit langen blonden Haaren und endlosen Beinen, gut aussah. Kein Mann, der nicht nach ihr den Kopf drehte, wenn sie vorbeiging. An ihrem Aussehen konnte es nicht liegen, daß sie schon so lange allein war. Sie fragte sich, was sonst mit ihr nicht stimmen mochte.

»Wir brachten ein Transportschiff auf, das aus dem Tunnel kam. Es war beladen mit leeren Containern, die wohl für den Transport von Haarteppichen gedacht waren. Nach eingehenden Untersuchungen und Überlegungen wagten wir es, mit einem kompletten Kampfverband aufs Geratewohl durch den Dimensionstunnel zu fliegen. Und wir entdeckten ein Sonnensystem, von dem jeder geglaubt hatte, daß es nicht mehr existiere, weil wir es da, wo es sich den Sternkarten zufolge hätte befinden müssen, nicht mehr vorgefunden hatten – wir fanden den Planeten Gheerh.«

Borlid war vergessen. Das hier war Geschichte hautnah. Gheerh war vermutlich einmal das Zentrum eines großen Reiches gewesen, des Reiches Gheera, bevor die Flotten des Kaisers darüber hergefallen waren und es erobert hatten, um es dem Kaiserreich einzuverleiben. Und um es später aus irgendeinem unbekannten Grund vom restlichen Reich zu isolieren und wieder zu vergessen.

»Das Sonnensystem befand sich in einer gewaltigen Dimensionsblase, zu der der Tunnel, den wir benutzt hatten, der einzige Zugang war. Das war der Grund, warum wir Gheerh nicht an der in den Sternkarten verzeichneten Position gefunden hatten. Bis dahin hatten wir geglaubt, es sei zerstört worden, aber tatsächlich hatte man es mit Hilfe der Dimensionsblase aus unserem Universum entfernt; es sozusagen eingekapselt in ein winziges eigenes Universum, in dem es außer der Sonne Gheerhs keine Sterne gab. Aufrechterhalten wurde die Blase von Anlagen, die sich auf dem sonnennächsten Planeten des Systems befanden und die ihren unermeßlichen Energiebedarf direkt aus der Sonne stillten. Diese Anlagen wiederum wurden von stark bewaffneten und extrem beweglichen Kampfraumschiffen bewacht, die uns unmittelbar nach unserem Eintreffen in der Blase attackierten. Da sie uns dabei den Rückweg abschnitten, griffen wir unsererseits die Blasenprojektoren an und zerstörten so viele davon, daß das Sonnensystem in das normale Universum zurückstürzte. Es kehrte an seine ursprüngliche Position zurück, und nachdem uns die übrigen Kampfverbände zu Hilfe gekommen waren, gelang es uns schließlich, die gegnerischen Kräfte zu neutralisieren und den Planeten Gheerh zu besetzen.«

Karswant hielt inne. Zum ersten Mal schien er nach den richtigen Worten zu suchen.

»Ich habe schon viele merkwürdige Dinge gesehen in meinem Leben«, fuhr er zögernd fort, »und die meisten Leute, die mich kennen, sagen mir nach, ich sei nicht so leicht aus der Fassung zu bringen. Aber Gheerh...«

Das Projektorbild zeigte einen größtenteils eintönig grauen Planeten, auf dem es fast keine Ozeane gab. Lediglich im Bereich der Pole waren geringfügige Verfärbungen auszumachen.

»Wir fanden einige Millionen Ureinwohner, die unter erbarmungswürdigen Umständen ein primitives Leben fristen. Und wir fanden einige hunderttausend Mann, die sich für Truppen des Kaisers halten und einen gnadenlosen Ausrottungskrieg gegen diese Menschen führten. Schritt um Schritt arbeiteten sie sich vor, töteten, brannten ab und metzelten nieder und zogen ihre Grenzlinie unaufhaltsam weiter. Nur etwas weniger als ein Viertel der Planetenoberfläche wird noch von den Ureinwohnern bewohnt, und dabei handelt es sich größtenteils um die unwirtlichen Polregionen.«

»Ihr habt diesem grausamen Krieg hoffentlich ein Ende gesetzt?« ließ sich einer der Räte donnernd vernehmen.

»Selbstverständlich«, erwiderte der General. »Wir konnten einen gerade gestarteten Angriff aufhalten.«

Eine Rätin hob die Hand. »General, Ihr spracht davon, daß die Ureinwohner im Lauf der Zeit auf einem Viertel der planetaren Oberfläche zusammengedrängt wurden. Was ist mit den restlichen drei Vierteln?«

Karswant nickte. »Die von den Truppen sozusagen freigeräumte Fläche umfaßt ungefähr zwei Drittel der festen Landmasse des Planeten, und...«

Er hielt wieder inne und sah sich langsam im Saal um, und er wirkte dabei, als suche er von irgendwoher Hilfe. Als er schließlich weitersprach, hatte seine Stimme die übliche militärische Härte verloren; es war, als spräche nun der Mensch Jerom Karswant.

»Ich gestehe, daß ich mich vor diesem Augenblick gefürchtet habe. Wie um alles in der Welt soll ich beschreiben, was wir gesehen haben? Wie soll ich es so beschreiben, daß Sie mir glauben? Ich habe nicht einmal meinen besten Kommandanten geglaubt, Männern, denen ich bedenkenlos mein Leben anvertrauen würde, sondern mußte selber landen, um nachzusehen. Und das, was meine eigenen Augen mir zeigten, wollte ich auch nicht glauben...«

Er machte eine vage Geste mit der Hand. »Während der ganzen Reise zurück von Gheera sind wir zusammengesessen und haben alle Einzelheiten wieder und wieder durchgekaut, aber wir sind zu keinem Schluß gekommen. Falls das Ganze irgend einen Sinn ergeben sollte, bitte ich darum, daß ich eingeweiht werde. Das ist so ziemlich das einzige, was ich mir noch wünsche im

Leben – eine Erklärung, einen Grund für den Planeten Gheerh.« Damit schaltete er den Projektor wieder ein, und der vorbereitete Film begann zu laufen.

»Jeder Fußbreit Boden, den die kaiserlichen Truppen durch Ermordung oder Vertreibung der Ureinwohner gewannen, wurde von technischem Personal, das ebenfalls an die fünfhunderttausend Mann zählte, umgehend eingeebnet und dauerhaft befestigt, und wenn die kämpfenden Truppen weitergezogen waren, wurde die so geschaffene Fläche mit Haarteppichen bedeckt. Auf diese Weise haben die Mannschaften des Kaisers im Lauf der Jahrtausende zwei Drittel der gesamten Planetenoberfläche mit Haarteppichen ausgelegt.«

In die verblüffte Stille hinein räusperte sich einer der Räte und fragte: »Wollt Ihr damit andeuten, General, daß all die Haarteppiche hergestellt wurden, um einen *Planeten* damit zu überziehen?«

»Das ist das Bild, das sich bietet, wenn man Gheerh überfliegt. Wohin man auch kommt, überall liegt Haarteppich an Haarteppich, und kein Fleck des ursprünglichen Untergrundes ist zu sehen. Weite Ebenen, tiefe Täler, hohe Berge, Strände, Hügel, Abhänge – alles, alles ist von Haarteppichen bedeckt.«

Die Anwesenden verfolgten fasziniert die projizierten Bilder, die die Aussage des Generals bestätigten.

»Das ist doch verrückt«, meinte jemand schließlich. »Welchen Sinn soll so etwas haben?«

Karswant zuckte hilflos die Schultern. »Wir wissen es nicht. Und wir können uns auch keinen Sinn vorstellen.«

Unter den Teilnehmern der Sitzung brach eine erregte Diskussion aus, die der Vorsitzende des Provisorischen Rates mit einer gebieterischen Handbewegung unterband. »Ihr habt recht, General Karswant, es fällt mir tatsächlich schwer, das zu glauben«, erklärte er. »Ganz bestimmt ist es die unglaublichste Sache, von der ich je gehört habe.« Er hielt einen Moment inne. Man merkte ihm an, daß er gerade Mühe hatte, den Faden dessen zu behalten, was er sagen wollte. »Wir können auch unmöglich alle nach Gheera fliegen, obwohl es mich, offen gestanden, danach verlangt. Wir werden einfach versuchen, Ihnen zu glauben, General.«

Er wirkte regelrecht benommen, wie er unvermittelt wieder schwieg und ziellos umherblickte. Jeder im Saal wirkte benommen.

»Welche Erklärung es auch immer für all das geben mag«, fuhr er dann fort, erkennbar bemüht, die Situation irgendwie in den Griff zu bekommen, »wir werden sie sicher nur in der Geschichte finden. Ich bin froh, daß heute unsere bezaubernde Lamita Terget Utmanasalen anwesend ist, eine der besten Historikerinnen, die wir haben. Sie verwaltet das kaiserliche Archiv, und vielleicht weiß sie ja mehr als wir?«

Lamita war bei diesen Worten aufgestanden und drehte sich nach allen Seiten um, nervös, so überraschend im Mittelpunkt zu stehen. »Es tut mir leid, dazu nichts sagen zu können«, sagte sie, nachdem der Vorsitzende ihr zugenickt hatte. »Im Archiv wurden bisher keinerlei Hinweise auf die Haarteppiche gefunden. Das muß nicht heißen, daß es sie nicht gibt; das Ordnungssystem des Archivs ist uns noch ziemlich rätselhaft, und das Archiv, das die gesamte Kaiserzeit umfaßt, ist riesengroß...«

»Lamita, Ihr seid von allen anderen Aufgaben freigestellt«, unterbrach der Vorsitzende sie. »Kümmert Euch bis auf weiteres nur um diese Angelegenheit.«

Danke, dachte Lamita verärgert, als sie sich wieder

setzte. Allein. Ich und das Archiv. Mitarbeiter, die hätte er mir zusagen sollen.

»Unsere Überlegungen«, fuhr der alte Rat eilig fort, »sollten sich mit der Gegenwart und der Zukunft beschäftigen. Die Bevölkerung von Gheera muß aufgeklärt, der Kaiserglauben beseitigt und eine neue politische Ordnung etabliert werden. Ich könnte mir vorstellen, daß es nach dem Vorbild der Provinzen Baquion und Tempesh-Kutaraan gelingen könnte, Gheera in eine selbstständige Föderation umzuwandeln...«

Der darauf folgenden politischen Diskussion folgte Lamita nur noch mit halbem Ohr. Tagespolitik interessierte sie nicht. Ihr Interesse galt geschichtlichen Ereignissen und Entwicklungen, den Jahrtausenden, die hinter ihnen lagen. Im Geiste durchwanderte sie das Archiv, versuchte zum tausendsten Mal, das Geheimnis seiner Ordnung zu ergründen und kam doch auf keine neue Idee. Sie war froh, als die Sitzung endlich beendet wurde.

Borlid fing sie ab, ehe sie den Saal verlassen konnte.

»Lamita, ich muß dich einen Moment sprechen.«

Sie verschränkte die Arme, ihre Unterlagen schützend vor der Brust. »Bitte.«

»Seit Wochen weichst du mir aus. Ich möchte wissen, warum.«

»Tue ich das?«

»Ja. Ich frage dich, ob du mit mir essen willst, und du...«

Sie seufzte. »Borlid, machen wir uns doch nichts vor. Du willst mehr von mir als nur mit mir zu Abend zu essen. Und ich will eben nicht. Also wäre es unfair, deine Einladung anzunehmen. Und anstrengend.«

»Keine Chance?«

»Nein.« Gekränkte männliche Eitelkeit. Furchtbar!

»Es gibt also einen Mann in deinem Leben?«

»Und wenn es so wäre, Borlid: das ist allein meine Sache und geht dich nichts an.«

Sie lag auf dem Rücken und starrte an die bemalte Decke über ihrem Bett. Das Windspiel, das in der offenen Balkontür hing, drehte sich sanft in der nächtlichen Brise und ließ zarte, sehnsüchtige Töne erklingen. Es warf im Licht der Monde Schatten auf die Bettdecke, ansonsten war es dunkel im Zimmer.

»Ich habe einen der attraktivsten Männer zurückgewiesen, die den Palast bevölkern«, sagte sie laut. »Und nun liege ich allein auf meinem Bett und weiß nicht, wohin mit mir.«

Ein leises Lachen aus einer Entfernung von siebzehntausend Lichtjahren.

»Da du ihn zurückgewiesen hast, war er offenbar nicht attraktiv genug, Schwester.«

»Ja, genau. Ich finde ihn kindisch und seicht.«

»Gerade hast du noch gesagt, er sei einer der attraktivsten Männer...«

»Naja. Viele Frauen finden ihn ziemlich anziehend.«

Wieder dieses Lachen. »Mir scheint, Schwesterherz, daß du immer noch glaubst, es ginge darum, so zu werden wie alle anderen. In Wirklichkeit geht es darum, *anders* zu werden als die anderen – deine Einzigartigkeit zu entdecken. Du bist Rebellin durch Geburt, aber das bedeutet nicht viel. Deine eigene Rebellion steht immer noch bevor.«

Lamita furchte die Nase, während sie den Sinn dieser Bemerkung zu ergründen versuchte. Ihre ältere Schwester liebte es, geheimnisvolle Sentenzen von sich zu geben und es ihren Gesprächspartnern zu überlassen, etwas damit anzufangen oder auch nicht.

»Sarna, was stimmt mit mir nicht, daß ich allein bin?« fragte Lamita trotzig.

»Was hast du dagegen, allein zu sein?«

»Es ist langweilig. Unbefriedigend.«

»Beunruhigend?« bohrte Sarna weiter.

»Auch«, mußte Lamita widerwillig zugeben.

»Wie lange ist es her, daß du mit einem Mann zusammen warst?«

»Lange. Es ist schon fast nicht mehr wahr. Und außerdem war es schrecklich. Ich kam mir vor wie ein Kindermädchen.«

»Aber da es lange her ist«, resümierte ihre Schwester, »bist du mittlerweile drüber weg. Das kann es also nicht sein. Lamita – welcher Mann aus deiner Umgebung reizt dich?«

»Keiner«, entgegnete Lamita wie aus der Pistole geschossen.

»Überleg noch einmal genau.«

Lamita ließ flüchtig alle einigermaßen passablen jungen Männer Revue passieren, mit denen sie zu tun hatte. Alle langweilig. »Da gibt es nicht viel zu überlegen. Da ist wirklich keiner.«

»Das kaufe ich dir nicht ab. Nach meiner Erfahrung damit, was unsere Hormone in uns anrichten« – Lamita mußte zugeben, daß die diesbezügliche Erfahrung ihrer Schwester enorm war; auch deshalb hatte sie sie angerufen – »ist das unmöglich. Ich behaupte, es gibt einen. Ein Mann ist da, der dich anzieht und dessen Gegenwart es zwischen deinen Beinen feucht werden läßt. Du gestehst es dir nur nicht zu. Vielleicht ist er verheiratet, oder er ist häßlich, oder es gibt sonst irgend einen Grund – jedenfalls hast du ihn aus deinem Bewußtsein ausgeblendet. Aber er ist da. Und alle anderen interessieren dich folglich nicht.« Pause. »Na, löst das etwas aus?«

Lamita strich sich gedankenverloren ein paar Haare aus der Stirn. Ja, da war etwas. Sie spürte eine Stelle in ihren Gedanken, an der so etwas wie ein Widerstand war, ein blinder Fleck, eine selbstgeschaffene Barriere. Wenn sie für einen Moment alle ihre Tabus beiseiteließ, dann kam... Nein. Das war indiskutabel. Was würde man über sie sagen, wenn sie...

Was würden die anderen sagen. Da hatte sie es. Erstaunliche Gedanken für eine, die sich für eine Rebellin hielt, nicht wahr? Sie wurde fast zornig auf sich selbst und war doch stolz, sich auf die Schliche gekommen zu sein.

»Es gibt da tatsächlich einen Mann...« begann sie zögernd.

»Na also«, sagte Sarna hochbefriedigt.

»Aber es geht trotzdem nicht. Nicht mit ihm.«

»Warum nicht?« bohrte ihre Schwester genüßlich weiter.

»Er ist viel älter als ich.«

»Muß in der Familie liegen. Unser Vater war schließlich auch nicht mehr taufrisch, als er unsere Mutter kennenlernte.«

»Und er ist ein unverbesserlicher Anhänger des Kaisers.«

»Eine Garantie für lebhafte Gespräche«, kommentierte Sarna belustigt. »Sonst noch etwas?«

Lamita dachte nach. »Nein«, seufzte sie schließlich. »Aber jetzt weiß ich erst recht nicht, was ich tun soll.«

»Nein?« amüsierte sich ihre Schwester. »Ich wette, du weißt es ganz genau.«

Sie kannte diesen inneren Zustand: eine bedingungslose Entschlossenheit, zu handeln und mutig zu sein und sich nicht von Hindernissen beeindrucken zu lassen. Sie wußte auch, daß es galt, diesen Zustand zu nutzen, solange er anhielt.

An Schlaf war nicht zu denken. Sie zog sich rasch um und rief dann im kaiserlichen Archiv an. Der Archivar meldete sich nach kurzer Zeit.

»Habt Ihr etwas dagegen einzuwenden, wenn ich heute abend noch ins Archiv komme?« fragte sie.

Er hob nur eine Augenbraue. »Ihr seid die Beauftragte des Rates. Ihr könnt kommen und gehen, wann immer Ihr wollt.«

»Ja«, sagte Lamita nervös. »Ich wollte nur Bescheid geben. Ich komme demnächst.«

»Ja«, sagte Emparak, der Archivar, und schaltete ab.

Das Tor des Archivs stand offen, als sie dort ankam. Lamita stand eine Weile ratlos in der hell erleuchteten Vorhalle und sah sich um. Alles lag leer und verlassen, niemand war zu sehen. Auch im großen Kuppelbau brannte Licht. Lamita ging in den zentralen Lesesaal und legte ihre Arbeitsmappe auf dem ovalen Tisch ab, an dem früher der Kaiser selbst gesessen hatte. Das Echo aller Geräusche hallte überlaut wider und verstärkte das Gefühl, allein zu sein.

Sie ging in einen der radialen Gänge und holte aus einem Regal einen alten Folianten. Als sie damit zurück an den Tisch kam, entdeckte sie den Archivar. Wie immer stand er im Halbschatten der Säulen am Eingang zum Lesesaal, abwartend und reglos.

Lamita legte den dicken Band langsam auf dem Tisch ab. »Ich hoffe, ich störe Euch nicht«, sagte sie in die Stille.

»Nein«, sagte Emparak.

Sie zögerte. »Wo wohnt Ihr eigentlich?«

Falls ihn die Frage wunderte, ließ er es sich nicht anmerken. »Ich habe eine kleine Wohnung im ersten Untergeschoß.«

Es klang abweisend. Sie wußte, daß er den Kaiser noch gekannt und auch mit ihm zusammengearbeitet hatte, und bei den Gelegenheiten, bei denen sie bisher mit dem Archivar zu tun gehabt hatte, war ihr nicht entgangen, daß er ihr und generell jedermann gegenüber feindselig eingestellt war, der mit der Rebellion zu tun hatte. Sie betrachtete ihn. Er war ein untersetzter Mann, kaum größer als sie selbst, mit silbergrauem, vollem Haar, und sein Rücken war etwas verwachsen, was ihn zu einer gebückten Körperhaltung zwang. Dennoch war er eine würdige, stattliche Gestalt, die ruhige Gelassenheit und Reife ausstrahlte.

»Es muß ein eigenartiges Gefühl sein, hier zu leben«, sagte sie nachdenklich. »Inmitten von Jahrzehntausenden großer Geschichte...«

Sie bemerkte, daß Emparak bei diesen Worten zusammenzuckte, und als sie in seine Augen blickte, sah sie, daß er überrascht war.

»Als das Kaiserreich endete, war ich noch ein Kind, gerade fünf oder sechs Jahre alt«, fuhr sie fort, und zum ersten Mal hatte sie das Gefühl, daß er ihr tatsächlich zuhörte. »Ich wuchs auf in einer Welt, die im Umbruch war. Ich sah rings um mich Dinge zusammenbrechen, und es begann mich zu interessieren, wie es vorher gewesen war. Das war wohl der Grund, warum ich Geschichte studierte. Und während meines ganzen Studiums hatte ich den Traum, eines Tages hier zu sein, im kaiserlichen Archiv. Ausgrabungen, Recherchen, Feldforschung – das hat mich alles nie gereizt. Dort draußen waren die Fragen – aber hier, davon war ich überzeugt, sind die Antworten. Und ich war nicht daran interessiert zu forschen, ich war daran interessiert zu wissen.« Sie sah ihn an. »Und nun bin ich hier.«

Er war einen Schritt aus seinem Schatten herausgekommen, wahrscheinlich ohne es zu bemerken. Forschend sah er sie an, als sähe er sie zum ersten Mal, und Lamita wartete geduldig.

»Warum erzählt Ihr mir das?« fragte er schließlich. Es klang gequält.

Lamita ging behutsam auf ihn zu. Sie atmete tief und langsam ein und versuchte den Mut in sich zu erspüren, der sie vorhin noch beflügelt hatte. »Ich bin gekommen, um herauszufinden, was das ist zwischen uns«, sagte sie sanft.

»Zwischen... uns?«

»Zwischen Euch, Emparak, und mir – da ist etwas. Eine Schwingung. Eine Verbindung. Ein elektrisches Feld. Ich spüre es, und ich bin sicher, Ihr spürt es auch.« Sie stand jetzt direkt vor ihm, und es war stark. »Ihr seid mir sofort aufgefallen, Emparak, als ich Euch das erste Mal hier bei den Säulen stehen sah. Ich habe es mir bisher nicht eingestanden, aber Eure Gegenwart löst Begehren in mir aus; ein starkes Begehren, wie ich es noch nie gekannt habe. Ich bin gekommen, um dem nachzugehen.«

Sein Atem ging keuchend, und sein Blick raste hin und her, über den Boden und die Wände, und wagte es immer nur für Augenblicke, sie anzusehen.

»Ich bitte Euch, spielt nicht mit mir.«

»Ich spiele nicht, Emparak.«

»Ihr seid eine... eine wunderschöne Frau, Lamita. Ihr

könnt jeden Mann haben, den Ihr wollt. Aus welchem Grund solltet Ihr Euch mit einem Krüppel wie mir abgeben?«

Lamita spürte seinen Schmerz plötzlich, als wäre es ihr eigener. Es war ein Gefühl, das seinen Ursprung in ihrer Herzgegend zu haben schien. »Ich finde nicht, daß Ihr ein Krüppel seid. Ich sehe, daß Ihr einen verwachsenen Rücken habt, aber was heißt das schon?«

»Ich bin ein Krüppel«, beharrte er. »Und ein alter Mann.«

»Aber ein Mann.«

Er sagte nichts, stand von ihr abgewandt und starrte auf den marmornen Fußboden.

»Ich bin gekommen, um zu erfahren, was Ihr fühlt, Emparak«, sagte Lamita schließlich leise. Vielleicht war es doch keine gute Idee gewesen. »Wenn es Euch lieber ist, dann gehe ich wieder.«

Er murmelte etwas, das sie nicht verstand.

Sie streckte die Hand aus und berührte seinen Oberarm. »Wollt Ihr, daß ich gehe?« fragte sie voller Spannung.

Sein Kopf ruckte herum. »Nein. Geht nicht.« Er wußte immer noch nicht, wohin er schauen sollte, aber seine Hand hatte plötzlich nach der ihren gefaßt und hielt sie umklammert, und die Worte sprudelten mit einem Mal aus ihm heraus. »Ich bin ein alter Narr... Das ist alles so... Ich hatte nicht mehr damit gerechnet, daß ich noch einmal im Leben... und eine Frau wie Ihr! Ich weiß überhaupt nicht, was ich jetzt machen soll.«

Lamita mußte lächeln. »Ich wette, das wißt Ihr ganz genau«, sagte sie.

Sie war darauf gefaßt gewesen, gegen einen lebenslang aufgehäuften Berg von Minderwertigkeitsgefühlen angehen zu müssen, und sie war auch dazu bereit gewesen. Aber als Emparak sie in die Arme nahm und küßte, geschah dies mit einer einfühlsamen Bestimmtheit, die sie grenzenlos überraschte. Sie löste sich förmlich auf in seiner Umarmung. Es war, als ob ihr Körper schon immer auf die Berührung durch diesen Mann gewartet hätte.

»Darf ich Euch zeigen, wo ich wohne?« fragte er schließlich, Stunden später, wie ihr schien.

Sie nickte verträumt. »Ja«, seufzte sie. »Bitte.«

»Ich kann es immer noch nicht glauben«, sagte Emparak in die Dunkelheit hinein. »Und ich weiß nicht, ob ich es jemals glauben werde.«

»Beruhige dich«, schnurrte Lamita schläfrig, »ich kann es auch kaum glauben.«

»Hast du viele Männer gehabt?« fragte er, und es klang auf eine fast amüsante Weise eifersüchtig.

»Nicht so viele, wie die meisten vermuten«, lächelte sie. »Aber genug, um zu merken, daß mich Männer bald langweilen, für die der wichtigste Teil der Geschichte mit ihrer eigenen Geburt begonnen hat.« Sie drehte sich herum und schmiegte sich an seine Brust. »Zum Glück scheinen deine diesbezüglichen Erfahrungen meine kümmerlichen Fertigkeiten weit in den Schatten zu stellen. Ich wette, du hast nicht immer so mönchisch gelebt, wie deine Wohnung aussieht.«

Emparak lächelte, sie hörte es am Klang seiner Stimme. »Früher war meine Position bedeutend, und das hat vieles wettgemacht. Ich war diskret, aber ich glaube, jeder wußte, daß ich allen Frauen im Palast nachstellte... Dann kam der Umsturz, und ihr Rebellen habt mich entsetzlich degradiert, mich eure Macht spüren lassen und auch, daß ich auf der falschen Seite gestanden hatte, auf der Verliererseite. Ihr habt mich auf Eis gelegt, weil ihr nicht wußtet, ob ihr mich vielleicht eines Tages noch einmal brauchen würdet, aber ich war nicht mehr als ein alter Hausmeister. Und seither habe ich mich völlig zurückgezogen.«

»Das habe ich gemerkt«, murmelte Lamita. Irgend etwas in ihr sagte ihr, daß sich das Gespräch auf gefährliches Terrain zubewegte, aber sie beschloß, weiterhin risikobereit zu sein. »Ich glaube, du bist immer noch ein Anhänger des Kaisers.«

Sie spürte, wie er sich plötzlich wieder verschloß.

»Was würde das für dich bedeuten?« Unbeugsamer Stolz sprach aus dieser Entgegnung, Trotz und auch Angst. Nicht wenig Angst.

»Solange du auch mein Anhänger bleibst, ist es in Ordnung«, sagte sie sanft. Eine gute Antwort. Sie fühlte seine Entspannung. Trotz seiner Angst wäre er nicht bereit gewesen, sich zu verleugnen, nicht einmal um ihretwillen. Das imponierte ihr.

»Ich war eigentlich nie ein Anhänger des Kaisers im üblichen Sinn«, sagte er nachdenklich. »Die Menschen, die ihn verehrten und anbeteten, kannten ihn nicht, kannten nur die Vorstellungen, die sie sich von ihm machten. Aber ich kannte ihn, von Angesicht zu Angesicht.« Er schwieg einen Moment, und Lamita konnte förmlich fühlen, wie in ihm Erinnerungen erwachten. »Seine Nähe war noch überwältigender als alle Legenden, die seine Priester erschaffen konnten. Er war eine unfaßbar charismatische Persönlichkeit. Ihr Rebellen macht es euch zu einfach; mit herkömmlichen Maßstäben kann man ihn nicht messen. Eher mit Maßstäben, die man an ein Naturphänomen anlegen würde. Vergiß nicht, er war unsterblich, an die hunderttausend Jahre alt – niemand weiß, was das bedeuten mag. Nein, ich bin kein blinder Verehrer – ich bin ein Forscher. Ich versuche zu verstehen, und billige, schnelle, fertige Antworten sind mir zutiefst zuwider.«

Lamita hatte sich aufgesetzt und schaltete das Licht neben dem Bett an. Sie sah Emparak an, als sähe sie ihn zum ersten Mal, und in gewissen Sinne tat sie das auch. Der stumpf dreinblickende, giftige Alte war verschwunden. Der Mann, der neben ihr lag, war hellwach und lebendig und entpuppte sich als ein näherer Geistesverwandter als irgendjemand sonst, den sie kannte.

»Mir geht es genauso«, sagte sie und hatte plötzlich Lust, ihn auf der Stelle ein zweites Mal zu verführen.

Emparak schlug jedoch die Decke beiseite, stand auf und begann sich anzuziehen. »Komm mit«, sagte er, »ich will dir etwas zeigen.«

»Das Archiv ist so alt wie das Kaiserreich, und im Laufe der Zeit hat es weit über tausend Änderungen der Ordnungskriterien gegeben. Entsprechend kompliziert ist das Ordnungssystem heute. Wenn man es nicht kennt, ist es schlechterdings nicht zu durchschauen.« Emparaks Stimme hallte aus den niedrigen, dunklen Seitengängen wider, während sie Ebene um Ebene hinabstiegen in die geheimnisvollen Tiefen des Archivs. Hier unten waren nur die Hauptgänge schwach erhellt, und was man in den Schatten sehen wollte, die die Schränke, Schaukästen und die vielen rätselhaften Beutestücke warfen, blieb der Phantasie überlassen. Lamita hatte irgendwann nach der Hand des Archivars gegriffen und sie nicht mehr losgelassen.

»Ebene zwei«, sagte Emparak, nachdem sie eine weitere der breiten Steintreppen hinabgestiegen waren. Er wies auf ein unauffälliges kleines Schild, auf dem die Zahl in einer uralten Form aufgemalt war.

»Ist das die zweite Ebene von unten her?« fragte Lamita.

»Nein. Es gibt keinerlei Zusammenhang. Das Archiv ist unzählige Male ausgebaut, umgebaut, erweitert und umgeordnet worden.« Er lachte spöttisch. »Unter uns existieren noch vierhundert weitere Ebenen. Kein Rebell war jemals so weit unten.«

Sie wanderten einen breiten Gang entlang. Bei einem Schild, das den Buchstaben L in einer Form zeigte, wie sie zu Zeiten des dritten Kaisers in Gebrauch gewesen war, bogen sie in einen schmaleren Seitengang ein, und dann begann eine Wanderung vorbei an Archivschränken und geheimnisvollen Artefakten, Gerätschaften und Kunstwerken, die Lamita schier endlos vorkam. Die auf den Schildern verwendeten Zahlzeichen durchliefen hunderttausend Jahre semiotischer Entwicklung, bis sie bei der Zahl 967 anlangten, in einer vor achtzigtausend Jahren gebräuchlichen Schreibweise.

Emparak öffnete einen großen Schrank, der nur einen Türflügel hatte. Diesen Türflügel klappte er auf, so weit es ging, und schaltete dann das Deckenlicht ein.

An der Innenseite der Schranktür hing ein Haarteppich.

Lamita merkte nach einer Weile, daß ihr Mund offen stand, und sie schloß ihn wieder.

»Also doch«, sagte sie. »Das Archiv weiß also doch etwas über Haarteppiche.«

»Das Archiv weiß *alles* über Haarteppiche.«

»Und du hast das die ganze Zeit verschwiegen.«

»Ja.«

Lamita spürte ein albernes Kichern in sich hochblubbern wie Blasen in Wasser, das endlich zum Kochen kommt, und sie hielt es nicht zurück. Sie warf den Kopf in den Nacken und lachte, daß es von überallher widerhallte. Durch Tränenschleier sah sie, daß Emparak sie schmunzelnd beobachtete.

»Archivar«, prustete sie in einem vergeblichen Versuch, streng zu klingen, als sie wieder Luft bekam, »Ihr werdet mir jetzt sofort alles verraten, was Ihr über diese Angelegenheit wißt. Andernfalls fessle ich Euch ans Bett und lasse nicht eher von Euch ab, bis Ihr redet.«

»Oh«, machte Emparak. »Eigentlich wollte ich dir gerade die ganze Geschichte erzählen, aber jetzt bringst du mich wirklich in Versuchung zu schweigen...«

Er zog eine große, in alterungsbeständige Folie eingeschweißte Sternkarte hervor. »Gheera war einst ein blühendes Königreich, dessen Entstehungsgeschichte sich, wie wir dies von fast allen alten Reichen der Menschheit kennen, im Dunkel der Frühzeit verliert. Dieses Königreich wurde vom zehnten Kaiser, also dem Vorgänger des letzten Kaisers, entdeckt und überfallen – aus keinem anderen Grund als dem, daß es existierte und der Kaiser es beherrschen wollte. Ein Krieg entbrannte, der lange dauerte und viele Opfer forderte, in dem Gheera aber nie wirklich eine Chance gegen die kaiserliche Kriegsflotte hatte und also schließlich unterlag.«

Er deutete auf eine Reihe altertümlicher Bildspeicher. »Der König von Gheera hieß Pantap. Er und der Kaiser traten einander das erste Mal auf Gheerh gegenüber, als das Königreich besiegt war. Der Kaiser verlangte von Pantap eine feierliche, öffentliche Unterwerfungsgeste.« Emparak sah Lamita an. »Willst du das Material mit nach oben nehmen?«

»Wie? Ach so«, nickte sie, »ja, selbstverständlich.«

Emparak verschwand in einem nahen Quergang und kehrte mit einem leichten, rollbaren Behälter aus Draht zurück. Er legte die Sternkarte und die Bildspeicher hinein.

»Gheerh muß damals eine wunderschöne, lebendige Welt gewesen sein«, fuhr er fort und zog eine uralte Mappe hervor. »Dieser Bericht beschreibt Gheerh. Er nennt den Planeten ein Kleinod des Universums und rühmt die zahllosen Kunstschätze, die weise Lebensart der Bewohner und die Schönheit der Landschaften.«

Lamita nahm die Mappe vorsichtig entgegen und verstaute sie ebenfalls in dem Drahtbehälter.

»Wußtest du, daß der zehnte Kaiser zeitlebens glatzköpfig war?« fragte Emparak.

Lamita hob erstaunt die Augenbrauen. »Dann habe ich die falschen Fotos gesehen.«

»Natürlich trug er Implantate, aber diese mußten alle paar Monate erneuert werden, weil sein Körper sie abstieß. Es war eine allergische Reaktion, die ihn sein ganzes langes Leben hindurch verfolgte – möglicherweise bestand ein Zusammenhang mit seiner Langlebigkeitsbehandlung, man weiß es nicht. Was man weiß, ist, daß er diesen Makel als Schmach empfand, als Beleidigung des Schicksals, das ihm auf diesem Wege die ersehnte Vollkommenheit vorenthielt.«

Lamita atmete geräuschvoll ein. »Oh!« machte sie vielsagend. Eine schwache, undeutliche Ahnung der Zusammenhänge dämmerte in ihr.

»Die Spione des Königs Pantap hatten diesen wunden Punkt des Kaisers herausgefunden«, fuhr Emparak fort, »und Pantap, offenbar ein zorniger, stolzer Mann, hielt es aus unerfindlichen Gründen für sinnvoll, mit aller verbliebenen Kraft in diese Wunde zu schlagen. Als der Kaiser ankam, um die Unterwerfung entgegenzunehmen, sagte Pantap – der sich übrigens eines prachtvollen Bart- und Haarwuchses erfreute – wortwörtlich: 'Deine Macht mag so groß sein, daß sie unsere Unterwerfung erzwingt, aber sie ist nicht groß genug, um Haare auf deinem Schädel wachsen zu lassen, kahlköpfiger Kaiser.'«

»Das klingt nicht wie eine gute Idee.«

»Nein. Wahrscheinlich war es die schlechteste Idee, die je ein Mensch hatte.«

»Was geschah?«

»Der zehnte Kaiser galt ohnehin als aufbrausend und rachsüchtig. Als er das hörte, raste er vor Wut. Er schwor Pantap, daß dieser seine Worte noch bedauern werde, wie niemals jemand eine Schmähung bedauert habe. Er sagte: 'Meine Macht ist groß genug, um zu erwingen, daß dieser ganze Planet mit dem Haar deiner Untertanen belegt wird, und ich werde dich zwingen, es mit anzusehen!'«

Lamita starrte den alten Archivar entsetzt an. In ihr war ein Gefühl, als klaffe unter ihr plötzlich ein Abgrund.

»Heißt das, die Geschichte der Haarteppiche... ist die Geschichte einer *Rache*?«

»Ja. Nichts anderes.«

Sie schlug eine Hand vor den Mund. »Aber das ist doch Wahnsinn!«

Emparak nickte. »Ja. Aber der eigentliche Wahnsinn ist weniger die Idee an sich als vielmehr die unerbittliche Konsequenz, mit der sie in die Tat umgesetzt wurde. Der Kaiser schickte wie üblich seine Priester aus, um den Gottkaiserkult zu verbreiten und durchzusetzen gegen jeden Widerstand, und ließ sie dabei auch gleich den Kult um die Haarteppiche installieren – das ganze komplizierte logistische System, das Kastenwesen, das Steuersystem und so weiter. Aus den Überresten der Streitkräfte von Gheera rekrutierten sich die Schiffer, die die Haarteppiche von den einzelnen Planeten nach Gheerh transportierten. Gheerh selbst, das ganze Sonnensystem, wurde in einer Dimensionsblase eingeschlossen und damit künstlich aus dem normalen Universum entfernt, um jedes Entkommen und jede Störung von außen unmöglich zu machen. Ausgesuchte, besonders rücksichtslose Truppen bombten die Kultur der Bewohner von Gheerh zurück in die Primitivität und eröffneten dann ihren quälend langsamen Vernichtungsfeldzug. Rings um den Königspalast begannen sie damit, den Boden zu befestigen und die ersten Haarteppiche auszulegen.«

»Und der König?« fragte Lamita. »Was war mit Pantap geschehen?«

»Auf Geheiß des Kaisers wurde Pantap auf seinem Thron festgekettet und an ein Lebenserhaltungssystem angeschlossen, das ihn etliche Jahrtausende am Leben gehalten haben muß. Der Kaiser wollte, daß Pantap hilflos mit ansehen sollte, was er aus seinem Volk machte. Zunächst mußte Pantap wohl durch die Fenster des Thronsaals zuschauen, wie die Hauptstadt Straßenzug um Straßenzug eingeebnet und der freiwerdende Boden mit Haarteppichen belegt wurde. Irgendwann gingen die Mannschaften dann dazu über, alle ihre Aktivitäten, ihre mörderischen Eroberungskämpfe und ihre Bauarbeiten zu filmen und per Funk auf Bildschirme zu übertragen, die vor dem hilflosen König aufgestellt worden waren.«

Lamita war entsetzt. »Heißt das, daß Pantap womöglich noch lebt?«

»Auszuschließen ist es nicht«, gab der Archivar zu, »obwohl ich es nicht glaube, weil die Technik der Lebenserhaltung damals noch nicht so fortgeschritten war. Der Palast muß jedenfalls noch da sein, irgendwo auf Gheerh, wahrscheinlich mitten in einem sehr großen Gebiet, in dem die allerersten Haarteppiche längst zu Staub zerfallen sind. Offenbar hat die Gheera-Expedition ihn nicht gefunden, sonst hätten sie Pantap oder seine Überreste entdeckt.«

Die junge Historikerin schüttelte den Kopf. »Das muß geklärt werden. Der Rat muß das erfahren; er muß noch einmal jemanden hinschicken...« Sie sah Emparak an. »Und das alles funktionierte diese ganze lange Zeit über?«

»Der Kaiser starb, bald nachdem das Haarteppichsystem eingerichtet war. Sein Nachfolger, der elfte und letzte Kaiser, besuchte Gheera nur einmal kurz. Aus einigen Notizen mag man schließen, daß er angewidert war, aber er brachte es nicht fertig, dem Ganzen ein Ende zu bereiten – wahrscheinlich aus Treue zu den früheren Kaisern. Nach seiner Rückkehr ließ er die Provinz von allen Sternkarten und aus allen Datenspeichern tilgen und überließ sie sich selbst. Und seither lief die Maschinerie, Jahrtausend auf Jahrtausend.«

Schweigen senkte sich herab auf das ungleiche Paar.

»Das ist also die Geschichte der Haarteppiche«, flüsterte Lamita erschüttert.

Emparak nickte. Dann verschloß er den Schrank wieder.

Lamita sah sich um, immer noch wie betäubt von dem, was sie gehört hatte, und ihr Blick wanderte die Gänge und Quergänge entlang, über unzählige andere Schränke, die aussahen wie dieser, immer weiter und weiter, und es war kein Ende zu sehen.

»All diese anderen Schränke«, fragte sie leise, »was enthalten sie?«

Der Archivar sah sie an, und in seinen Augen schimmerte Unendlichkeit. »Andere Geschichten«, sagte er.

EPILOG

Knoten um Knoten, immer die gleichen Handbewegungen, immer die gleichen Knoten in das feine Haar schlingend, unendlich fein und winzig, mit krampfigen Händen und rotgeränderten Augen – und er kam kaum voran, wie sehr er sich auch abmühte und beeilte. Jede wache Stunde hockte er an dem Knüpfrahmen, an dem schon sein Vater gesessen hatte und vor ihm dessen Vater und Großvater, gebeugt und angespannt, die alte, halbblinde Vergrößerungslinse vor den Augen, die Arme auf das Brustbrett gestützt und nur mit den bebenden Fingerspitzen die Knotennadel führend. Knoten um Knoten knüpfte er in fiebriger Eile, wie ein Gehetzter, der um sein Leben kämpft; sein Rücken schmerzte bis hoch zum Nacken, und hinter seiner Stirn pochte ein quälender Kopfschmerz, der ihm auf die Augen drückte, so daß er manchmal die Knüpfnadel nicht mehr erkennen konnte. Er versuchte, nicht auf die neuartigen Geräusche zu hören, die das Haus erfüllten – die lauten, aufsässigen Diskussionen seiner Frauen und Töchter unten in der Küche, und vor allem die Stimme, die aus dem Gerät drang, das sie dort aufgestellt hatten, und die in einem fort gotteslästerliche Reden führte.

Schwerfällige Schritte knarzten die Treppe zum Knüpfzimmer empor. Sie konnten ihn nicht in Ruhe lassen. Anstatt ihren naturgegebenen Pflichten nachzukommen, saßen sie den ganzen Tag herum und plapperten diese dummen Sprüche von einer *neuen Zeit* nach, und ständig kam Besuch und mischte sich ein in das pausenlose Gefasel. Er schnaubte und zog den Knoten fest, an dem er gerade war. Ohne die Vergrößerungslinse abzusetzen, griff er nach dem nächsten der Haare, die er neben sich auf einem Stoffkissen bereitgelegt hatte, säuberlich gekämmt und einzeln auf die richtige Länge gebracht.

»Ostvan...«

Es war Garliad. Er preßte die Kiefer aufeinander, bis seine Zähne schmerzten, aber er drehte sich nicht um.

»Ostvan, mein Sohn...«

Wütend riß er sich das Halteband der alten Lupe von der Stirn und fuhr herum. »Könnt ihr mich nicht in Ruhe lassen?« schrie er mit zornrotem Gesicht. »Könnt ihr mich nicht *endlich* in Ruhe lassen? Wie lange soll das noch so gehen, daß ihr eure Pflichten vernachlässigt und mich dauernd in meiner Arbeit unterbrecht?«

Garliad stand da mit ihrem langen, schlohweißen Haar und sah ihn nur an. Dieser fürsorgliche, mitleidige Blick aus ihren klaren Augen machte ihn rasend. »Was willst du?« giftete er.

»Ostvan«, sagte sie sanft, »willst du nicht endlich aufhören?«

»Komm mir nicht wieder damit!« schrie er und drehte sich von ihr weg, nestelte die Vergrößerungslinse halbwegs zurück in ihre korrekte Position. Seine Finger griffen nach der Knotennadel und dem nächsten Haar.

»Ostvan, es hat keinen Sinn, was du da machst...«

»Ich bin ein Haarteppichknüpfer, wie mein Vater ein Haarteppichknüpfer war und vor ihm dessen Vater und so fort. Was soll ich anderes machen, als Haarteppiche zu knüpfen?«

»Aber niemand wird deinen Haarteppich mehr kaufen. Es gibt keine Haarteppichhändler mehr. Die kaiserlichen Schiffer kommen nicht mehr. Es ist jetzt alles anders.«

»Lüge. Alles Lüge.«

»Ostvan...«

Dieser mütterliche Ton in ihrer Stimme! Warum konnte sie nicht gehen? Warum konnte sie nicht einfach wieder hinunter in die Küche gehen und ihn einfach in Ruhe lassen, ihn in Ruhe tun lassen, was er zu tun hatte? Dies hier war seine Pflicht, sein Gottesdienst, der Sinn seines Lebens – einen Teppich für den Palast den Kaisers... Er schlang die Knoten hastig, nachlässig, fahrig. Er würde sie nachher alle wieder auftrennen müssen, nachher, wenn er wieder seine Ruhe hatte.

»Ostvan, bitte! Ich kann es nicht mit ansehen.«

Seine Kiefer schmerzten vor Wut. »Du wirst mich nicht aufhalten. Ich bin schuldig an meinem Vater. Und ich werde diese Schuld abtragen!«

Er arbeitete weiter, fliehend, fiebrig, als gelte es, den ganzen riesigen Teppich noch heute fertigzustellen. Knoten um Knoten schlang er, immer die gleichen Handbewegungen, schnell, schnell, immer die gleichen Knoten in der seit Jahrtausenden überlieferten Weise, fein und winzig, an dem knarrenden Knüpfrahmen, die bebenden Arme auf das speckige, abgeschabte Brustbrett gestützt.

Sie ging nicht. Sie blieb einfach da stehen, wo sie stand. Er konnte ihren Blick in seinem Rücken spüren wie einen Schmerz.

Seine Hände begannn zu zittern, so daß er seine

Arbeit unterbrechen mußte. Er konnte so nicht arbeiten. Nicht, solange sie da stand. Warum ging sie nicht endlich? Er drehte sich nicht um, umkrampfte nur die Knotennadel und wartete. Sein Atem ging schwer.

»Ich bin schuldig an meinem Vater, und ich werde diese Schuld abtragen!« beharrte er.

Sie schwieg.

»Und...« fügte er hinzu und brach ab. Fing noch einmal an: »Und...« Nicht weiter. Da war eine Grenze, die nicht überschritten werden durfte. Er bekam ein neues Haar zu greifen, versuchte die Öse an der Spitze der Knotennadel damit zu treffen, aber seine Hände zitterten zu stark.

Sie ging nicht weg. Stand da, schwieg, wartete einfach.

»Ich bin schuldig an meinem Vater. Und... und ich bin schuldig an meinem Bruder!« Es brach aus ihm heraus, mit einer Stimme wie berstendes Glas.

Und es passierte, was nie hätte passieren dürfen: Er rutschte ab mit der Knotennadel, sie fuhr in den Teppich und zerriß das hauchfeine Grundgewebe; ein Riß so breit wie eine Hand, die Arbeit von Jahren.

Da, endlich, kamen die Tränen.